오페라의 유령 2

오페라의
유령 II

The PHANTOM of MANHATTAN

프레드릭 포사이드 지음 · 이옥용 옮김

리즈앤북
ries & book

『오페라의 유령 2』가 탄생하기까지

프레드릭 포사이드

이미 전설적인 뮤지컬이 되어버린 〈오페라의 유령〉은 가스통 르루라는 한 프랑스 작가의 머릿속에서 1910년경 잉태되었다.

「드라큘라」와 브램 스토커, 「프랑켄슈타인」과 매리 셸리 그리고 「노트르담의 꼽추」와 빅토르 위고의 경우처럼, 가스통 르루 역시 그저 막연하게 전해져 내려오던 설화를 우연한 기회에 접하게 되었다. 그 설화 속에서 가스통 르루는 진정으로 비극적인 이야기의 주제를 발견한 것이다. 가스통 르루는 그 설화를 바탕으로 소설을 쓰기 시작했다. 하지만 앞에서 언급한 작가들과 가스통 르루와의 유사성은 이것 외에는 달리 찾아볼 수 없다.

다른 세 개의 작품들은 발표되자마자 즉시 대단한 인기를 얻으면서 성공을 거두었다. 그리고 현대에 이르기까지 거의 모든 독자들과 영화 관객들에게 너무나 잘 알려진 고전으로 남아 있다. 「프랑켄슈타인」과 「드라큘라」를 중심축으로 영화와 출판 산업 전체가 새롭게 재편되었다고 해도 과언이 아니다. 수십 권의 책들이 그것들을 주제로 삼아서 재출간되었으며, 그 이야기들은 여러 차례에 걸쳐서 서로 다른 감독들에 의해 영화로 만들어지기도 했다.

하지만 가스통 르루는 빅토르 위고나 다른 작가들과는 전혀 경우가 달랐다. 1911년 프랑스에서 가스통 르루의 소설 『오페라의 유령』이 처음으로 출간되자, 언론과 문단은 커다란 흥분과 충격에 휩싸이게 되었다. 출간 즉시 커다란 화제를 불러일으킨 이 소설은 신문에 연재되기도 했었다. 그러나 그것은 잠시뿐이었으며, 서서히 사람들의 기억 속에서 잊혀졌다.

그 후 11년의 세월이 흐른 1922년. 그해에 가스통 르루의 소설을 재발견하여 영원한 고전의 반열에 올려놓는 계기가 생긴다. 그것은 가스통 르루가 사망하기 5년 전의 일이었다.

칼 라엠믈이라는 사람이 파리에서 휴가를 보내고 있었다. 그는 독일 국적을 가지고 있던 유대인이었다. 그는 나이 어린 소년이었을 때 미국으로 이민을 갔으며, 1922년에는 할리우드에 있는 유니버설 영화사의 사장으로 재직하고 있었다. 그 당시 가스통 르루는 프랑스 영화 산업에 진출하기 위해 시도하고 있었다. 이것이 계기가 되어 두 사람은 만나게 된다.

대화를 나누던 도중 미국 영화 산업의 거물이었던 칼 라엠믈은 파리 시내에 위치한 오페라 하우스의 장엄한 위용에 깊은 인상을 받았다고 고백했다(파리 오페라 하우스는 지금까지도 세계에서 가장 규모가 크고 장엄한 건물이라는 평가를 받고 있다). 그러자 가스통 르루는 칼 라엠믈에게 자신의 소설 『오페라의 유령』을 선물했다. 그 당시에 『오페라의 유령』은 사람들의 기억에서 완전히 잊혀져버린 작품이었다. 칼 라엠믈은 불과 하룻밤 사이에 그 책을 모두 읽었다.

칼 라엠믈은 영화 산업의 향방을 결정하는 중대한 기로에 서 있었다. 그것은 무척 골치 아픈 문제인 동시에 막대한 성공을 거둘 수 있는 커다란 기회이기도 했다. 라엠믈은 론 채니라는 특이한 배우를 발굴했었다. 론 채니는 '천의 얼굴'을 가졌다고 말할 정도로 자유자재로 얼굴 모양을 변형시킬 수 있는 배우였다.

그 무렵 유니버설 영화사에서는 이미 고전이었던 빅토르 위고의 「노트르담의 꼽추」를 영화로 제작하고 있었으며, 채니는 주인공인 추하고 기형적인 외모의 콰지모도 역을 맡도록 되어 있었다. 할리우드에서는 이미 영화의 세트를 세우고 있었다. 노트르담 사원을 비롯한 중세 시대 파리의 모습을 그대로 재현하고 있는 중이었던 것이다.

칼 라엠믈이 고심하고 있던 것은 〈노트르담의 꼽추〉 이후 채니를 경쟁사에게 빼앗기지 않기 위해 어떤 마땅한 역할을 맡겨야 한다는 점이었다. 새벽 무렵 가스통 르루의 책을 다 읽고 난 라엠믈은 드디어 그 문제를 해결할 수 있게 되었다고 생각했다.

〈노트르담의 꼽추〉를 촬영하고 난 다음에, 채니는 콰지모도 만큼이나 추하고 끔찍한 외모를 가진 비극적인 '오페라의 유령'으로 출연할 수 있었다. 칼 라엠믈은 영화 산업의 전문가답게 극장을 관객으로 가득 채울 수 있는 한 가지 방법은 그들을 공포에 몰아넣는 것이라는 사실을 잘 알고 있었다. 오페라의 유령이야말로 칼 라엠믈이 애타게 찾고 있던 소재였다. 물론 그의 예상은 적중했다.

칼 라엠믈은 즉시 『오페라의 유령』의 판권을 구입한 후 할리우드로 돌아갔다. 그런 다음 곧바로 파리 오페라 하우스의 세트장을 건설하기 시작했다. 수백 명이나 되는 엑스트라 배우들을 모두 수용할 수 있을 만큼 튼튼하게 시어야만 했기 때문에 그 세트는 유니버설 영화사에서 만든 세트 가운데 최초로 콘크리트와 철재를 사용해서 건설되었다. 이러한 이유로 영화를 다 찍고 난 후에도 이 세트는 철거되지 않았다. 그리고 지금까지도 유니버설 스튜디오에 남아 수차례에 걸쳐 사용되고 있다.

론 채니는 〈노트르담의 꼽추〉에 이어 당연히 〈오페라의 유령〉의 주인공 역을 맡았다. 두 영화는 모두 흥행에 크게 성공했으며, 채니는 그러한 역할에 가장 적합한 배우로서 확고한 위치를 확보하게 되었다. 영화가 상영되는 동안 유령의 모습은 관객들에게 극심한 공포를 자아내었으며 마음이 약한 여인들은 비명을 지르다가 기절하는 소동까지 빚었다.

사람들의 관심을 끌고 상상력을 자극하면서 〈오페라의 유령〉의 전설을 창조하게 된 것은 가스통 르루의 원작 소설이 아니라 유니버설 영화사가 만든 영화였던 것이다. 〈오페라의 유령〉이 개봉되고 나서 2년 후에 워너 브라더스 사에서 〈재즈 싱어〉를 선보였다. 그 영화는 최초의 유성 영화였는데, 이를 계기로 무성 영화의 시대는 막을 내렸다.

그 후 『오페라의 유령』을 배경으로 한 여러 편의 영화들이 만들어졌다. 하지만 대부분의 경우 원작의 이야기는 매우 심하게 변형되었으며, 결국 커다란 반향을 불러일으키지 못했다. 1943년 유니버설 영화사에서는 유령 역할에 클로드 레인을 기용해서 영화를 다시 리메이크했다. 1962년에는 공포 영화를 전문적으로 제작하고 있던 런던의 해머 필름에서 다시 이 영화를 찍었다. 이번에는 허버트 롬이 주인공 역을 맡았다. 1974년에는 브라이언 드 팔머에 의해서 록 음악 스타일의 영화가 제작되었으며, 1983년에는 맥시밀리언 셸이 주인공으로 등장하는 텔레비전용 영화가 개봉되었다. 그리고 1984년에는 영국의 한 연출자가 런던의 소극장에서 그 이야기를 무대에 올렸다. 『오페라의 유령』이 이번에는 뮤지컬로 무대에 오른 것이다.

이 시기에 『오페라의 유령』은 다시 한 번 운명의 전환점을 맞는다. 앤드류 로이드 웨버가 이 뮤지컬에 대한 평을 읽고 나서 직접 〈오페라의 유령〉을 관람했던 것이다. 그 무렵 앤드류 로이드 웨버는 다른 작품을 구상하고 있는 중이었다. 그 작품은 바로 〈사랑의 양상〉(Aspects of Love)이었다. 하지만 '오페라의 유령'은 좀처럼 앤드류 로이드 웨버의 머릿속에서 떠나지 않았다. 9개월 후 앤드류 로이드 웨버는 뉴욕의 중고 서점에서 우연히 『오페라의 유령』의 영문 번역본을 발견하게 된다.

지금 돌이켜 생각해 보면, 가스통 르루의 작품을 뮤지컬로 만들기로 한 앤드류 로이드 웨버의 결정은 아주 당연하고 매우 간단한 것처럼 보일 수도 있다. 하지만 앤드류 로이드 웨버의 결정은 가스통 르루의 소설에 대한 세상의 시각을 완전히 변화시키는 결정적인 계기가 되었다. 그 당시에도 가스통 르루의 소설은 「드라큘라」나 「프랑켄슈타인」처럼 한 편의 괴기 소설이라는 잘못된 평가를 받고 있었다. 하지만 앤드류 로이드 웨버는 『오페라의 유령』이 기본적으로 괴기 소설이 아니라고 판단했다. 앤드류 로이드 웨버는 그것이 증오와 잔인한 인성을 바탕으로 한 괴기 소설이 아니라 진실로 비극적인 사랑 이야기를 담고 있는 문학 작품이라고 생각했던 것이다.

끔찍한 기형의 불행을 안고 태어난 한 인간이 젊고 아름다운 오페라 여가수를 거의 집착에 가까울 정도로 짝사랑했다. 하지만 불행하게도 그 여가수는 자신에게 구애하고 있던 잘생긴 귀족 청년을 사랑했던 것이다.

앤드류 로이드 웨버는 원작을 새롭게 해석했다. 원작이 지니고 있던 불필요하고 비논리적인 부분을 과감하게 삭제했다. 원작의 잔인한 묘사들을 대폭 삭제한 후에, 그 안에서 비극의 본질을 추출해 내었던 것이다. 이것을 바탕으로 삼아서 앤드류 로이드 웨버는 한 편의 아름다운 뮤지컬을 창조했다. 〈오페라의 유령〉은 처음 무대에 올려지고 난 후로 수십 년 동안 대중에게 사랑받는, 이 세상에서 가장 성공적인 뮤지컬이 되었다.

지금까지 무려 1천만 명 이상의 사람들이 〈오페라의 유령〉을 관람했다. 그리고 수많은 사람들이 공통적으로 이 이야기에 대해 가지고 있는 기본적인 인식은 바로 앤드류 로이드 웨버의 뮤지컬에서 비롯된 것이다. 그런 점에서 보자면, 뮤지컬은 원작 소설이나 영화 혹은 드라마보다 더욱 큰 영향을 끼쳤다고 볼 수 있다.

하지만(확인할 수 없는 가정일 수도 있지만) 정말로 일어났던 이야기를 본질적으로 이해하기 위해서는 이것의 기초가 되었던 세 개의 중심적인 소재를 조사할 만한 가치가 있다. 첫 번째 요소는 파리 오페라 하우스 그 자체라고 할 수 있다. 그것은 오늘날까지도 이 세상에서 가장 뛰어난 건축물이라는 평가를 받고 있다. 그래서 오페라의 유령이 실제로 있었다면, 오페라 하우스 외에는 다른 어느 곳에서도 존재할 수 없다는 생각이 들 정도이다. 두 번째로 관심을 가져야 할 요소는 원작 소설의 작가 가스통 르루라고 할 수 있다. 또한 세 번째로는 1911년에 가스통 르루가 작고 얇은 책자로 발간했던 원작에 대해 점검해 볼 필요가 있다.

대부분의 위대한 건축물이나 기업이 어처구니없는 계기로 지어

지거나 사기꾼에 의해 건축된 것처럼 파리 오페라 하우스도 그렇게 시작되었다. 1858년 1월 어느 저녁, 프랑스 황제였던 나폴레옹 3세는 황후와 함께 파리에서 오페라를 관람하기 위해 극장을 방문했다. 그 극장은 펠레티에르 가의 좁은 골목에 위치한 낡은 건물에 자리잡고 있었다. 혁명의 물결이 유럽을 휩쓸고 지나간 지 벌써 10년이 흘렀지만, 아직까지도 시절은 여전히 불안했다.

그런데 반군주주의 이념을 가지고 있던 올시니라는 한 이탈리아인이 그날 밤에 황제의 마차 행렬을 향해 세 개의 폭탄을 던졌다. 폭탄은 모두 요란한 소리를 내면서 터졌고, 150명도 넘는 사람들이 죽거나 부상을 당했다. 황제와 황후는 몹시 놀라기는 했지만 튼튼한 마차 덕분에 부상을 당하지는 않았다. 그들은 사고에도 불구하고 오페라를 관람하기로 한 계획을 취소하지 않았다.

하지만 나폴레옹 3세는 이 사건을 그냥 넘기지 않았다. 황제는 파리에 새로운 오페라 극장이 세워져야 한다고 결정했다. 무엇보다도 자신과 같은 VIP들을 위해, 폭탄의 위협에서 안전을 보장할 수 있으며 또한 보안을 유지할 수 있는 전용 출입구가 있어야만 한다고 생각했던 것이다.

그 당시 파리 시장으로 재직하고 있었던 사람은 도시 설계의 귀재였던 바론 하우스만이었다. 그는 파리 시의 기본적인 형태를 창조한 사람이었다. 그가 설계한 파리 시의 골격은 지금까지도 그대로 이어져 내려오고 있다.

바론 하우스만은 프랑스에서 가장 뛰어난 건축가들을 불러모아서 공개 입찰을 하기로 결정했다. 오페라 극장 설계에 대한 계획안을 제출했던 건축가는 모두 170명이었다. 그런데 오페라 하우스의 건설을 맡게 되었던 사람은 그 당시에 가장 촉망받는 건축가였던 샤를 가르니에였다. 샤를 가르니에는 창의적이고 전위적인 건축물을 만들면서 명성을 쌓았다. 그의 계획안은 대단히 방대한 분량이었으며 엄청난 비용이 드는 것이었다.

마침내 1861년 오페라 하우스의 부지가 선정되었다(그곳은 현재의 오페라 극장 부지가 있는 장소였다). 그런데 공사가 시작되고 몇 주일이 지나지 않아서 중대한 문제가 발생했다. 땅을 파들어가자 그 지역을 따라 흐르고 있던 지하수 물줄기가 발견되었던 것이다. 지하로 파들어간 터널은 금방 물로 가득 차올랐다. 공사 비용을 감안해 볼 때, 오페라 극장의 위치를 다른 적당한 곳으로 옮겨야만 했다. 하지만 바론 하우스만은 바로 그곳에 오페라 하우스를 세우고 싶어했다. 다른 어느 장소에도 오페라 하우스를 세울 수는 없었던 것이다.

샤를 가르니에는 여덟 대의 거대한 증기 펌프를 설치했다. 그리고 몇 개월 동안 밤낮으로 물을 퍼올렸다. 그런 다음에 전체 부지를 에워싸는 두 개의 거대한 벽을 세웠다. 그 틈새에는 역청을 가득 채워서 지하수가 공사 현장으로 스며들지 않도록 만들었다. 이런 식으로 대대적인 기초 공사를 마친 후에 샤를 가르니에는 웅장한 오페라 극장을 건설하기 시작했다.

　오페라 극장 건립은 한참 동안이나 별다른 무리없이 진행되었다. 지하수도 더 이상 스며들지 않는 것 같았다. 그런데 어느 순간부터 다시 물이 차오르기 시작하면서 지하실의 가장 저층부에 호수가 만들어지게 되었다.

　현재에도 오페라 하우스의 방문객들은(물론 사전에 특별한 허가증을 받아야 하지만) 그곳까지 내려가서 지하 호수를 바라볼 수 있다. 그리고 지반이 조금씩 낮아지고 있기 때문에 2년마다 한 번씩 건축 공학자들이 배를 타고 다니면서 건물 기반에 손상이 갔는지 여부를 검사하고 있다.

　시간이 흐르면서 샤를 가르니에의 야심작은 한 층씩 그 높이를 더하게 되었다. 1870년에 또다시 혁명이 프랑스 전역을 휩쓸자 공사는 잠시 중단되었다. 혁명은 프랑스와 프로이센 사이에서 벌어졌던 짧지만 참혹했던 전쟁의 여파로 인해 촉발되었다. 나폴레옹 3세가 혁명으로 인해 폐위되었으며, 결국 망명지에서 사망하고 말았다.

　이윽고 새로운 공화국이 선포되었지만 프로이센 군대는 여전히 파리를 에워싸고 있었다. 프랑스의 수도 파리는 기아에 허덕이는 처지가 되었다. 부자들은 동물원에 있던 코끼리나 기린 등의 동물까지도 잡아먹었다. 가난한 사람들은 개나 고양이, 심지어 쥐를 잡아먹기도 했다. 드디어 파리는 백기를 들고 항복했으며, 도시의 노동 계급은 더 이상 참지 못하고 반역의 깃발을 치켜들었다.

폭도들은 자신들이 세운 정권을 '코뮨'(1871년 3월부터 5월까지 파리를 지배했던 혁명 정부)이라고 불렀으며 스스로를 '코뮤나드'라고 불렀다. 수십만 명의 시민들이 혁명에 참가했으며 대포가 도시 곳곳을 누비고 다니는 삼엄한 광경이 펼쳐졌다. 공화국 정부도 폭도의 위세에 눌려서 물러나고 말았다. 하지만 민간인으로 구성된 수비대가 임시 군사 정권을 형성하면서 정부를 장악했다.

마침내 코뮤나드는 붕괴되고 말았다. 하지만 폭도들은 도시를 지배하는 동안 샤를 가르니에의 건축물을 그들의 근거지로 삼았다. 샤를 가르니에가 설계했던 수많은 미로로 뒤얽힌 지하실과 창고들을 무기와 탄약을 저장하고 죄수들을 가두어두는 장소로 사용했던 것이다. 끔찍한 고문과 사형 집행이 거대한 지하실에서 자행되었다.

수많은 세월이 흐른 후에도 이따금씩 그 당시에 매장되었던 유골들이 발견되곤 했다. 오늘날에도 그곳에는 섬뜩한 냉기가 흐르고 있으며, 아무리 많은 시간이 흐른다고 하더라도 그 냉기는 결코 사라지지 않을 것처럼 느껴진다. 폭동이 일어나고 40년이 지난 뒤에 가스통 르루를 매혹시키고 그의 상상력에 불을 질렀던 것은 바로 이 지하 세계였다. 가스통 르루는 차가운 냉기가 흐르는 이 지하 세계에서 살아가는 끔찍한 형상의 고독한 은둔자의 모습을 상상했던 것이다.

1872년에 모든 것들이 정상으로 돌아오고 안정을 되찾으면서 샤를 가르니에는 다시 오페라 하우스의 건축을 재개했다. 그리고 1875년 1월이 되었다. 올시니가 왕족의 행렬에 폭탄을 던지고 나서 거의 17년이라는 세월이 흘렀던 것이다. 그의 테러 행위로 인해 건립되기 시작하였던 오페라 하우스는 드디어 화려하고 성대한 개막식을 가졌다.

오페라 하우스는 무려 3에이커에 달하는 넓은 대지 위에 지어졌다. 그 건물은 지하실까지 포함하여 모두 17층으로 축성되어 있었다. 그런데 놀랍게도 그중에서 10층만이 지상이며 나머지 7층은 지하로 구성되어 있었다. 오페라 하우스의 거대한 규모에 비해서 강당 자체의 크기는 매우 작다고 할 수 있다. 관객 수용 인원은 2,156명이었다. 그것은 밀라노에 있는 스칼라 극장의 수용 인원 3,500명과 뉴욕에 있는 메트로폴리탄 극장의 수용 인원 3,700명에 비해 현저히 작은 규모라고 할 수 있다.

하지만 무대 뒤의 공간은 매우 넓다. 수백 명의 배우들과 무용수들을 위한 넓은 분장실이 있으며 작업실, 식당, 소품실 등이 갖추어져 있다. 또한 무대 장치 전체를 보관할 수 있는 창고가 있어서 15미터가 넘는 크기와 몇 톤의 무게를 가진 세트 전체를 철거하지 않고 그대로 보관했다가 나중에 필요하면 다시 무대 위로 올려서 설치할 수 있는 시설이 마련되어 있다.

여기에서 파리 오페라 하우스에 대해 강조하고 싶은 점은, 이 극장이 단순히 오페라의 공연을 위해서만 설계된 것이 아니라는 사실이다. 이 극장은 공연 이외에도 국가의 중대 행사를 성대하게 개최할 수 있는 장소로 사용되었던 것이다. 그래서 강당 자체는 다른 극장과 비교해서 상대적으로 협소하지만 화려한 로비와 살롱과 계단 등에 많은 공간을 할애하고 있기 때문에 전체적인 규모는 더욱 화려하고 웅장하게 보이는 것이다. 입구와 문의 숫자만 하더라도 2,500개에 달하기 때문에 극장에 상근하는 소방관들이 극장 문을 닫기 전에 점검하는 데만도 두 시간 이상이 걸린다고 한다. 샤를 가르니에의 시대에는 직원들의 숫자가 1,500명에 달했으며(현재는 약 1,000명이다) 16킬로미터 길이의 구리관을 통해 가스를 공급받아서 900개의 가스등을 밝혔다. 1880년대에 이르러 가스등은 전기를 이용한 조명 장치로 전환되었다.

1910년 가스통 르루가 화려하고 웅장한 오페라 하우스를 처음 방문했을 때 극장은 단숨에 그의 상상력을 완전히 사로잡고 말았다. 가스통 르루는 벌써 몇 년 전부터 오페라 극장 안에 유령이 살고 있다는 이야기를 들은 적이 있었다. 오페라 극장 내부의 기물들이 아무런 흔적 없이 사라지고, 도대체 이유를 설명할 수 없는 사고들이 일어났다. 그리고 그림자 같은 형체가 어두운 구석에서 휙지나가거나, 아무도 감히 따라갈 용기를 낼 수 없는 어두운 지하 통로로 사라지는 모습이 자주 목격되곤 했다는 것이다. 지난 20년 동안이나 오페라 극장을 둘러싸고 떠도는 소문에 착안하면서 가스통 르루는 불멸의 고전을 창조하는 일에 몰두하게 되었다.

가스통 르루는 그 당시와 현재 사이에 가로놓여 있는 90년이라는 세월을 뛰어넘을 수만 있다면, 지금이라도 파리의 카페에서 함께 커피를 마시거나 술을 마시고 싶은 그런 사람이었을 것이다. 그는 매우 체격이 크고 명랑하고 호탕한 성격을 지니고 있었다. 심한 괴짜였지만 유쾌하고 마음이 넓었다고 한다. 그리고 시력이 매우 약해서 언제나 안경을 코 위에 걸치고 다녔다.

가스통 르루는 1868년 파리에서 태어났다. 원래 출신은 노르망디였지만 임신하고 있던 그의 어머니가 기차를 갈아타려고 할 때 갑자기 진통이 시작되었기 때문에 실제로는 파리에서 태어나게 되었다. 학교에 다니던 시절, 가스통 르루는 매우 똑똑하다는 평가를 받았다.

그 당시에 프랑스의 중산층 사회에서 똑똑한 소년들은 으레 변호사의 길을 택했다. 그래서 가스통 르루 역시 열여덟 살의 나이에 법학을 공부하기 위해 파리로 유학을 떠났다. 하지만 가스통 르루는 법학에 전혀 흥미를 느끼지 못했다.

마침내 가스통 르루는 스물한 살에 대학교를 졸업했다. 그해에 가스통 르루의 아버지가 사망했다. 가스통 르루는 거의 1백만 프랑에 이르는 유산을 상속받았다. 그것은 19세기 후반에는 굉장한 액수였다. 아버지의 장례식이 끝나자, 젊은 혈기에 넘치던 가스통 르루는 흥청대는 생활을 시작했다. 그리고 6개월도 지나지 않아서 모든 유산을 탕진하고 말았다.

유산을 모두 탕진한 가스통 르루에게 손짓한 것은 법정이 아니라 언론계였다. 그는 《에꼴 드 파리》에서 기자로 일했으며, 나중에 《르 마틴》으로 자리를 옮겼다. 가스통 르루는 연극과 뮤지컬에 매료되었으며 드라마 평론을 쓰기도 했다.

그러나 가스통 르루가 일급 기자로 성공할 수 있도록 만들어 주었던 것은 바로 법률에 대한 전문적인 지식이었다. 이로 인해서 가스통 르루는 헤아릴 수 없을 정도로 많이 단두대의 사형 집행 장면을 목격하게 되었다. 그래서 가스통 르루는 평생 사형 제도를 반대하는 입장을 취하게 되었다. 그 당시에 그의 견해는 매우 파격적인 것이었다.

가스통 르루는 경쟁자들을 물리치고 특종 기사를 발굴하는 일에 탁월한 재능이 있었으며 아주 만나기 힘든 유명 인사들과의 인터뷰에서도 실력을 발휘했다. 《르 마틴》지에서는 보상의 의미로 전 세계를 마음대로 누비고 다닐 수 있는 해외 기자로 파견했다.

그 당시에 일반 독자들은 해외 기자들이 마음대로 자신의 상상력을 발휘하는 것에 대해 그리 부정적인 시각을 갖지 않았다. 게다가 교통이 무척 불편했기 때문에 신속하게 사건 현장으로 접근할 수 없었던 기자들이 가상의 이야기를 만들어내는 것은 흔히 있는 일이었다. 그 유명한 한 예로 미국에서 발행하는 《허스트 신문》사의 한 기자를 들 수 있다. 그는 내전을 취재하기 위해서 발칸 반도의 한 지역을 향해 기차 여행을 하고 있었다. 그런데 불행하게도 그는 기차 안에서 그만 잠이 들어버리고 말았다. 결국 내려야 할 역을 그대로 지나쳤던 것이다. 이윽고 잠에서 깨어난 기자는 자신이 도착한 도시가 내란은커녕 몹시 평화로운 상태임을 발견하고 무척 당황하게 되었다.

하지만 그는 여행 목적이 곧 내란을 취재하기 위한 것임을 상기했다. 그리고 당장 그 일에 착수했다. 그는 그 도시에서 벌어지고 있는 치열한 전쟁에 대한 거짓 기사를 작성했다. 이윽고 다음 날 아침 워싱턴에 주재하고 있었던 그 나라의 대사관에서 그 기사를 읽었고, 곧이어 발칸 반도에 있는 그 나라 정부에 그 기사를 송고했다. 기자가 거짓 기사를 보내고 난 후 곤히 잠들어 있는 동안, 정부에서는 즉시 군사를 동원했다. 정부군에 의해 학살될 것을 두려워한 농부들은 반기를 들었다. 당연히 내란이 시작되었던 것이다. 그리고 기자는 뉴욕 본사에서 보낸 전보 때문에 잠에서 깨어났다. 그것은 세계적인 특종을 취재한 것을 축하하는 내용이었다. 이러한 사회 풍조 속에서 가스통 르루는 마치 물을 만난 고기처럼 활개쳤을 것이다.

하지만 그 당시에 여행을 다니는 일은 몹시 힘겹고 피곤한 일이었다. 10여 년 동안 유럽, 러시아, 아시아, 아프리카 등을 비롯한 전세계를 누비면서 기사를 취재한 가스통 르루는 유명 인사가 되어 있었지만, 오랜 유랑 생활로 인해 매우 탈진한 상태였다.

1907년 서른아홉 살이 되었을 때, 가스통 르루는 한 곳에 정착해서 소설을 쓰기로 결심했다. 사실상 가스통 르루의 작품들은 돈벌이 위주의 조잡한 대중 소설에 불과했다. 그것이 아마도 지금은 그의 작품들을 손쉽게 구할 수 없는 이유일 것이다.

가스통 르루가 집필한 대부분의 이야기는 추리와 공포물들이었다. 가스통 르루의 작품들은 결코 그의 개인적인 우상이었던 셜록 홈즈 근처에도 미치지 못하는 것들이었다. 하지만 그는 인생을 즐기면서 풍요로운 생활을 할 수는 있었다. 출판사들이 책을 출간하면서 보내주는 수입을, 가스통 르루는 받는 즉시 써버렸다. 그런 식으로 가스통 르루는 20여 년 동안 전업 작가로 활동하면서 무려 63권의 소설을 발표했다. 1927년 가스통 르루는 쉰아홉 살의 나이로 사망했다. 칼 라엠믈이 론 채니를 주인공으로 한 영화 〈오페라의 유령〉을 개봉하고, 그의 소설이 고전 작품의 반열에 오른 지 불과 2년 후의 일이었다.

오늘날 가스통 르루의 원작을 읽는 독자들은 커다란 당혹감을 느끼게 된다. 물론 기본적인 이야기의 골격은 매우 훌륭하다. 하지만 가스통 르루의 전개 방식은 매우 혼란스럽다. 그는 자신의 이름을 쓰고 그 위에 소설에 대한 소개 글을 덧붙였다. 그 글에서 가스통 르루는 소설 안의 모든 내용들이 단어 하나까지도 사실이라고 주장했다. 하지만 그것은 매우 위험한 일이다. 허구의 작품이 완벽하게 사실이라고 주장하는 것은 그 작품이 바로 역사적인 기록이라고 말하는 것이다.

그러므로 저자의 그러한 주장은 독자들을 볼모로 삼은 매우 경솔한 행동이라고 할 수 있다. 작가가 그렇게 주장하는 순간부터 확인이 가능한 내용들은 반드시 진실이어야만 하기 때문이다. 그런데 가스통 르루는 거의 작품 처음부터 끝까지 이 규칙을 어기고 있다.

작가는 작품의 사실성 여부를 전혀 언급하지 않으면서도 역사적인 사실을 말하듯이 이야기를 시작할 수 있다. 읽고 있는 이야기가 실제로 일어났었는지를 판단하는 것은 전적으로 독자의 몫으로 남겨두는 것이다. 이렇게 사실과 허구를 섞어놓은 것을 '실화소설' (faction)이라고 한다. 이 장르에서 이야기를 전개하는 방법은 허구의 중간 중간에 독자들이 기억하거나 확인할 수 있는 사실들을 섞어놓는 것이다. 그렇게 될 때 작품의 사실성에 대한 독자의 의혹은 증폭되지만, 그렇다고 해서 작가가 거짓을 말하고 있는 것은 아닌 것이다. 하지만 여기에 작가가 반드시 지켜야만 하는 규칙이 있다. 작가가 말하는 모든 것은 사실로 입증될 수 있거나 아니면 전혀 입증할 수 없는 내용이어야만 한다. 예를 들어 한 작가가 다음과 같은 식으로 이야기를 전개할 수는 있다.

"1939년 9월 1일 새벽녘이었다. 히틀러의 군사 50사단이 폴란드를 침공했다. 바로 그 시간에 부드러운 말씨를 쓰는 한 남자가 완벽하게 위조된 서류를 가지고 베를린 역에 도착했다. 그가 출발

한 곳은 스위스의 산악 지역이었다. 역에 도착한 그는 이제 막 잠에서 깨어나고 있는 어슴푸레한 도시 속으로 사라져버렸다."

이 이야기에서 앞부분은 입증될 수 있는 역사적인 사실이다. 하지만 뒷부분은 입증될 수도 있고 그렇지 않을 수도 있다. 운이 좋다면 독자들이 이 이야기를 모두 사실이라고 믿을 수도 있다. 그런데 가스통 르루는 독자에게 자신의 이야기가 모두 사실이라고 주장하면서 소설을 시작하고 있다. 그뿐만 아니라 그는 자신의 주장을 뒷받침하기 위해 실제 사건의 증인과 나누었던 대화, 역사적인 기록, 과거에는 전혀 찾아볼 수 없었던 새로운 일기 등을 증거물로 제시하고 있다.

하지만 그의 이야기는 매우 산만한 방식으로 전개된다. 일정한 방향도 없이 질주하는 차량처럼, 도저히 설명할 수 없는 수많은 수수께끼와 아무런 근거도 없는 주장을 제시한다. 그러다가 어느 한 순간, 갑자기 역사적인 사실을 이야기하기도 한다.

결국 독자는 앤드류 로이드 웨버가 했던 대로 하고 싶은 욕구를 느끼게 된다. 다시 말하자면 커다란 수정펜을 들고 쓸데없는 부분을 잘라내고 싶은 충동을 느끼게 하는 것이다. 그래서 산만하고 신빙성 없는 이야기를, 충격적이고 놀라운 일이기는 하지만 그래도 믿을 수 있는 것으로 바꾸어놓는 것이다.

가스통 르루의 전개 방식을 가혹하게 비판하는 데에는 그럴 만한 정당한 이유가 있다. 그리고 이 시점에서 가혹한 비판을 뒷받침

할 수 있는 여러 가지 예를 제시하고 넘어가는 것이 옳은 일일 것이다.

소설 초반부에서 가스통 르루는 유령을 '에릭'이라고 부르고 있다. 하지만 어떻게 해서 화자가 그것을 알게 되었는지에 대해서는 전혀 설명하고 있지 않다. 오페라의 유령은 어느 누구와도 대화를 나누거나 자신에 대해서 설명하는 일이 거의 없다. 이야기가 진행되면서 독자는 화자가 마담 지리로부터 유령의 이름을 들었을 것이라고 추측할 수밖에 없는 것이다.

더욱 당혹스러운 것은 가스통 르루가 처음부터 끝까지 소설이 진개되는 시점을 전혀 인급하지 않고 있다는 사실이다. 소설에시 화자는 사건을 파헤치는 기자로 묘사되고 있다. 그럼에도 불구하고 사건이 발생한 날짜를 정확하게 제시하지 않는다는 것은 이상한 일이라고 볼 수밖에 없는 것이다. 소설에서 실마리가 될 수 있는 것은 머릿글에 적혀 있는 오직 한 줄의 문장뿐이다.

"이 사건은 지금부터 30년 이내의 시간으로 거슬러 올라간다."

이 문장에 의거해서 어떤 비평가들은 이 사건의 시간적인 배경이, 이 책이 처음으로 출간된 1911년에서 30년을 줄인 1881년경으로 추정하기도 한다. 하지만 "30년 이내의 시간"이라는 말은 30년 전보다 훨씬 이후를 의미할 수도 있다. 또한 책 속에서 1881년보다는 1893년경으로 짐작하도록 만드는 여러 개의 단서들을 발견할 수도 있다. 이러한 단서들 중에서 가장 중요한 것은 강당과 무대 주위에서 조명이 갑자기 꺼졌던 사건을 들 수 있다.

　가스통 르루에 의하면, 오페라의 유령은 집착에 가까울 정도로 열정을 가지고 크리스틴을 사랑했다. 그러나 크리스틴에게 거부당하자 극도의 분노에 사로잡혔다. 그래서 유령은 그녀를 납치하기로 결심한다. 극적인 효과를 극대화하기 위해 납치의 시점은 크리스틴이 〈파우스트〉를 공연하면서 무대 위에 있는 시간으로 설정되어 있다. 하지만 앤드류 로이드 웨버는 뮤지컬에서 〈파우스트〉를 유령이 직접 작곡한 오페라였던 〈돈 주앙의 승리〉로 바꾸었다. 오페라를 공연하는 도중에 갑자기 조명이 꺼지고 극장은 칠흑 같은 어둠에 휩싸인다. 조명이 다시 켜졌을 때, 이미 크리스틴은 어디론가 사라지고 난 다음이었다. 이 부분에서 주목할 점은 900개의 가스등으로는 도저히 이런 일이 있을 수 없다는 것이다.

　아무리 극장의 구조를 훤하게 알고 있는 베일에 쌓인 인물이라도, 그 많은 가스등에 가스를 공급하는 스위치를 내려서 조명을 단번에 꺼지도록 할 수는 없다. 하지만 그것이 가능한 일이라고 가정한다고 해도 수많은 가스등이 한꺼번에 꺼질 수는 없다. 가스 공급이 끊어지면서 점차적으로 가스등이 꺼지게 될 것이며, 그것들은 번쩍거리거나 터질 수도 있는 것이다. 더욱이 자동적으로 조명이 다시 켜지는 기술은 그 당시에는 찾아볼 수가 없었다. 조명이 꺼졌을 경우에는 점등인이 가느다란 초를 가지고 돌아다니면서 다시 불을 붙여야만 했다. 스위치 한 개를 내려서 단번에 극장 전체를 어둠에 휩싸이도록 만들거나, 몇 초 후에 곧바로 다시 조명이 들어오도록 하는 유일한 방법은 전기를 이용한 조명 장치가 있을 때에만 가능한 일이다. 이 점으로 미루어볼 때 사건이 발생했던 시점은 가스통 르루가 시사하고 있는 것보다 훨씬 이후의 일이라고 볼 수밖에 없다.

가스통 르루는 또한 마담 지리의 직위와 출현 그리고 그녀의 지능과 관련해서 큰 실수를 저지른 것으로 보인다. 앤드류 로이드 웨버는 뮤지컬에서 그녀와 관련된 실수를 정정했다. 원작에서 마담 지리는 약간 저능아에 가까운 청소부로 등장한다. 하지만 실제로 마담 지리는 발레단의 단장이었다. 그녀는 외면상으로는 몹시 엄격하고 까다로운 사람처럼 보이지만(발레단에서 활동하는 감수성이 예민한 무용수들을 통제하기 위해서 그런 성품이 반드시 필요했을 것이다) 그 외면 뒤에는 매우 용감하고 동정심 많은 성품을 지니고 있었다.

이 점에 있어서 독자들은 가스통 르루의 실수를 널리 이해하고 포용해야만 한다. 결국 그는 다른 사람들의 기억과 정보에 전적으로 의존하고 있었기 때문이다. 그에게 정보를 제공한 사람들이 다른 여인을 묘사하고 있었던 것은 분명하다. 경찰관이나 법정 출입 기자들은 증인들이 아무리 정직하고 올바른 사람이라고 해도 법정에서 서로의 말이 어긋나는 경우가 많다는 것에 대해 흔쾌히 동의할 것이다. 또한 증인들은 바로 지난달에 목격한 사건조차도 정확히 기억하지 못하는 경우가 허다하다. 하물며 18년 전에 일어난 사건을 정확하게 기억한다는 것은 거의 불가능한 일이다.

가스통 르루는 이것을 제외하더라도 몇 가지 명백한 실수를 저질렀다. 그는 오페라의 유령이 분노한 나머지, 강당 천장의 샹델리에를 관람객들 위로 떨어뜨려서 그 밑에 앉아 있던 여인 한 명이 사망한 사고를 묘사했다. 희생자는 유령의 존재에 대해 우호적이라는 이유로 해고당한 마담 지리의 후임자로 온 여인이었다. 이 부분은 우연성이 지나치기는 하지만 극적인 요소로 납득할 수 있다. 하지만 문제가 되는 것은 관람객 위로 떨어진 샹델리에의 무게이다. 그것은 무게가 20만 킬로그램에 달한다고 되어 있다. 그 무게는 도저히 천장이 지탱할 수 없을 만큼 무거운 것이다. 실제로 오페라 하우스에 걸려 있는 샹델리에의 무게는 7톤에 불과하다.

하지만 추리 소설의 가장 기본적인 규칙을 무시한 것은 바로 '페르시아인'이라고만 알려져 있는 신비스러운 인물이다. 이 기이한 인물은 소설의 전반부에서 단 두 번 짧게 언급되었을 뿐이다. 하지만 크리스틴이 무대에서 납치된 후에 가스통 르루는 이 인물로 하여금 소설을 서술하도록 만든다. 그래서 소설 후반부의 3분의 1에 해당하는 분량은 페르시아인의 시각을 통해서 이야기가 전개된다. 그의 이야기는 너무나 사실성이 부족하고 신빙성이 없다.

하지만 가스통 르루는 한 번도 그의 진술을 재점검하기 위한 시도조차 하지 않았다. 라울 샤니 자작은 페르시아인이 서술하고 있는 사건 현장에 매번 참석하고 있었던 것으로 되어 있다. 그렇지만 가스통 르루는 나중에 자작으로부터 직접 이야기를 확인하려고 시도했지만, 자작을 찾을 수 없었다고 주장하고 있다. 자작을 찾지 못했다는 것은 도저히 있을 수 없는 일이다.

독자들은 어떤 이유로 페르시아인이 에릭을 그토록 증오했는가에 대해서는 전혀 알 길이 없다. 어쨌거나 페르시아인은 유령에 대해 심할 정도로 인신공격을 가했다. 페르시아인이 이야기를 전개하기 전에는 대부분의 독자들이 유령에 대해 일말의 인간적인 연민을 느꼈을 수도 있다. 추한 외모를 그 사람의 내적인 죄악과 동일시하는 사회에서 유령은 괴물에 가까울 정도로 추악하고 기형적이었던 것은 분명하다. 그러나 그의 추한 외모가 그의 잘못일 수는 없다. 아마도 유령은 사회에 대한 증오심으로 가득 차 있었을 것이다. 그리고 다른 사람들로부터 멸시받고 소외당한 유령의 인생은 분명히 몹시 고통스러웠을 것이다. 페르시아인이 등장하기 전까지 독자들은 에릭을, 미녀인 크리스틴을 사랑하는 야수로 볼 수 있었다. 야수의 외모는 추해도 그의 내면까지 사악하지는 않았던 것이다.

하지만 페르시아인은 유령을 분노에 날뛰는 가학적인 성격 파탄자로 묘사하고 있다. 페르시아인의 말에 의하면 유령은 쾌락을 위해 연쇄 살인을 저지르고 가엾은 사람들의 목을 조른다. 고문실을 설계하고 그 안에서 고통받으면서 죽어가는 불쌍한 사람들의 모습을 훔쳐보며 쾌락을 얻는 것이다. 또한 에릭과 똑같이 가학적인 인물인 페르시아의 왕비를 위해 몇 년 동안 일하면서 끔찍한 고문 기술을 개발하고 그녀의 죄수들에게 고문을 가하는 사악한 인물이었다. 페르시아인은 오페라의 유령을 이토록 괴기스럽고 잔인한 인물로 묘사하고 있는 것이다.

페르시아인의 이야기에 따르면, 그는 라울 자작과 함께 납치된 크리스틴을 구출하기 위해 극장의 가장 저층부까지 내려가지만 그들 역시 유령에게 잡힌 후 고문실에 갇혀서 뜨거운 열기로 인해 죽임을 당할 뻔한다. 그러나 그들은 기적적으로 고문실을 탈출한 다음에 기절하고 만다. 하지만 어떻게 된 일인지 몰라도 그들 두 사람과 크리스틴은 아무런 해도 입지 않은 채 무사히 구출된다. 이것은 너무나 터무니없고 황당무계한 이야기이다.

가스통 르루는 소설의 마지막 부분에 가서 다시 한 번 유령에 대한 연민을 보여준다. 하지만 페르시아인의 이야기를 믿는다면 유령에 대해 연민을 갖는다는 것은 절대로 불가능한 일이다. 그럼에도 불구하고 가스통 르루는 페르시아인의 모든 이야기를, 그 진실 여부를 불문하고 그대로 믿는 듯하다.

한 가지 다행이라고 할 수 있는 점은, 페르시아인의 이야기 속에는 너무나 명백한 허점이 있기 때문에 그의 이야기 전체를 믿을 수 없도록 만든다는 것이다. 페르시아인은 에릭이 오페라 하우스의 지하실에서 살아가기 전에 오랫동안 풍요롭고 만족스러운 생활을 누렸다고 주장했다. 페르시아인의 말에 따르면 이루 말할 수 없을 정도로 끔찍하게 생긴 에릭은 유럽 전역과 러시아 그리고 페르시아 만에 이르기까지 전세계를 자유롭게 여행했다. 그런 다음에 에릭은 파리로 와서 파리 오페라 하우스 건립에 참여하게 된다.

이 점은 그야말로 전혀 앞뒤가 맞지 않는 것이다. 아무리 기형적인 외모를 가졌다고 하더라도 오랜 세월 동안 그렇게 많은 것들을 누리면서 살아온 사람이라면 자신의 끔찍한 외모를 어느 정도는 수용할 수 있게 되었을 것이다. 그리고 오페라 하우스의 건립에 참여했다면 당연히 그는 수많은 회의에 참석했을 것이다. 설계사들과 얼굴을 맞대고 대면해야만 했을 것이며, 하청업체 직원들이나 노무자들과 협상을 벌였어야만 했을 것이다. 그런 사람이 도대체 무슨 이유로 다른 사람들의 눈을 피해 지하에서 아무도 모르게 살아가야 했단 말인가? 에릭처럼 재능과 지능을 겸비한 사람이라면 극장 건립을 통해 적지 않은 재산을 끌어모았을 것이다. 그런 다음에 은퇴해서 한적한 시골로 내려간 후에 다른 사람들과 분리된 장소에서 그의 외모에 개의치 않는 하인의 시중을 받으며 편안하게 살아갔을 것이다.

현대의 독자들이 취할 수 있는 가장 논리적이고 유일한 방법은 앤드류 로이드 웨버가 이미 뮤지컬을 통해서 시도했던 방식대로 이 소설을 만나는 것이다. 그 방법은 바로 페르시아인의 이야기와 주장들을 완전히 무시하는 것이다. 그리고 페르시아인과 가스통 르루가 말한 대로 사건이 벌어진 직후에 유령이 죽었다는 것을 민지 않는 것이다. 이 시점에서 가장 합당한 것은 이 사건이 발생한 원점으로 되돌아가는 일이다. 그리고 합리적인 논리에 의거해서 독자들이 실제로 알 수 있고 추정할 수 있는 것들만 선택적으로 받아들이는 것이다. 그렇게 했을 때, 앤드류 로이드 웨버가 했던 것처럼 이 소설의 기본적인 골격이 다음과 같이 형성될 수 있다.

1880년대. 너무나 끔찍하게 일그러지고 기형적인 외모를 한 불쌍한 사람이 살고 있었다. 그는 사회가 자신을 증오하고 멸시한다는 사실을 알고 인간 사회와의 접촉을 피해 안전한 곳을 찾아서 도망을 간다.

마침내 그는 오페라 하우스의 미로가 얽힌 지하실에서 자신의 안식처를 발견하게 된다. 그는 오페라 하우스의 지하에 안주한다. 이 시기까지의 이야기 속에서 그다지 황당한 부분은 없다. 옛날에 죄수들은 어두운 지하 감옥에서 몇 년 동안이나 살아남았던 것이다. 하물며 3에이커의 넓은 대지 위에 세워진 7층이나 되는 지하실은 감옥과는 비교할 수 없을 정도로 자유로운 곳이다. 넓고 웅장한 오페라 극장은(사람들이 모두 집에 돌아간 시간이면 유령은 혼자 아무런 제지도 받지 않고 극장 안을 마음대로 돌아다닐 수 있었다) 마치 작은 도시와도 같다. 그리고 그 안에는 생활을 해나가는 데 필요한 모든 것들을 죄다 갖추고 있었던 것이다.

몇 년이라는 시간이 흐르자 초자연적인 현상에 쉽게 현혹되는 직원들 사이에서 유령에 대한 소문이 퍼지기 시작했다. 물건들이 여기저기에서 없어지기 시작했고 검은 그림자와 같은 형체가 때때로 사람들과 마주치면 이내 짙은 어둠 속으로 황급히 사라지곤 했던 것이다. 이 부분에서도 터무니없는 내용은 하나도 없다. 음침한 건물에서는 으레 그런 소문들이 무성한 법이기 때문이다.

그런데 1893년에 한 가지 사건이 발생한다. 이 사건으로 인해서 어둠 속에 만들어진 유령의 왕국은 비극적인 종말을 맞이하게 된다. 오페라 하우스의 박스석에서 은밀하게 무대를 내려다보던 에릭은 한 젊고 사랑스러운 무용수를 발견하게 되었던 것이다. 그 순간부터 에릭은 도저히 헤어날 수 없을 정도로 그녀에게 이끌리면서 사랑에 빠지게 된다. 오페라 극장에서 살고 있었던 에릭은 지난 몇 년 동안 유럽에서 가장 뛰어나다는 가수들의 노래를 듣고 있었기 때문에 그녀에게 성악 수업을 해줄 수가 있었다.

어느 날 그녀는 주인공의 역할을 대신 맡게 되면서 맑고 순수한 노랫소리로 파리 시 전체를 매료시킨다. 이 부분에서도 실제로 일어날 수 없는 일은 전혀 없다. 뛰어난 재능을 가지고 있던 사람이 어느 날 갑자기 스타로 발돋움하는 전설적인 이야기들은 영화나 연극이나 오페라 계통에서는 실제로 흔히 발생하는 일이기 때문이다.

이 순간부터 사건은 비극의 소용돌이로 빠져들고 만다. 에릭은 크리스틴이 자신의 사랑을 받아들이고 또한 자신을 사랑해 주기를 소망했던 것이다. 하지만 크리스틴은 젊고 잘생긴 라울 샤니 자작과 사랑에 빠져 있었다. 에릭의 사랑은 거부당하고 말았던 것이다. 사랑에 대한 분노와 질투로 인해 에릭은 극단적인 행동을 취하게 된다. 공연이 진행되고 있는 동안 무대 위에서 대담하게 그녀를 납치했던 것이다. 그리고 그녀를 지하 7층에 있는 호숫가 주위의 은신처로 데리고 간다.

에릭과 크리스틴 사이에서 무슨 일이 일어났었는가에 대해서는 아무도 알 수 없다. 하지만 깊고 어두운 지하실의 공포도 잊은 채, 젊은 자작은 그녀를 구출하기 위해 그곳에 나타난다. 그리고 크리스틴은 라울과 에릭 사이에서 선택을 해야 하는 기로에 놓인다.

물론 그녀는 아도니스와 같이 멋지고 잘생긴 젊은 자작을 선택한다. 유령은 서로 사랑하는 두 명의 연인들을 얼마든지 살해할 수 있었다. 바로 그 순간, 복수를 외치면서 횃불을 밝혀 들고 지하로 몰려오는 군중들이 나타나기 시작한다. 그는 두 연인들을 살려주고 짙은 어둠 속으로 사라진다.

유령이 사라지기 직전에 크리스틴은 그가 사랑의 징표로 그녀에게 건네주었던 반지를 에릭에게 다시 돌려준다. 에릭은 마치 자신을 쫓는 사람들을 조롱이라도 하듯 한 가지 물건을 뒤에 남겨둔 채 홀연히 사라지고 말았다. 그것은 바로 〈가면무도회〉(Masquerade)라는 곡을 연주하는 원숭이 모양의 뮤직 박스였다.

이것은 앤드류 로이드 웨버가 새롭게 창조한 뮤지컬의 내용이다. 이것은 가스통 르루의 원작보다 더 신빙성이 있고 이치에 들어 맞는 이야기이다. 쓰라린 사랑으로 인해 또다시 마음의 상처를 입게 된 오페라의 유령은 어디론가 사라지고 말았으며, 두 번 다시 그에 대한 이야기를 들을 수 없게 되었다.

그러나…… 과연 그럴까?

| 차례 |

the Phantom of Manhattan

또다시 사랑의 화신이 되어 나타난
오페라의 유령

-그 두 번째 이야기-

앙투아네트 지리의 고백

1906년 9월 파리

싱 빈센트 드 폴 수녀원의 호스피스 병동

지금 나는 침대에 드러누워 있다. 내 머리 위의 천장에 갈라진 틈 새가 보인다. 그 틈 옆으로 거미 한 마리가 부지런히 집을 짓고 있 는 모습이 보인다. 아마도 그 거미는 나보다 더 오랫동안 살아갈 수 있을 것이다. 그리고 내가 이제 얼마 남지 않은 여생을 마친 후 에도 저 거미는 여전히 여기에 남아 있을 것이라고 생각하니 인생 의 의미가 새롭게 다가왔다. 나는 새끼들에게 먹일 먹이를 잡기 위 해 열심히 거미집을 짓고 있는 거미에게 행운을 빌어준다.

어떻게 해서 나에게 이런 일이 일어났을까?

쉰여덟 살의 나, 앙투아네트 지리는 지금 수녀들이 자선 단체로

운영하는 파리 시민을 위한 호스피스 병동에 누워 나를 창조하신 조물주를 만날 시간만을 기다리고 있다.

나는 과거를 회상하고 있다. 지금까지 나는 그다지 착하게 살아온 것 같지 않다. 이곳에서 헌신적으로 봉사하고 있는 선량한 수녀들의 모습을 지켜보면서, 비로소 나는 나 자신이 살아온 모습을 되돌아볼 수 있게 된 것이다.

수녀들은 잠시도 쉬지 않고 환자들의 뒤치다꺼리를 하고 있다. 그들은 청빈과 정숙과 겸손과 순종의 미덕을 따라 살기로 맹세했으며, 그 서약을 충실하게 지키고 있다. 아마도 나였다면 결코 그들처럼 살아갈 수 없었을 것이다. 또한 그들에게는 신에 대한 굳은 믿음이 있지만 나는 절대로 한결같은 믿음을 가질 수 없었을 것이다.

'지금이 바로 신에 대한 믿음을 가져야 할 때가 아닐까?'

갑자기 이런 의문이 나의 뇌리를 스치고 지나갔다. 아마도 그래야만 할 것이다. 나의 눈앞에 보이는 저 작고 높은 창문에 밤하늘의 어둠이 내려앉기 전에 이미 나는 이 세상 사람이 아닐 것이기 때문이다.

내가 이곳에서 죽어가고 있는 이유는 내 수중에 돈이 거의 없기 때문이다. 하지만 나는 베개 밑에 아무도 모르게 작은 가방을 간직하고 있다. 그 가방을 숨겨두고 있는 것은 아주 특별한 이유가 있기 때문이다.

40년 전에 나는 극단의 발레리나로 활동하고 있었다. 그 당시 나는 매우 가녀린 몸매를 가지고 있었으며 무척 젊고 아름다웠다. 수많은 젊은이들이 분장실로 찾아와서 나에게 찬사의 말을 늘어놓았다. 그들은 아주 잘생긴 청년들이었다. 다른 사람들의 눈길을 끌 만큼 매력이 넘치고 젊음의 향기가 가득 차 있는 단단한 육체를 가진 그들은 나에게 커다란 즐거움과 쾌락을 선사했으며, 나 또한 그들에게 즐거움과 쾌락을 주었다.

그 젊은이들 중에서 가장 아름다운 청년은 뤼시엥이었다. 무용수들은 모두 그를 '뤼시엥 르 벨(le Bel은 '미남왕(王)'이라는 의미—역주)' 이라고 불렀다. 그의 얼굴을 바라보기만 해도 소녀들의 가슴이 두근거릴 만큼 그는 정말 멋진 미님이었다.

뤼시엥과 나는 어느 화창한 일요일에 만났다. 뤼시엥은 영화나 소설의 한 장면처럼 한쪽 무릎을 꿇고 정중하게 청혼했으며, 나는 그를 받아들였다. 하지만 뤼시엥은 불과 1년 후에 세단에서 프로이센 병사들의 총에 맞아죽고 말았다. 그 후 나는 오랫동안 결혼이라는 것에 대해 생각조차 하고 싶지 않았다. 거의 5년 동안 나는 오직 무용만을 생각하면서 살아갔다.

내가 무용수로서의 수명이 다한 시기는 스물여덟 살 무렵이었다. 그 당시 나는 코뤼스를 만나 결혼하고, 사랑스러운 딸인 맥을 임신해서 체중이 급격히 불어나고 있었다. 체중이 늘어나면서 나는 몸의 유연성을 잃어가기 시작했다. 발레단에서 나이가 든 편에 속하는 무용수들은 몸매를 가늘게 유지하고 유연성을 잃어버리지 않기 위해 날마다 몹시 노력해야만 했다.

그런데 발레단을 이끌고 있던 단장이 은퇴를 하게 되었다. 그 단장은 항상 나에게 친절을 베풀었다. 그 단장은 나를 자신의 후임자로 지목했다. 그는 발레단에서 오랫동안 일했던 나의 경력과 경험을 높이 평가해 주었던 것이다. 게다가 그는 오페라 하우스 밖에서 후임자를 찾고 싶어하지 않았다.

그래서 나는 오페라 하우스 발레단의 새로운 단장이 되었다. 이윽고 맥이 태어나고 유모를 구할 수 있게 되자, 나는 발레단의 단장으로 일을 시작했다. 그것은 가르니에의 오페라 하우스가 더욱 웅장한 규모를 갖추고 새롭게 문을 열고 나서 1년 후인 1876년 무렵의 일이었다. 무용수들은 펠레티에르 가의 비좁고 더러운 분장실에서 해방될 수 있었다. 더욱 넓고 깨끗한 환경에서 춤출 수 있었던 것이다.

마침내 전쟁도 막을 내렸다. 파리 시가는 전쟁으로 인한 피해를 서서히 복구하기 시작했으며, 온통 생기로 넘쳐흘렀다. 하지만 좋지 않은 일도 생겼다.

코뤼스는 뚱뚱한 벨기에 여자와 눈이 맞아 아르덴으로 도망가고 말았다. 그 일로 나는 조금도 상심하지 않았으며 오히려 잘 된 일이라고 생각했다. 나에게는 만족스러운 직장이 있었으며, 무엇보다도 사랑스럽고 소중한 딸 맥이 있었다. 비록 작긴 하지만 나의 딸을 키울 수 있는 공간인 아파트도 갖고 있었다. 나는 내가 지휘하는 무용수들이 유럽의 저명한 인사들 앞에서 매일 밤 공연하는 모습을 보는 것만으로도 충분히 행복했다.

코뤼스는 어떻게 되었을까?

가끔 그의 소식이 궁금할 때가 있다. 하지만 이제 와서 그것을 알아보기에는 너무나 늦어버렸다.

사랑하는 딸 멕은 엄마인 나처럼 무용수가 되어 발레단에 입단했다. 물론 나는 발레단의 단장이었기 때문에 딸의 입단 정도는 얼마든지 쉽게 허락할 수 있는 일이었다.

하지만 멕은 10년 전 무대에서 넘어지는 사고를 당하고 말았다. 그 사고로 결국 멕은 오른쪽 무릎을 영원히 굽힐 수 없게 되었다. 그러나 멕은 상당히 운이 좋다고 말할 수 있다. 단장이었던 나는 멕을 유럽에서 가장 유명한 프리마돈나인 크리스틴 드 샤니의 개인 비서이자 시녀로 일할 수 있도록 주선해 주었던 것이다.

"멕은 지금 어디에 있을까? 밀라노? 로마? 혹은 마드리드?"

멕은 프리마돈나 여가수가 공연하는 도시에서 머무르고 있을 것이다. 지금은 샤니 자작 부인이 되어 있는 유명한 오페라 가수 크리스틴에게 한때 내가 호령했던 일을 가끔씩 회상하면서 나는 미소를 짓곤 한다.

나는 지금 어디에 있는가? 나는 성 빈센트 드 폴 수녀원의 호스피스 병동에서 죽음을 기다리고 있다. 죽음은 너무나 급작스럽게 그리고 너무나 일찍 나에게 차가운 손길을 내밀었다.

나는 8년 전에 쉰 살이 되었다. 나는 발레단 단장의 자리에서 물러났다. 물론 오페라 하우스에서는 나의 은퇴를 멋지게 축하해 주었다. 그리고 단장의 자격으로서 지난 22년 동안 무용수들을 이끌었던 것에 대해 적지 않은 보상금도 지급해 주었다.

그것은 내가 충분히 여생을 살아갈 수 있을 만큼의 돈이었다. 그리고 아주 부유한 집안의 딸들을 가르칠 수 있는 기회도 주어졌다. 물론 그 딸들은 발레에 아예 소질이 없는 경우가 많았다. 하지만 아직까지도 일할 수 있다는 것에 대해 나는 만족스럽게 여겼다.

지난봄의 일이었다. 갑자기 고통이 나를 엄습하기 시작했다. 처음에는 통증이 그렇게 심하지 않았다. 그러다가 아랫배가 심하게 아프기 시작했다. 병원에서는 단순한 소화불량이라고 진단하면서 약을 주었다. 그 당시에는 의사도 나도, 나의 위장 속에서 게 한 마리가 자리잡고 있다는 사실을 몰랐다. 그 게는 날마다 커가면서 거대한 발톱으로 나의 위장을 긁어대고 있었던 것이다. 그 사실을 발견한 것이 지난 7월의 일이었다. 하지만 이미 치료를 하기에는 너무 늦어버렸다.

그래서 나는 지금 여기에 드러누워 있다. 통증을 참기 위해 이를 악물며, 동양의 양귀비에서 추출된 하얀 아편가루가 고통을 가라앉혀 주기를 기다리고 있을 뿐이다.

기다림의 시간은 얼마 남지 않았다. 이제 곧 평안한 마지막 안식이 찾아올 것이다. 나는 지금 아무것도 두렵지 않다. 아마도 하나님께서는 나에게 자비를 베푸실 것이다. 나의 고통을 가져가 버리실 것이기 때문이다.

나는 나의 생각을 다른 곳으로 집중시키기 위해 무척 애쓰고 있다. 그것은 혹독한 고통을 이길 수 있는 아주 좋은 방법이었다. 내가 훈련시켰던 무용수들을 한 명씩 떠올리다가 아름답고 사랑스러운 나의 딸 멕을 생각한다.

나는 언제인가 멕이 자신의 짝을 찾을 수 있게 되기를 바라고 있다. 그리고 나는 세상에서 가장 슬픈 운명을 가지고 태어난 사랑하는 두 소년을 생각한다. 어쩌면 내가 가장 많이 생각하고 염려하는 것은 그들 두 소년일지도 모른다.

"지리 마담, 신부님이 오셨습니다."

"고마워요, 수녀님. 앞을 잘 볼 수가 없네요. 신부님은 어디 계시나요?"

"저는 여기 있습니다, 자매님. 저는 세바스찬 신부입니다. 당신 바로 옆에 있습니다. 자매의 팔 위에 놓인 제 손이 느껴집니까?"

"네, 신부님."

"나의 자매여, 이제 당신은 하나님과 화평을 이루어야만 합니다. 당신의 고해성사를 들어 드리겠습니다."

"그럴 시간이 되었군요. 신부님, 부디 저의 죄를 용서해 주세요. 전 죄를 지었습니다."

"말하세요. 아무것도 숨기지 말고 모두 말하십시오."

"벌써 오래 전의 일입니다. 1882년이었습니다. 저는 수많은 사람들의 인생을 단숨에 바꾸어버릴 일을 저지르고 말았습니다. 하지만 그 당시에는 그 일이 어떤 결과를 불러올지 전혀 예상하지 못했어요. 저는 충동에 이끌려 행동했고, 그 일이 정말로 선한 것이라고 생각했지요. 그때 저는 서른네 살의 파리 오페라 발레단 단장이었습니다. 결혼을 했지만 남편은 저를 버리고 다른 여자와 멀리 도망가 버렸어요."

"자매님은 그들을 용서해야 합니다. 용서하는 것은 참회의 한 부분이라고 할 수 있습니다."

"신부님, 저는 물론 그들을 용서했어요. 그것도 이미 오래 전에……. 그 당시에 저는 이제 막 여섯 살 된 멕을 키우고 있었습니다. 그런데 뇌일리에서 축제가 열렸어요. 일요일에 저는 멕을 데리고 그곳에 갔습니다. 악사들이 악기를 연주했어요. 멋진 회전목마도 있었어요. 바이올린을 연주하는 사람의 선율에 맞추어 춤추는 원숭이도 있었어요. 나중에 원숭이는 구경꾼들한테 돈을 받았어요. 멕은 한 번도 서커스를 본 적이 없었기 때문에 모든 것들이 신기하게 보였을 거예요. 그런데 서커스 한쪽 구석에서 이상한 쇼가 벌어지고 있었어요. 천막들이 줄지어 늘어서 있었는데, 그 위에 커다란 광고물들이 붙어 있었지요. 세상에서 가장 힘센 사람, 묘기를 부리는 난쟁이들, 온몸에 문신이 새겨져 있는 사람, 콧잔등에 뼈가 툭 튀어나와 있고 이빨이 늑대처럼 생긴 흑인 남자, 수염이 나 있는 여자, 이렇게 이상한 사람들을 전시해 놓은 천막들이었습니다."

"그 천막으로 들어갔나요?"

"네. 그런데 맨 끝부분에 바퀴가 달린 커다란 새장 같은 우리가 놓여 있었습니다. 철창이 30센티미터 간격으로 세워져 있는 우리였는데, 바닥에는 더러운 악취를 풍기는 짚단이 깔려 있었어요. 해가 하늘 높이 떠 있어서 주위는 아주 맑고 환했지만 우리의 내부는 무척이나 어두웠습니다. 그래서 저는 어떤 동물이 들어 있는지 궁금해 그 안을 들여다보았습니다. 쩔렁거리는 쇠사슬소리가 들리고 짚단 위에 어떤 것이 웅크리고 있는 모습이 보였어요. 바로 그 순간 한 남자가 저를 향해 다가왔습니다."

"어떤 남자였나요?"

"그 남자는 몸집이 크고 살이 쪘으며 얼굴은 붉고 아주 천박해 보였어요. 그 남자는 끈으로 연결한 쟁반을 목에 걸고 있었어요. 그 쟁반에는 조랑말들이 묶여 있는 곳에서 끌어모은 말똥들과 썩은 과일들이 가득 담겨 있었습니다. '이것을 던져서 저 괴물을 맞힐 수 있는지 한번 도전해 보세요. 한 번 던질 때마다 1상팀(프랑스의 화폐단위. 1프랑의 100분의 1—역주)입니다.' 이렇게 말하면서 그 남자는 철창을 향해 돌아서더니 커다랗게 외쳤어요. '이리 와. 앞쪽으로 다가오란 말이야. 당장!' 그 말이 끝나자 쇠사슬이 쩔렁거리는 소리가 들리면서 어떤 형체 하나가 창살을 향해 다가왔습니다. 그것은 사람이라기보다는 차라리 동물이라고 해야 옳았어요."

"저런!"

"하지만 그 형체는 사람이 분명했습니다. 더러운 누더기를 걸친 남자였어요. 그는 온몸이 더러운 오물로 잔뜩 뒤덮여 있었고, 썩은 사과를 베어 먹고 있었습니다. 그는 사람들이 던져주는 음식들을 먹으면서 살고 있는 것 같았습니다. 오물들이 그 남자의 바짝 마른 몸에 더덕더덕 붙어 있었어요. 그의 손목과 발목에는 단단한 수갑이 채워져 있었습니다. 그런데 수갑의 쇠가 살을 파고들어서 상처가 나 있었어요. 그는 치료조차도 받지 못하고 있었어요. 그대로 노출되어 있는 상처들 속에서 구더기들이 꿈틀거리고 있었지요. 너무나 끔찍한 광경이었어요. 갑자기 멕이 울음을 터뜨렸어요. 멕이 울음을 터뜨렸던 것은 그 끔찍한 광경 때문이 아니었어요."

"다른 이유가 있었나요?"

"네, 신부님. 그것은 바로 철창에 갇혀 있는 그 남자의 얼굴 때문이었어요. 그 남자의 얼굴과 머리의 형체는 이루 말할 수 없을 정도로 끔찍하게 기형적으로 일그러져 있었어요. 머리에는 몇 가닥의 더러운 머리카락만이 남아 있었습니다. 얼굴은 마치 오래 전에 커다란 망치로 얻어맞은 것처럼 한쪽으로 일그러져 있었어요. 얼굴의 피부는 다 타고 녹아내린 양초덩어리처럼 엉겨 붙어 있었지요. 움푹하게 패인 퀭한 구멍에 두 개의 눈이 박혀 있었어요. 코도 역시 몹시 흉했습니다. 그의 얼굴에서 정상인처럼 보이는 부분은 입의 반쪽과 한쪽 턱뿐이었어요."

"참혹한 광경이었군요."

"그때 멕은 캐러멜을 바른 사과를 들고 있었지요. 저는 제 자신도 모르는 사이에 멕의 손에서 사과를 빼앗아 들었습니다. 그런 다음에 그가 갇혀 있는 철창을 향해 가까이 다가갔습니다. 그리고 그에게 사과를 내밀었습니다. '지금 무슨 짓을 하는 겁니까? 당신은 지금 나의 생계를 방해하고 있소.' 오물을 들고 있던, 얼굴 붉은 남자가 몹시 분개하면서 소리를 마구 질러댔습니다. 하지만 저는 그 남자를 무시해 버렸습니다. 저는 철창 속에 갇힌 가엾은 남자의 더러운 손에 달콤한 사과를 쥐어주었습니다. 그의 몰골은 아주 흉측했어요. 그런 다음 저는 저를 응시하고 있는 괴물의 두 눈동자를 바라보았죠."

"그래서 어떻게 되었나요?"

"신부님. 35년 전 프로이센과 프랑스가 전쟁을 하고 있을 때, 발레 공연이 잠시 중단된 일이 있지요. 그때 저는 전선에서 후송된 부상자들을 돌보는 일을 했습니다. 그래서 고통에 시달리면서 신음소리를 내고 있는 사람들을 헤아릴 수 없을 정도로 많이 보았지요. 하지만 그 괴물의 두 눈동자에 가득 담겨 있었던 깊은 고통은 단 한 번도 본 적이 없었습니다."

"자매여, 고통은 인생의 한 부분입니다. 당신이 그 남자에게 사과를 건네준 행동은 죄가 아니라 연민과 동정에서 우러나온 사랑입니다. 저는 당신이 짓지도 않은 죄를 사해줄 수는 없는 일입니다."

"하지만 신부님, 나는 그날 밤에 다시 그곳으로 돌아가서 그 남자를 몰래 빼냈습니다."

"뭐라구요?"

"그날 밤에 저는 곧장 오페라 하우스로 갔습니다. 도구 창고에 가서 자물쇠 절단기를 꺼내고, 의상실에 가서 커다란 두건이 달린 망토를 가져왔어요. 그런 다음에 마차를 불러 타고 뇌일리로 돌아갔습니다. 북적거리던 장터는 아주 한산했어요. 은은한 달빛만이 비치고 있었지요. 서커스 단원들은 숙소에서 곤히 잠들어 있었습니다. 개들만이 나를 알아보고 짖어대기 시작했죠. 그래서 나는 얼른 고깃덩어리를 던져주었어요. 저는 그 남자가 갇혀 있는 우리를 찾아냈습니다. 우리에 매달려 있던 자물쇠를 자르고 문을 열었습니다. 저는 나지막한 목소리로 그를 불렀어요. 그 괴물은 쇠사슬에 묶인 채 바닥에 쓰러져 있었습니다. 저는 손목과 발목에 채워져 있는 수갑을 잘라내고 서둘러 그를 빼냈어요. 그는 겁에 잔뜩 질린 것처럼 보였습니다. 하지만 달빛에 비친 제 얼굴을 보자, 그는 비틀거리면서 일어났습니다. 마침내 그는 우리에서 나올 수 있었습니다. 그러다가 그는 땅바닥으로 털썩 쓰러지고 말았어요. 저는 그에게 긴 망토를 입히고 모자로 그의 얼굴을 가렸습니다. 저는 그를 데리고 재빨리 마차에 올라탔습니다. 마부는 악취가 난다고 투덜거렸지만, 제가 마차 삯을 더 지불하자 잠잠해졌습니다. 마부는 곧장 펠레티에르 가에 있는 제 아파트로 마차를 몰았습니다. 신부님,

그를 데리고 온 것이 죄가 될까요?"

"법적으로 범죄를 저지른 것은 분명합니다, 자매님. 아무리 짐
승 같은 서커스 주인이라고 해도, 그 남자는 엄연히 주인의 소유물
이었으니까요. 하지만 하나님의 눈길로 바라보면 그것이 죄가 될
것인지는 딱 잘라 말할 수가 없군요. 아마도 하나님께서는 죄가 아
니라고 말씀하실 것입니다."

"한 가지 더 고백할 것이 있습니다, 신부님. 시간이 있으세요?"

"물론입니다. 당신은 곧 영원의 세계로 떠날 사람이에요. 저는
당신에게 얼마든지 시간을 할애할 수 있습니다. 단지 이곳에 저의
도움을 필요로 하는 다른 사람들이 있다는 것만 기억하세요."

"저는 한 달 동안 그를 아파트에 숨겨두었습니다. 그는 난생 처
음으로 목욕을 했죠. 그런 다음에도 해묵은 때를 벗겨내기 위해 여
러 차례에 걸쳐서 목욕을 해야만 했습니다. 저는 그의 상처에 약을
바르고 붕대를 감아주었어요. 시간이 흐르면서 그의 상처는 서서
히 아물기 시작했습니다. 저는 남편의 옷을 그에게 입혀주고 음식
을 주었습니다. 그는 서서히 건강을 회복하게 되었어요. 그는, 목
욕을 한 것도 처음이지만 깨끗한 시트가 깔린 침대에서 잠을 잔 것
도 처음이라고 말했어요. 나는 멕과 함께 잠을 잤습니다. 멕은 그
남자를 볼 때마다 겁에 질린 표정을 지었거든요. 그렇지만 그 남자
역시 누군가가 아파트를 방문하면 공포스러워하며 계단 밑으로 얼
른 몸을 숨기곤 했습니다. 그는 프랑스어를 말할 줄 알았어요. 그

의 말투에는 알사스 사투리가 섞여 있었지요. 그는 한 달 동안 제 아파트에서 머물렀습니다. 그는 아주 조금씩 자신의 이야기를 저에게 털어놓았습니다."

"그는 몹시 불행한 사람이었겠군요."

"그래요. 그의 이름은 에릭 물하임이었어요. 지금은 마흔 살가량 되었을 겁니다. 그는 알사스 지방에서 태어났어요. 물론 그가 태어났을 때에는 프랑스 영토에 포함되어 있었지만, 이내 프로이센으로 편입되고 말았죠. 에릭은 서커스단에서 일하던 부부 사이에서 태어난 외동아들이었습니다. 그들은 주로 마차에서 살면서 이 마을 저 마을로 떠돌아다니는 방랑 생활을 하고 있었습니다. 에릭은 아주 어렸을 때부터 자신의 불행한 출생에 대해 알고 있었다고 말했어요. 어머니의 출산을 도와주었던 산파는 세상에 태어난 에릭을 보자마자 비명을 질렀답니다. 갓 태어난 에릭의 모습이 끔찍한 기형이었기 때문이었죠. 산파는 울음을 터뜨리는 아기를 어머니에게 던져주다시피 하고 도망을 갔어요. 어리석은 산파는 악마가 태어났다고 생각했던 겁니다."

"세상에!"

"불쌍한 에릭. 그는 이 세상에 태어난 순간부터 환영받지 못했어요. 다른 사람들로부터 거부당해야 할 운명을 가지고 태어난 것이죠. 사람들은, 추한 외형은 그 사람의 내면이 죄로 가득 차 있다는 것을 보여준다고 믿었던 것입니다."

"그건 사실이 아닙니다."

"에릭의 아버지는 서커스단의 목수였는데 손재주가 아주 좋았다고 합니다. 에릭은 어려서부터 아버지가 일하는 모습을 지켜보면서 연장을 가지고 무엇인가를 만들어내는 재주를 익혔어요. 거울이나 함정이 있는 문이나 비밀 통로를 설치해서 착각을 일으키도록 만드는 기술도 서커스를 통해서 배우게 되었습니다. 그 기술들은 나중에 그가 파리에서 살아갈 때 커다란 도움이 되었습니다."

"좋은 기술을 익혔군요."

"그런데 불행하게도 에릭의 아버지는 심한 주벽이 있는, 심성이 악한 사람이었어요. 그는 걸핏하면 아무런 잘못도 없는 에릭을 불러다가 심하게 채찍질을 했습니다. 그럴 때마다 에릭의 어머니는 아무런 도움을 주지 못했어요. 그녀는 구석에 앉아서 울기만 했다고 합니다. 고통과 눈물 속에서 어린 시절을 보냈던 에릭은 서커스단의 마차에서 지내는 것을 정말 싫어했어요. 그 대신 서커스단의 동물들이 기거하는 곳에서 잠을 잤다고 합니다. 이제 막 일곱 살된 에릭이 마구간에서 잠을 자고 있었을 때, 서커스단의 커다란 천막에 불이 붙었습니다."

"화재가 일어났군요."

"그 불로 인해서 서커스단은 망하고 말았습니다. 단원들도 다른 서커스단을 찾아서 뿔뿔이 흩어지게 되었죠. 직장을 잃어버린 에릭의 아버지는 술만 마시면서 세월을 보냈다고 합니다. 그의 어머니는 스트라스부르크로 도망쳐 어떤 집의 하녀로 일하게 되었어요. 에릭의 아버지는 술값이 떨어지자 때마침 그 마을을 지나가던 곡마단에 에릭을 팔았습니다. 그 곡마단은 전문적으로 기이한 쇼만을 취급하는 곳이었습니다. 에릭은 9년 동안이나 우리에 갇힌 채, 잔인한 군중들의 오물 세례를 받으면서 비참하게 살아가야만 했어요. 불쌍한 에릭! 내가 에릭을 만났을 때, 그는 열여섯 살밖에 되지 않았습니다."

"마담, 너무나 슬픈 이야기로군요. 그런데 이 이야기가 당신의 죄와 어떤 관계가 있나요?"

"신부님, 좀더 저의 이야기를 들어주세요. 금방 이해하실 수 있을 겁니다. 이 이야기의 내막을 알고 있는 사람은 이 세상에서 단 한 명도 없으니까요. 저는 한 달 동안 에릭을 아파트에 데리고 있었지만 더 이상 그럴 수가 없었습니다. 이웃들도 있었고, 우리 집으로 찾아오는 사람들도 있었기 때문입니다. 그래서 어느 날 밤에 저는 에릭을 제가 일하던 오페라 하우스로 데리고 갔어요. 그 다음부터 그곳은 에릭의 집이 되었던 것입니다."

"에릭이 오페라 하우스에서 살게 되었다는 말인가요?"

"그렇습니다. 마침내 에릭은 그곳에서 안식처를 찾았지요. 세상이 절대로 그를 찾아낼 수 없는 곳에서 은밀하게 숨어 지낼 수 있었던 것입니다. 그는 불을 매우 무서워했지만, 기꺼이 횃불을 들고 오페라 하우스의 지하 깊은 곳까지 내려갔습니다. 지하 세계에서는 짙은 어둠이 끔찍한 얼굴을 감추어줄 수 있었어요. 에릭은 연장과 목재를 사용해서 오페라 하우스 가장 깊은 곳에 위치한 호숫가에 집을 지었습니다. 그는 오페라 하우스의 소품실에서 가지고 온 가구들과 의상실의 옷감을 이용해서 그의 집을 훌륭하게 꾸몄습니다. 오페라 하우스의 모든 직원들이 일을 마치고 집으로 돌아간 시간에 에릭은 직원 식당이나 관장실에 몰래 숨어 들어가서 음식들을 훔쳐 먹기도 했습니다. 그리고 나머지 시간에는 독서에 열중했습니다."

"그래서?"

"에릭은 오페라 하우스의 도서실 열쇠를 만들었어요. 그리고 지하실에서 살았던 몇 년 동안 이제까지 교육받지 못했던 것들을 스스로 공부해 나갔습니다. 밤마다 에릭은 촛불을 밝히고 오페라 하우스의 도서실을 찾아갔습니다. 그리고 놀라울 정도로 많은 양의 책들을 읽어 치웠습니다. 물론 그곳에 있는 서적들은 주로 음악과 오페라에 관한 것들이었지요. 그래서 에릭은 이제까지 발표된 뮤지컬과 아리아들을 하나도 빼놓지 않고 죄다 알게 되었습니다. 또한 그는 뛰어난 손재주를 이용해서 자신만이 알 수 있는 비밀 통로들을 많이 만들었습니다. 에릭은 서커스단에서 생활하는 동안 줄타기를 배웠기 때문에 극장 안에 있는 높고 좁은 받침대들이나 선반들을 전혀 두려워하지 않고 마음대로 돌아다닐 수가 있었어요. 그렇게 해서 에릭은 무려 11년 동안이나 다른 사람들의 눈길을 피해가며 극장의 지하에서 살았습니다."

"그 사실을 아무도 모르고 있었습니까?"

"그렇습니다, 신부님. 하지만 그렇게 오랜 세월 동안 계속 다른 사람들의 눈에 뜨이지 않을 수는 없었어요. 곧 에릭에 대한 소문이 퍼지기 시작했습니다. 시간이 흐르면서 그 소문은 더욱 커져만 갔어요. 아침이 되면 옷이나 음식, 촛불, 연장들이 어디론가 사라져 버렸거든요. 오페라 하우스의 직원들은 지하에 유령이 살고 있다고 수군거리기 시작했어요. 무대 뒤에서 일을 하다 보면 어쩔 수 없이 사고가 많이 나게 되어 있지요. 그리고 사고가 날 때마다 아무리 작은 것이라고 하더라도 모두 정체를 알 수 없는 유령의 탓으로 돌리게 되었어요. 그럴 때마다 유령에 대한 괴기스러운 전설은 눈덩이처럼 불어나기만 했습니다."

"세상에! 너무나 놀라운 이야기로군요. 오래 전에 저는 이 일과 관련된 이야기를 들은 적이 있어요. 아마도 10년 전의 일인 것 같습니다. 아니, 그보다 훨씬 더 전의 일인 것 같군요. 목이 매달린 시체로 발견된 인부를 위한 마지막 종교 의식을 치러 달라는 부탁을 받고 극장으로 찾아간 적이 있었지요. 그 당시 누군가 저에게 유령의 짓이라고 말해 주었던 것이 기억납니다."

"죽은 인부의 이름은 뷔케였어요, 신부님. 하지만 그것은 에릭의 짓이 아니었어요. 조셉 뷔케는 오랫동안 우울증에 시달렸고, 스스로 목숨을 끊은 것이었어요. 처음에 저는 그 소문을 듣고 무척

반가웠어요. 유령에 대한 소문이 무성해질수록 그 불쌍한 소년은 오페라 하우스 지하의 어둠 속에서 혼자만의 왕국을 이루며 안전하게 살아갈 수 있을 것이라고 생각했거든요. 1893년 여름이 될 때까지 에릭은 정말 안전했어요. 그런데 그해 여름 에릭은 몹시 어리석은 일을 저지르고 말았어요. 그만 사랑에 빠지고 만 거예요."

"사랑에 빠지다니?"

"에릭이 사랑했던 소녀는 크리스틴 다에였습니다. 어쩌면 신부님도 아실 거예요. 지금 그녀는 샤니 자작 부인이 되어 있으니까요."

"저런! 그럴 수가……."

"엄연한 사실입니다, 신부님. 에릭이 사랑했던 여인은 바로 그 샤니 자작 부인이었습니다. 그녀는 내가 오페라 하우스의 단장으로 재직하고 있던 당시에 활동하던 무용수 중의 하나였어요. 춤을 그리 잘 추지는 못했지만 매우 맑고 아름다운 목소리를 타고 났어요. 단지 훈련이 부족했었지요. 에릭은 매일 밤 세계에서 가장 뛰어난 오페라 가수들의 노랫소리를 들으며 지냈습니다. 또한 그는 정열적으로 악보들을 연구하기도 했어요. 그래서 에릭은 크리스틴이 어떤 식으로 훈련을 받으면 노래 실력이 대폭 향상될 수 있는지를 잘 알고 있었어요. 에릭으로부터 비밀리에 성악 훈련을 받았던 크리스틴은 어느 날 우연히 주인공 역할을 맡게 되었습니다. 그리고 불과 하룻밤 사이에 크리스틴은 대스타가 되었지요."

"당신의 말은 도저히 믿을 수가 없군요."

"불쌍한 에릭……. 그는 크리스틴이 자신을 사랑해 줄 것이라고 기대했지만 물론 그것은 불가능한 일이었습니다. 크리스틴은 이미 다른 청년을 사랑하고 있었던 것입니다. 그 사실을 알고 절망에 빠진 에릭은 어느 날 밤에 크리스틴을 납치했어요. 그것도 에릭 자신이 작곡한 '돈 주앙의 승리'가 공연되고 있는 도중에 무대 위에서 대담하게 납치를 시도한 것입니다."

"그랬었지요. 저 같은 성직자도 그 일에 대해 알고 있을 정도였으니까요. 파리 시 전체가 그 이야기로 떠들썩했던 기억이 납니다. 그 와중에 한 사람이 살해되었다고 하던데……."

"네, 신부님. 한 사람이 죽었지요. 오페라 하우스의 테너였던 피앙기라는 가수였어요. 하지만 에릭은 그를 살해하려는 의도가 전혀 없었습니다. 그저 그를 조용히 시키려고 했을 뿐이었는데, 그 이탈리아 가수가 그만 질식해서 죽고 말았던 것입니다. 그것이 모든 것들을 끝나게 만들었습니다. 때마침 그날 밤에 파리 시의 경찰서장이 오페라를 관람하고 있었거든요. 그는 즉시 수백 명의 경찰관들을 소집했어요. 그리고 횃불을 치켜들고 복수를 외치는 군중들과 함께 극장의 지하실로 몰려갔습니다. 마침내 그들은 극장의 가장 저층에 있는 호수에 이르렀어요."

"그래서 어떻게 되었나요?"

"사람들은 비밀 계단들과 미로처럼 뒤얽힌 비밀 통로들과 호수 옆에 있던 에릭의 집을 발견했습니다. 그리고 의식을 잃은 채 땅바닥에 쓰러져 있던 크리스틴을 발견했어요. 크리스틴 곁에는 그녀를 열렬히 사랑하고 있었던 젊은 라울 샤니 자작이 함께 있었습니다. 라울은 이미 크리스틴에게 구애를 한 적이 있었습니다. 라울은 크리스틴을 정성스럽게 간호했어요. 그토록 몸과 마음을 다하여 간호하는 일은 오직 깊이 사랑하는 사람만이 할 수 있는 일이었지요. 마침내 크리스틴은 건강을 회복하게 되었습니다."

"정말 다행스러운 일이었군요."

"그로부터 두 달이 지난 후에 크리스틴이 아기를 가진 사실이 밝혀졌습니다. 그래서 라울은 크리스틴과 결혼식을 올렸어요. 그는 크리스틴에게 사작 부인의 칭호뿐만 아니라 그의 지극한 사랑과 결혼반지도 함께 주었습니다. 곧이어 1894년 여름에 두 사람 사이에서 아들이 태어났습니다. 그들은 정성스럽게 그 아이를 키웠어요. 그렇게 해서 12년의 세월이 흘렀고, 크리스틴은 유럽에서 가장 유명한 여가수가 되었습니다."

"하지만 에릭의 행방은 발견하지 못했잖아요? 제 기억에 따르면 오페라의 유령은 흔적도 없이 사라진 것으로 알고 있는데……."

"맞아요, 신부님. 사람들은 에릭을 찾지 못했어요. 하지만 저는 에릭을 발견했어요. 그날 밤에 저는 너무나 상심해서 우울한 마음으로 분장실 뒤에 있는 사무실로 돌아갔습니다. 옷장의 커튼을 열었을 때, 한쪽 구석에 에릭이 애처롭게 웅크리고 있는 모습을 보았어요. 에릭은 혼자 있을 때조차도 언제나 가면을 쓰곤 했지요. 하지만 그날만은 가면을 벗어 들고 손에 꼭 움켜쥔 채 어둠 속에 숨어 있었어요. 가엾은 에릭……. 그것은 마치 11년 전 저의 아파트 계단 밑에 숨어 있곤 하던 소년 시절의 모습 그대로였어요."

"자매님은 경찰에 신고하셨겠지요?"

"아니에요, 신부님. 신고하지 않았습니다. 저는 에릭을 마치 아들처럼 여기고 있었거든요. 저는 또다시 잔인한 사람들의 손에 에릭을 넘겨줄 수가 없었어요. 그래서 저는 에릭에게 여자 모자를 씌우고 그 위에 두꺼운 베일을 덮었어요. 온몸을 기다란 망토로 감싸게한 다음, 에릭과 저는 나란히 오페라 하우스를 나왔어요. 어느 누가 우리의 모습을 보더라도 두 명의 여자로 보았을 겁니다. 거리에는 수많은 사람들이 있었지만 아무도 우리를 눈여겨보지 않았어요."

"그래서 무사히 달아날 수 있었군요."

"저는 오페라 하우스에서 불과 1킬로미터 정도밖에 떨어져 있지 않았던 제 아파트에 3개월 동안 에릭을 숨겨주었어요. 사방에 에릭을 수배한다는 전단이 나붙었어요. 물론 현상금도 많았습니다. 에릭은 파리 시내를 빠져 나가야만 했어요. 아니, 프랑스를 떠나야만 했어요. 그것 외에는 다른 방법이 전혀 없었어요."

"그래서 마담, 당신은 에릭의 피신을 도와주었군요. 그것은 명백한 범죄 행위입니다. 하나님이 보셨더라도 커다란 죄악일 것입니다."

"신부님, 그렇다면 저는 그 죄값을 달게 받겠습니다. 지금 당장이라도……. 저는 그 일을 전혀 후회하지 않습니다. 어쨌든 그해 겨울은 유난히 춥고 길었어요. 에릭이 기차를 탄다는 것은 생각조차 할 수가 없었습니다. 그래서 에릭과 저는 마차를 타고 항구로 향했습니다. 저는 일단 에릭을 싸구려 여인숙에 숨겨두었습니다. 그런 다음 항구와 그 주위의 술집을 모두 뒤졌어요. 드디어 저는 한 배의 선장을 만날 수 있었어요. 그는 뉴욕으로 향하는 작은 화물선의 선장이었습니다. 저는 선장에게 돈을 주었습니다. 돈을 받자 선장은 더 이상 아무런 말도 하지 않았어요. 거래가 이루어진 것입니다. 1894년 1월 중순의 추운 겨울밤이었지요. 저는 기다란 부두에 홀로 서서 에릭을 배운 증기선이 어둠 속으로 사라져가는 모습을 하염없이 지켜보고 있었어요. 저의 어린 아들 에릭이 새로운 미지의 세계를 향해 외롭게 떠나가는 모습을……. 신부님, 혹시 지금 이 방 안에 신부님과 저 이외에 또 다른 사람이 있나요? 그 모습을 볼 수는 없지만, 누군가가 있는 것 같군요."

"네, 그렇습니다. 방금 어떤 남자분이 방으로 들어왔습니다."

"마담, 저는 아르망 뒤푸르입니다. 조금 전에 수련 수녀가 저를 향해 다가오더니, 마담께서 저를 찾고 있다는 말을 전달하더군요."

"아, 그렇다면 당신이 서기관이군요."

"그렇습니다만……."

"뒤푸르 씨, 이리 가까이 다가오셔서 제 베개 밑에 있는 것을 좀 꺼내주시겠습니까? 제가 하고 싶지만, 이제는 손을 들어올릴 만한 힘도 남아 있지 않군요. 고맙습니다. 그것을 찾으셨나요?"

"찾았어요. 이건 편지처럼 보이는군요. 마닐라 봉투에 봉함이 되어 있군요. 그리고 작은 가죽 주머니도 있습니다."

"뒤푸르 씨, 펜과 잉크를 가지고 봉함이 되어 있는 부분에 서명을 해주시겠어요? 오늘부터 이 편지는 당신이 직접 관리하게 됩니다. 당신이나 그 어떤 다른 사람도 이 편지를 열어보지 않겠다는 내용도 함께 써주시기를 부탁드립니다."

"자매여, 좀 서둘러주시겠습니까? 당신이 하던 이야기가 아직 끝나지 않았는데……."

"신부님, 잠시만 기다려주세요. 시간이 없는 것은 저도 잘 알고 있습니다. 하지만 그렇게 오랜 세월 동안 침묵을 지키고 있었던 이야기를, 이제는 아무리 힘들어도 끝내야만 할 것 같아요. 서기관님, 다 서명하셨나요?"

"마담이 부탁하신 대로 썼습니다."

"봉투 앞면은?"

"마담께서 직접 쓰신 것 같은데요. '뉴욕 시의 에릭 물하임 씨 앞'이라고 적혀 있군요."

"가죽 주머니는 어디에 있나요?"

"제가 가지고 있습니다."

"그 주머니를 열어주시겠어요?"

"세상에! 나폴레옹 황제의 초상이 새겨져 있는 금화로군요! 이

것들은 도대체 얼마나 오래 전에 만들어진 것인지……."

"아직까지도 그것들이 가치가 있나요?"

"물론입니다. 지금도 금화 중에서 가장 가치 있는 것들입니다."

"그렇다면 당신이 그 금화들을 모두 가지세요. 그 대신 편지를 직접 뉴욕으로 가지고 가서 에릭 물하임 씨에게 전달하세요. 반드시 당신이 직접 전달해야만 합니다."

"이 편지를 직접 전달하라구요? 뉴욕으로 가서? 하지만 마담, 저는 한 번도 그곳을 방문한 적이……."

"제발 부탁합니다, 서기관님. 금화가 충분하지 않은가요? 5주일 동안 자리를 비우는 대가로 말입니다."

"물론 충분하고도 남지만……"

"자매님, 이 에릭이라는 사람이 지금까지 살아 있다는 보장도 없지 않습니까?"

"신부님, 에릭은 분명히 살아 있을 거예요. 그는 언제 어디에서 어떤 일을 당하더라도 끈질기게 살아남을 겁니다."

"그렇지만 마담, 여기에는 그 사람의 주소가 없는데요. 그 넓은 뉴욕 어디에 가서 찾을 수 있죠?"

"뒤푸르 씨, 뉴욕으로 가서 수소문을 하세요. 이민국 기록도 조회해 보도록 하세요. 이름이 특이하니까 금방 찾을 수 있을지도 몰라요. 그리고 얼굴을 가리기 위해 가면을 쓰고 있는 사람을 찾으면 됩니다."

"좋습니다. 마담. 제가 직접 뉴욕을 방문하도록 하겠습니다. 뉴욕으로 가서 에릭 물하임 씨를 찾아보도록 하지요. 하지만 반드시 그 사람을 찾아낼 수 있다고 장담할 수는 없습니다."

"정말 고맙습니다. 뒤푸르 씨. 그리고 신부님. 신부님이 여기 계시는 동안 혹시 수녀가 나에게 하얀색 가루약을 주지 않았던가요?"

"제가 여기 있는 동안은 그런 적이 없어요. 그런데 그것은 왜 묻죠?"

"정말 이상하게도 저를 괴롭히고 있던 고통이 모두 사라졌거든요. 너무나 달콤하고 편안한 안식이 저를 찾아왔어요. 지금 제 눈에 아치 모양으로 된 터널 같은 것이 보이는군요. 그것 이외에 다른 것은 아무것도 보이지 않아요. 분명히 제 육신에는 고통이 남아 있을 텐데, 더 이상 아무것도 느껴지지 않아요. 전에는 이 방이 그리도 춥게 느껴졌는데 이제는 사방이 훈훈해요."

"신부님, 어서 서두르세요. 마담이 곧 숨을 거둘 것 같아요."

"그런 것 같군요. 수녀님. 축도를 서둘러야겠어요."

"제가 아치를 향해 걸어가고 있어요. 터널 너머 저 끝에 밝은 빛이 비치고 있어요. 아주 황홀한 빛이에요. 오, 뤼시엥, 당신이세요? 제가 그곳으로 가고 있어요, 내 사랑!"

"성부, 성자, 성신의 이름으로……."

"신부님, 빨리 하세요."

"당신의 모든 죄를 사하여 주노라."

"신부님, 감사합니다."

에릭 물하임의 노래

1906년 10월

맨해튼 파크가의 E. M. 타워

펜트 하우스의 스위트룸

날마다 나는 이른 아침에 일어난다. 눈이 오나 비가 오나, 겨울이
나 여름이나 아침 일찍 일어나서 내가 살고 있는 아파트의 옥상으
로 올라간다. 옥상에는 정사각형 모양의 작은 테라스가 있다.

이 아파트는 뉴욕 시 전체에서 제일 높은 건물이다. 그 테라스에
서는 뉴욕 시의 전경이 모두 다 내려다보인다. 서쪽으로는 뉴저지
주의 초원을 향해 흐르는 허드슨 강이 보인다. 북쪽으로 고개를 돌
리면 맨해튼 섬의 도심과 그 북쪽 지역이 보인다. 맨해튼은 정말
놀라운 곳이다. 세상의 부와 화려함이 모두 다 모여 있는 것처럼
보이지만, 그 그늘에는 가난과 죄악과 범죄와 더러움이 도사리고

있기 때문이다. 남쪽으로는 거대한 바다가 보인다. 그 바다는 곧장 유럽으로 이어진다.

나는 그 드넓은 바다를 항해하는 동안 온갖 괴로운 여정을 견디고 이곳에 도착했다. 동쪽으로는 강 건너편에 있는 브루클린이 보인다. 그리고 저 멀리 안개에 휩싸인 코니아일랜드가 놓여 있다. 홀로 동떨어져 있는 그 섬은 바로 내가 쌓아올린 부의 근원이 된 곳이기도 하다.

지금 나는 맨해튼에서 살고 있다. 나는 별로 축복받지 못한 채 이 세상에 태어났다. 이 세상에 태어난 다음부터 7년 동안이나 금수 같은 아버지의 폭행에 시달리면서 살았다. 그 이후에는 9년 동안 철창에 갇힌 채 동물원의 동물처럼 살아야만 했으며, 11년이라는 세월을 파리 오페라 하우스 지하실의 어둠 속에서 이 세상과 완전히 고립된 채 유령처럼 살았다. 그리고 코니아일랜드의 그레이브센드 만에 있는 생선 창고에서 새로운 인생을 시작하게 되었다. 지금 이 자리에 서기까지, 나는 지난 10년이라는 세월 동안 인생이라는 괴물과 힘겹게 싸워왔다. 이제 나는 크리서스(기원 전 6세기의 리디아 최후의 왕. 큰 부자로 유명하다—역주)보다 더 큰 힘과 부를 가지고 있다. 거대한 뉴욕 시를 내려다보면서, 나는 생각한다.

'인간들이여! 나는 너희들을 철저히 증오하고 경멸한다.'

무척이나 길고 험난했던 여정을 모두 이겨낸 다음, 내가 이곳에 첫발을 내디뎠던 것은 1894년의 일이었다. 미친 듯한 폭풍우가 대

서양을 온통 휩쓸고 있었다. 그때 나는 극심한 질병에 시달리면서
죽은 듯이 선실에 드러누워 있었다. 뉴욕으로 가는 뱃삯은, 이 세상
에서 나에게 유일하게 친절을 베풀었던 사람이 지불해 주었다.

나는 항해하는 동안 내내 끝없이 이어지는 선원들의 모욕과 냉
소를 참고 견뎌야만 했다. 그들이 마음만 먹으면 순식간에 나를 바
다로 던져버릴 수 있다는 사실을 나는 너무나 잘 알고 있었던 것이
다. 그래서 그들에게 대항하는 대신에, 나의 마음속을 가득 채우고
있는 증오와 분노를 애써 억눌러야만 했다. 4주일 동안이나 배는
파도에 이리저리 밀려다니면서 거대한 대서양을 건넜다. 마침내 1
월 말의 어느 추운 겨울밤에 그 배는 맨해튼의 남쪽 항구에 닻을
내렸다.

처음에 나는 배가 목적지에 도착했다는 것 이외에는 이 섬이 맨
해튼이라는 사실도 모르고 있었다. 그저 어디엔가 도착했다는 것
만을 알았다. 하지만 나는 선원들이 주고받는 대화를 엿듣다가, 새
벽이 오면 배는 세관을 통과하기 위해 강을 거슬러 올라가서 다시
항해할 것이라는 사실을 알아차렸다.

그 순간, 그렇게 되면 나는 내가 처하게 될 비극적인 상황을 미
리 예견할 수 있었다. 나의 흉측한 모습은 또다시 다른 사람들의
눈에 뜨이게 될 것이고 나는 다시 한 번 모욕을 당할 수밖에 없을
것이다. 이민국은 나를 추방하라는 결정을 내릴 것이다. 결국 나는
쇠사슬에 묶인 채, 프랑스로 되돌아가는 처지가 될 것이다.

그날 밤 모두가 잠든 시간에 나는 갑판 위로 올라가서 구명 튜브를 꺼내 들었다. 나는 구명 튜브를 몸에 두르고 얼음처럼 차가운 겨울 바다로 몸을 던졌다. 짙은 어둠 속에서 희미하게 반짝이는 불빛이 보였다. 그 불빛이 얼마나 먼 곳에 있는지 나는 전혀 알 수가 없었다.

차가운 바닷물은 단번에 나의 몸을 얼어붙게 했다. 하지만 나는 가까스로 몸을 움직이면서 그 불빛을 향해 헤엄치기 시작했다. 한 시간 후에 나는 얼어붙은 모래사장에 지친 몸을 누일 수 있었다. 그 당시에는 몰랐지만 내가 첫발을 내디뎠던 곳은 코니아일랜드의 그레이브센드 만에 있는 해변이었다.

해변가에 있는 초라한 판잣집들의 창문에서 희미한 불빛들이 흘러나오고 있었다. 나는 비틀거리면서 판잣집을 향해 걸어갔다. 그리고 먼지가 잔뜩 쌓여 있는 더러운 창문을 통해서 판잣집을 들여다보았다. 줄지어 웅크리고 앉아 있는 남자들이 막 잡아올린 생선들의 껍질을 벗기고 내장을 발라내는 작업을 하고 있었다. 그런 판잣집들이 해변을 따라 여러 채 줄지어 늘어서 있었다.

판잣집들을 따라 내려가자, 이윽고 공터가 나타났다. 공터 중앙에는 거대한 모닥불이 타오르고 있었다. 그 주위로 열두 명가량의 부랑자들이 불을 쬐며 웅크리고 서 있었다. 나는 그 모닥불에 몸을 녹이지 않으면 당장이라도 얼어죽을 것만 같았다.

나는 모닥불이 타오르고 있는 곳으로 천천히 걸어갔다. 따뜻한 온기가 전해지는 것을 느끼면서, 나는 모닥불 주위에 모여 있는 사람들을 바라보았다. 나는 가면을 옷 속에 숨겨놓고 있었다. 나의 끔찍하게 일그러진 얼굴은 불빛에 그대로 환하게 비추어졌다. 그들은 고개를 돌리더니 나를 뚫어지게 바라보았다.

지금까지 살아오면서 나는 거의 웃은 적이 없었다. 웃음을 터뜨릴 만한 일이 별로 없었던 것이다. 하지만 그날 밤, 차가운 새벽 공기 속에서 나는 소리 없이 마음속으로 안도와 기쁨의 웃음을 마음껏 터뜨릴 수 있었다.

모닥불 주위에 서 있던 사람들이 나를 바라보았다. 그러나 그들은 진혀 동요하지 않았다. 그들도 모두 하나같이 나처럼 기형적인 외모를 갖고 있었던 것이다. 너무도 우연히 나는 그레이브센드 만에서 살고 있는 소외당한 부랑자들이 밤마다 모여드는 장소에 도착했던 것이다. 그들은 어부들과 도시 전체가 고요히 잠든 동안 생선의 내장을 발라내고 씻어내면서 비참한 인생을 살아가고 있었다.

그들은 너그럽게 나를 받아들여 주었다. 내가 모닥불에 얼어붙은 몸을 말리고 녹일 수 있도록 배려해 주었다.

"당신은 어디에서 왔소?"

그들이 나를 쳐다보면서 질문을 던졌다. 파리 오페라 하우스의 도서실에는 영어로 된 오페라의 대본이 비치되어 있었다. 나는 그 오페라 대본을 읽었기 때문에 영어를 몇 마디 구사할 수 있었다.

"프랑스에서 이곳으로 도망쳤습니다."

나는 솔직하게 대답했다. 하지만 그것은 전혀 문제가 되지 않았다. 그들 역시 나처럼 어딘가에서 도망을 쳤기 때문이었다. 사회의 멸시를 받고 소외당해서 이 황량한 모래밭의 마지막 은신처까지 쫓겨오게 된 것이다. 그들은 나와 똑같은 신세였다.

그들은 나를 '프랑스인'이라고 부르면서 함께 머물 수 있도록 해주었다. 나는 그들과 함께 밤새워 일하면서 열심히 푼돈을 벌었다. 그리고 악취가 물씬 풍기는 그물 더미 위에서 잠을 잤다. 내가 먹는 음식은 주로 길가에 버려진 것들이었다. 춥고 배고플 때가 그렇지 않을 때보다 더욱 많은 날들이었다. 하지만 비로소 나는 법과 쇠사슬과 감옥으로부터 완전히 벗어났다.

혹독한 추위가 지나가고 서서히 봄이 다가왔다. 그제야 나는 어촌을 둘러싸고 있는 덤불 숲 너머에 무엇이 있는지 알게 되었다. 울타리 너머에는 코니아일랜드가 자리잡고 있었다. 그 섬 전체에는 법이 존재하지 않았다. 그것은 코니아일랜드가 좁은 해협을 사이에 두고 있는 브루클린 시와 통합되지 않았기 때문이었다. 그리고 최근에 이르기까지 존 맥케인이라는 정치가를 사칭하는 조직폭력배의 지배하에 놓여 있었다.

비록 얼마 전 존 맥케인은 체포되었지만 그의 신화는 아직까지도 이 무법천지의 섬에서 떠돌아다니고 있었다. 그곳은 사창가와 범죄와 쾌락으로 가득 차 있는 축제의 섬이었다. 뉴욕에 거주하는 부르주아들은 쾌락을 얻기 위해 주말이 되면 우르르 섬으로 몰려들었다. 그리고 어리석은 쾌락을 즐기면서 막대한 돈을 소비했다.

어리석고 단순한 부랑자들은 평생 생선의 내장을 발랐지만, 그런 초라한 삶에서 한치도 벗어나지 못했다. 하지만 나는 그들과 달랐다. 나는 조금만 지혜와 머리를 쓰면 막대한 돈을 벌어들일 수 있을 것 같았다. 그렇게 되면 비참한 판자촌에서 벗어날 수 있을 것이다. 지금 코니아일랜드의 여기저기에는 놀이동산들이 세워지고 있었다. 코니아일랜드는 나날이 발전하면서 커지고 있는 중이었다.

하지만 무슨 수로 돈을 벌어들인단 말인가? 우선 밤이 되면 나는 어둠을 틈타서 어촌을 벗어났다. 나는 조용히 마을로 숨어 들어가서 빨랫줄에 걸려 있는 깨끗한 옷을 훔쳤다. 그런 다음 곳곳에 있는 건축 현장에서 목재를 가져다가 부랑자들이 묵고 있는 판잣집보다 훨씬 근사한 오두막을 지었다. 하지만 흉측한 얼굴 때문에 훤한 대낮에는 도저히 얼굴을 들고 돌아다닐 수 없었다. 여전히 관광객들은 주말마다 돈을 펑펑 쓰고 갔다.

그때 열일곱 살 정도밖에 되지 않은 한 소년이 우리의 판잣집에서 머물게 되었다. 그 소년은 나보다 열 살가량 어렸지만, 나이보다 훨씬 더 조숙했다. 판잣집에서 함께 살고 있는 부랑자들과는 달리, 그 소년은 신체적으로 기형이나 결함이 전혀 없었다. 단지 얼굴이 몹시 창백하고 검은 두 눈에 감정이라곤 전혀 없는 점이 다른 사람들과 달랐다.

그는 말타 출신이었으며, 가톨릭 신부들로부터 교육을 받았다고 말했다. 그는 영어를 유창하게 구사했으며 라틴어와 그리스어도 할 줄 알았다. 그러나 나는 그의 몸에서 일말의 양심이나 도덕 관념을 찾아볼 수 없었다. 그는 성직자들이 끊임없이 강요하는 고행과 참회를 견디지 못하고 홧김에 부엌칼로 자신을 가르치던 선생님을 찔러 죽였다.

즉시 그는 말타에서 도망친 후 바바리 해안으로 갔다. 그곳에서 동성애자들이 모이는 술집에서 꽤 오랫동안 남창으로 일하던 중 우연히 뉴욕으로 향하는 배에 오르게 되었다. 하지만 아직까지도 그를 체포하기 위해 수배령이 내려져 있었으며 현상금도 걸려 있었다. 그래서 그는 엘리스 아일랜드의 이민국을 통과하지 못하고 그레이브센드 만까지 흘러오게 되었던 것이다.

나는 환한 대낮에 나의 사업을 대행할 수 있는 대리인이 절실히 필요했다. 그리고 그 소년에게는 나의 창의력과 기술이 필요했다. 우리는 서로에게 필요한 존재였으며, 서로를 돕기 시작했다. 그렇게 해야만 우리 두 사람 다 이 비참한 곳에서 벗어날 수가 있었던 것이다.

그는 나의 부하가 되었으며, 내가 진행하는 사업을 대표하는 대리인이 되었다. 이윽고 우리는 비린내 풍기는 생선 창고에서 벗어날 수 있게 되었다. 우리는 뉴욕의 중심부에 있는 부와 권력의 핵심으로 옮겨갔다. 그는 나에게 자신을 '다리우스'라고 부르라고 말했으며, 나는 아직까지도 그를 그렇게만 알고 있다.

나는 그에게 많은 것들을 가르쳐주었다. 하지만 그 만큼 다리우스도 나에게 많은 것들을 가르쳐주었다. 다리우스는 내가 가진 어리석은 믿음에서 깨어나도록 해주었다. 그리고 이제까지 한 번도 나를 실망시킨 일이 없는 유일하고 진정한 신, 위대한 주인을 숭배하도록 이끌었다.

비단 어두운 밤만이 아니라 환한 낮에도 내가 거리를 자유롭게 돌아다닐 수 있는 방법은 의외로 손쉽게 해결되었다. 1894년 여름에 생선 창고에서 근근이 긁어모은 돈으로 나는 한 공예가에게 라텍스 가면을 주문했다. 그것은 눈과 입만 나오도록 구멍이 나 있고 머리 전체를 뒤집어쓸 수 있도록 만든 어릿광대 가면이었다. 빨간 주먹코가 달려 있고 입부분에는 이빨이 다 드러나도록 커다랗게 웃는 입이 그려진 것이었다.

나는 헐렁한 웃옷을 입고 알록달록한 판탈롱 바지를 입었다. 그 위에 가면을 쓰자 영락없는 어릿광대가 되었다. 그래서 대낮에도 전혀 의심받지 않고 거리를 마음대로 활보할 수 있게 되었다. 어린 아이들을 데리고 있는 사람들은 나에게 손을 흔들면서 미소를 짓기까지 했다. 어릿광대의 복장이야말로 밝은 세상을 자유롭게 드나들 수 있는 여권의 역할을 해주었던 것이다. 지난 2년 동안 다리우스와 나는 제법 많은 돈을 벌어들였다. 우리는 수많은 속임수와 사기를 쳐서 돈을 불려나갔다. 이제는 얼마나 많은 속임수와 사기

행각을 벌였는지조차도 잊어버렸을 정도로 우리는 수단 방법을 가리지 않았다.

하지만 가장 간단한 방법이 가장 최선의 방법이었다. 주말마다 관광객들은 코니아일랜드에서 25만 장에 달하는 관광 엽서를 발송했다. 나는 대부분의 관광객들이 우표를 구입할 수 있는 장소를 찾아서 이리저리 돌아다니고 있다는 사실을 발견했다. 그래서 나는 한 장당 1센트를 주고 관광 엽서를 샀다. 그런 다음 그 관광 엽서에 이미 우편 요금이 지불되었다는 '지급필' 도장을 찍어서 한 장당 2센트에 팔았다. 관광객들은 매우 만족스러운 표정을 지으면서 관광 엽서를 구입했다. 그들은 코니아일랜드에서 발송되는 관광 엽서의 요금이 무료라는 사실을 몰랐던 것이다. 하지만 나는 그 정도의 벌이에 만족할 수 없었다. 나는 더욱 많은 돈을 벌고 싶었다.

그러다가 나는 대중이 즐길 수 있는 오락 산업이 앞으로 크게 번창할 것이라는 사실을 예감했다. 기회를 잘 이용한다면 돈을 마음대로 인쇄할 수 있는 면허증을 발급받는 것과 마찬가지였다.

처음에 코니아일랜드에서 보냈던 1년 6개월 동안 나는 단 한 번의 좌절을 맛보았다. 그것은 매우 극복하기 힘든 경험이었다. 어느 날 밤 나는 돈이 가득 들어 있는 가방을 든 채, 집으로 돌아가고 있었다. 그런데 갑자기 몽둥이와 쇠망치를 들고 있는 네 명의 노상강도들이 나를 포위했다. 그들이 돈만 빼앗았더라면 나의 목숨이 그토록 위태로운 지경까지 가지는 않았을 것이다. 하지만 그들은 나의 가면을 억지로 벗겼다. 그리고 흉측하게 일그러진 얼굴을 보자, 나에게 심한 폭행을 가하기 시작했다.

겨우 목숨을 건진 나는 오두막에 드러누운 채, 한 달 동안이나 몸을 움직이지 못했다. 나는 한 달이 지난 후에야 겨우 걸어다닐 수 있게 되었다. 그 일을 당한 후 나는 언제나 작은 권총을 소지하고 돌아다녔다. 한 달 동안 병상에 드러누워 있으면서 나는 앞으로 나에게 해를 가한 사람은 어느 누구도 절대로 그냥 내버려두지 않을 것이라고 굳게 맹세했다.

겨울이 되자 나는 폴 보이튼이라는 사람에 대한 이야기를 전해 들었다. 그는 코니아일랜드에서 처음으로 실내 놀이동산 건설 계획을 구상하고 있었다. 그렇게 되면 계절이나 날씨에 구애받지 않고 놀이동산을 운영할 수 있을 것이었다.

나는 즉시 다리우스에게 폴 보이튼을 찾아가서 만나라고 명령했다. 그리고 다리우스에게 자신을 유럽에서 방금 도착한 천재 건축 설계사라고 소개하도록 지시했다. 보이튼은 다리우스의 정체에 대해 전혀 의심하지 않았다. 보이튼은 다리우스에게 여러 가지 종류의 놀이기구들 중 여섯 개의 설계를 위임했다.

물론 그 놀이기구들을 설계한 사람은 바로 나였다. 나는 공학 기술과 속임수와 착시의 기법을 이용하면서 관광객들에게 두려움과 신기함을 동시에 제공할 수 있는 놀이기구를 창조했다. 관광객들은 내가 설계한 놀이기구들을 무척 좋아했다. 1895년에 보이튼은 씨라이온 파크를 개장했으며, 사람들은 구름처럼 그곳으로 몰려들었다.

보이튼은 놀이기구들을 설계한 대가로 다리우스에게 돈을 지불하려고 했다. 하지만 나는 다리우스에게 그 돈을 받지 말라고 지시했다. 그 대신 앞으로 10년 동안 여섯 개의 놀이기구에서 1달러를 벌어들일 때마다 10센트를 지급해 줄 것을 요구했다. 그 당시 보이튼은 그가 가진 전 재산을 놀이동산 설립에 죄다 쏟아부었으며, 그 외에도 상당한 부채를 안고 있었다. 그래서 그는 나의 제안을 얼른 받아들였다.

다리우스는 내가 설계한 놀이기구들을 철저히 감독했다. 처음 한 달 동안 우리의 수중으로 들어온 돈은 1백 달러에 달했다. 그리고 앞으로 더욱 많은 돈들이 쏟아져 들어올 것이었다.

맥케인이 체포되고 난 후 코니아일랜드를 지배하기 시작한 사람은 빨간 머리를 기르고 있었던 조지 틸리유였다. 그는 매우 다혈질인 사람이었다. 틸리유도 역시 놀이동산을 개장해서 오락 산업의 붐을 타고 싶어 계획을 세우고 있었다.

나는 보이튼에게 설계해 주었던 것보다 더 독창적이고 신기한 놀이기구들을 설계해 틸리유에게 주었다. 보이튼은 그 사실을 알고 몹시 분개했지만 나를 가로막을 수 있는 방법은 없었다. 나는 보이튼의 경우와 똑같이 놀이기구에 인세를 부과했다.

드디어 1897년에 틸리유가 세운 스티플체이스 파크 놀이동산이 개장되었다. 우리는 하루에 1천 달러라는 거금을 벌어들이기 시작했다. 그 당시 나는 맨해튼 해변 가까운 곳에 위치한 쾌적한 방갈로를 구입해서 살고 있었다. 주위에 실제로 거주하는 이웃들은 별로 없었으며 주말에만 와서 묵는 사람들이 많았다. 사람들이 오는 주말이면 나는 어릿광대의 의상을 입고 관광객들 사이에서 두 개의 놀이동산을 돌아다니는 자유를 만끽했다.

그 당시 코니아일랜드에서는 자주 권투 경기가 벌어지곤 했다. 브루클린 다리와 맨해튼 비치 호텔을 연결하는 새로운 기차가 생기고 난 다음부터 백만장자들이 섬으로 찾아와서 큰 돈을 걸며 도박을 즐겼다. 나는 권투 경기를 유심히 지켜보았지만, 도박에 참여하지는 않았다. 대부분의 경기가 이미 짜고 하는 것이라고 확신했기 때문이었다.

도박은 뉴욕과 브루클린을 포함한 뉴욕 주 전체에서 불법이었다. 하지만 코니아일랜드만은 예외였다. 그래서 도박꾼들은 그곳으로 찾아와서 도박을 즐겼으며, 권투 경기가 벌어질 때마다 거금이 오고갔다. 1899년에 짐 제프리가 봅 피츠시몬스에게 도전하는 세계 헤비급 타이틀전이 바로 코니아일랜드에서 열렸다. 그때 다리우스와 내가 모아두었던 돈은 모두 25만 달러였다. 나는 그 돈을 모두 도전자인 제프리에게 걸기로 결정했다. 하지만 도전자에게 승산은 거의 없었다. 다리우스는 무모한 도박이라고 말하면서 몹시 분개했지만, 나에게는 다른 생각이 있었다.

나는 권투 경기가 벌어지면 라운드 중간에 선수들이 항상 신선한 물을 마신다는 사실에 주목했다. 다리우스는 나의 지시에 따라 스포츠 신문 기자인 척 행동하면서, 경기가 벌어지기 직전에 피츠시몬스의 물병을 신경안정제가 들어 있는 물병과 바꿔치기했다.

결국 제프리는 피츠시몬스를 아주 쉽게 녹아웃시켰다. 그리고 나는 그 일을 통해 1백만 달러라는 막대한 돈을 거두어들였다. 같은 해 말에 제프리는 도전자인 톰 샤키와 타이틀 방어전을 치렀다. 그 경기도 역시 코니아일랜드에서 개최되었다. 우리는 동일한 수법으로 동일한 결과를 얻을 수 있었다. 샤키에게는 좀 미안한 일이었지만 다리우스와 나는 그 일로 2백만 달러를 벌어들였다.

나는 이제 코니아일랜드에서 벗어나 새로운 시장으로 옮겨갈 때가 되었다는 생각이 들었다. 그 당시 나는 돈 놓고 돈 먹는 무법천지와 다름없는 뉴욕 증시를 주시하면서 철저히 연구하고 있었다. 그런데 뉴욕 증시로 옮겨가기 전에 코니아일랜드에서 마지막으로 돈을 벌 수 있는 기회가 다시 한 번 찾아왔다.

프레드릭 톰슨과 스킵 던다라는 두 명의 사기꾼들이 지금 있는 것들보다 훨씬 더 거대한 놀이동산을 개장하려고 혈안이 되어 있었던 것이다. 톰슨은 알코올 중독자인 공학자였으며, 던디는 말을 더듬는 금융가였다. 그들은 놀이동산을 세우는 일에 막대한 돈을 투자하고 있었으며, 이미 은행 채무가 감당할 수 없을 정도로 불어나 있었다.

나는 다리우스에게 금융회사를 사칭하는 유령회사를 만들라고 지시했다. 그리고 그들에게 아무런 담보 없이 무이자로 대출해 주겠다고 제안했다. 그들이 깜짝 놀란 것은 너무나 당연한 반응이었다. 그 대신 우리가 세운 유령회사인 E. M. 주식회사가, 그들이 건립하고 있는 놀이동산인 루나 파크가 벌어들이는 총 수입의 10퍼센트를 향후 10년 동안 받겠다는 조건이었다.

즉시 그들은 내가 제시한 조건을 수락했다. 그들은 다른 선택의 여지가 없었던 것이다. 놀이동산은 이미 절반가량 완성된 상태였다. 그들은 우리의 조건을 수락하거나, 그렇지 않으면 그대로 도산하는 것, 둘 중에 하나를 선택할 수밖에 없었다.

마침내 루나 파크는 1903년 5월 2일 문을 열었다. 그날 아침 9시에 톰슨과 던디는 거의 파산한 상태였다. 그러나 그날 저녁 해가 질 무렵, 그들은 그 동안 진 빚을 하나도 남김없이 모두 청산할 수 있었다. 개장 후 처음 4개월 동안 루나 파크의 총수입은 무려 5백만 달러에 이르렀다. 그 후에도 총수입은 한 달에 1백만 달러 수준이었으며, 지금도 그 정도의 수준을 유지하고 있다. 그 무렵 다리우스와 나는 마침내 맨해튼으로 이사를 갔다.

처음에 나는 수수한 갈색 벽돌집을 구입했다. 나는 대부분 집안에서 머물렀기 때문에 어릿광대의 복장은 거의 쓸모가 없었다. 다리우스는 나를 대신해서 증시에 투자했다. 그는 내가 지시한 대로 움직였다. 나는 기업들의 재무보고서와 새롭게 상장되는 주식들을 철저하게 연구하고 분석했다.

나는 금방, 이 나라에서는 모든 것들이 놀랍도록 빠른 속도로 발전하고 성장한다는 사실을 알게 되었다. 새로운 아이디어나 계획들은 가능성만 엿보이면 그대로 채택되었다. 경제는 미친 듯이 빠른 속도로 팽창을 거듭하고 있었으며 사람들은 서부로, 서부로 향하고 있었다. 새로운 산업이 생겨날 때마다 원자재에 대한 수요도 생겨났다. 그와 함께 원료를 수송하고 완제품을 시장으로 수송하기 위한 철도와 선박에 대한 수요도 생겨났다.

내가 코니아일랜드에서 살고 있었던 몇 년 동안 수백만 명의 이민자들이 전세계 각지에서 미국으로 쏟아져 들어왔다. 지금 내가 내려다보고 있는 발 밑에는 각양각색의 인종들이 서로 뒤섞여 거대한 마을을 이루고 있었다. 그곳에는 가난과 폭력과 범죄가 판치고 있었다. 혼란의 소용돌이 속에서 피부색이 서로 다른 사람들이 얼굴을 맞대고 살아가고 있었던 것이다. 그러나 그곳에서 불과 2킬로미터 정도밖에 떨어지지 않은 지역에서는 웅장한 저택들이 자리잡고 있었다. 그 저택을 소유한 거부들은 화려한 마차를 타고 오페라를 즐기면서 살고 있었다.

처음에 나는 주식시장에서 몇 번의 실패를 겪었다. 하지만 1903년경 복잡한 주식시장을 완벽히 이해하게 되었으며 피어폰 모건 같은 갑부들이 어떻게 해서 재산을 끌어모았는지 알게 되었다. 그들처럼 나도 돈이 될 만한 사업에는 모두 뛰어들었다. 버지니아의 석탄 산업, 피츠버그의 철강, 텍사스로 이어지는 철도, 사바나에서 볼티모어를 거쳐 보스턴까지 이어지는 선박 산업, 뉴멕시코의 은광 채굴 그리고 맨해튼의 각종 자산에 이르기까지 내가 손을 대지 않은 사업은 거의 없었다. 나는 그들보다 사업 수완이 월등히 뛰어났으며, 그리고 훨씬 더 냉혹했다.

나는 다리우스를 통해 알게 된 유일한 신만을 숭배했다. 그 신의 이름은 마몬이었다. 그는 금의 신이었으며 자비, 자선, 연민, 양심 따위를 절대로 허용하지 않았다. 주인인 마몬을 그토록 기쁘게 하는 소중한 금 1그램을 얻기 위해서라면 과부도 어린아이도 거지도 가리지 않고 마구 짓밟아버렸다. 금을 가지고 있을 때, 힘이 생겼다. 그리고 힘이 있을 때만이 더욱 많은 금을 소유할 수 있었던 것이다.

나는 다리우스의 주인이었으며, 모든 측면에서 우월했다. 하지만 단 한 가지 측면에서는 다리우스가 나보다 우월했다. 이 세상에서 다리우스보다 더 냉정하고 잔인한 사람은 없었다. 나는 다리우스처럼 영혼이 메마른 사람은 일찍이 한 번도 본 적이 없었다. 이 점에서 그는 항상 나를 능가했다.

하지만 그러한 다리우스에게도 단 한 가지 약점이 있었다. 아주 드문 일이었지만 가끔씩 그는 행적을 남기지 않고 훌쩍 사라질 때가 있었다. 그의 행적에 의구심을 품게 되었던 나는, 어느 날 밤에 사람을 시켜서 그를 미행했다. 그는 무어인들이 모여 사는 지역의 한 아편굴로 들어갔다. 그리고 그곳에서 정신을 잃을 때까지 대마초를 피웠다. 이것만이 다리우스가 가지고 있는 유일한 결점이었던 것이다.

한때 나는 다리우스를 친구라고 생각했었다. 하지만 나는 다리우스에게 친구라곤 없다는 사실을 오래 전에 깨달았다. 다리우스의 유일한 친구는 오직 금뿐이었다. 다리우스는 금을 숭배했다. 다리우스가 내 곁에 머물면서 충성을 바치는 이유는, 내가 끊임없이 금을 모아들일 수 있다는 것, 오직 그것뿐이었다.

1903년 나는 뉴욕에서 가장 높은 빌딩을 지을 수 있을 만큼 충분한 돈을 모으게 되었다. 나는 파크가의 공터에 E. M. 타워라는 건물을 세웠다. 그것은 1904년에 완공되었으며, 철과 콘크리트와 화강암 그리고 유리로 지어진 40층 규모의 멋진 건물이었다.

하지만 그 건물의 아름다움은 비단 외형에만 있지 않았다. 나는 37층까지 건물을 모두 임대했다. 모든 임대가 완료되었을 때, 그 임대료는 건축에 소요된 비용을 훨씬 능가했으며 게다가 건물의 가치 또한 두 배로 뛰었다. 38층은 내가 운영하는 회사의 직원들이 사용했다. 그 회사에 설치되어 있는 전화선과 증권 시세 표시기는 주식시장과 곧바로 연결되어 있었다. 그 위층인 39층의 절반은 다리우스가 아파트로 사용했으며, 나머지 절반은 회의실로 사용했다. 그리고 꼭대기인 40층은 나만이 혼자 거주하는 고급 아파트였다. 나는 그 위의 옥상 테라스에서 모든 것들을 발아래 굽어보며 지배하고 있었다. 나는 모든 것들을 내려다볼 수 있었지만, 그 어느 누구도 나의 모습을 볼 수는 없었다.

그렇다. 짐승의 우리, 어두운 오페라 하우스의 지하실. 이제 나는 그곳에서 완전히 벗어났으며, 하늘 높이 둥지를 틀게 된 것이다. 가면으로 얼굴을 가리지 않고도 자유롭게 걸어다닐 수가 있었다. 아무도 지옥의 사자처럼 끔찍한 나의 얼굴을 볼 수 없었다. 다만 하늘을 날아가는 기러기와 바람만이 볼 수 있을 뿐이었다.

마침내 나의 야심작이 완공되었다. 그 멋진 지붕이 햇빛을 받으면서 반짝거리는 모습이 보였다. 이곳에서 나의 야심작을 바라보는 것은 매우 거나란 즐거움이나. 그것은 돈을 벌기 위해서가 아니라, 단지 복수를 하기 위해서 계획한 것이었다. 내가 돈을 벌기 위한 목적이 아닌 다른 이유로 사업을 벌인 것은 이번이 처음이었다.

그것은 바로 저 멀리 보이는 34번가에 새롭게 완성된 맨해튼 오페라 하우스였다. 맨해튼 오페라 하우스는 기존의 메트로폴리탄 극장에 큰 타격을 주면서 무서운 경쟁상대로 떠오를 것이다. 처음 맨해튼에 왔을 때, 내가 가장 먼저 하고 싶었던 일은 메트로폴리탄 극장에서 오페라를 관람하는 것이었다. 물론 나는 커튼이 처져 있는 박스석이 필요했다. 아스토르 부인과 그녀의 사교계 지인들로 구성된 그 극장의 위원회는 나에게 직접 극장으로 와서 인터뷰에 응해줄 것을 요청했다.

당연히 그것은 불가능한 일이었다. 그래서 나는 대리인 자격으로 다리우스를 보냈다. 하지만 그들은 이번에도 내가 직접 방문할 것을 요구하면서 다리우스의 요청을 거절했다. 나는 그들이 나에게 모욕을 준 것에 대해 반드시 그 대가를 지불하도록 만들고야 말 것이다.

나는 나처럼 그들로부터 모욕과 무시를 당한 사람이 한 명 더 있다는 것을 발견했다. 그의 이름은 오스카 해머스타인이었다. 그는 이미 다른 오페라 극장을 열었지만 그만 실패하고 말았다. 그런 다음에 또다시 새로운 오페라 극장을 구상하고 자금을 모으고 있는 중이었다.

나는 해머스타인의 보이지 않는 동업자가 되었다. 나는 외부로 정체를 드러내고 싶지 않았던 것이다. 맨해튼 오페라 하우스는 12월에 개장할 예정이다. 그리고 메트로폴리탄 극장의 관람객을 모두 빼앗아 올 것이다. 그렇게 할 수만 있다면 나는 아무리 돈이 많이 든다고 하더라도 전혀 아끼지 않고 지불할 것이다. 유명한 프리마돈나를 불러와서 주인공으로 공연을 하게 만들 것이다. 아니, 유럽에서 가장 명성을 떨치고 있는 여가수인 멜바를 데리고 와서 공연하도록 만들 것이다. 해머스타인은 지금 파리의 카푸친 가에 있는 그랜드 호텔에서 체류하고 있는 중이다. 그의 목적은 내가 지불한 돈으로 멜바를 섭외하기 위한 것이다. 이것은 그 유례를 찾아볼 수 없을 정도로 큰 업적이 될 것이다. 나는 콧대 높은 뉴욕 상류사회 인사들의 코를 납작하게 만들어줄 것이다. 밴더빌트, 록펠러,

휘트니, 굴드, 아스토르 그리고 모건 등 이름만 들어도 알 수 있는 가문의 사람들이 위대한 프리마돈나 멜바의 노래를 듣기 위해 찾아올 것이다.

나는 다시 한 번 사방을 둘러본다. 또한 내 발 밑에 펼쳐진 세상을 내려다본다. 그리고 나의 인생을 되돌아본다. 고통과 질시와 거부, 두려움과 증오로 가득 차 있는 인생. 아무도 나에게 사랑을 주지 않았다.

그런데 이 세상에서 오직 단 한 사람만이 나에게 친절을 베풀어주었다. 그 사람은 나를 곡마단의 철창에서 구출한 후 오페라 하우스의 지하로 데려가주었다. 그리고 모든 사람들이 사나운 늑대를 찾듯이 나를 뒤쫓고 있을 때, 그 사람만은 내가 뉴욕으로 떠나는 배에 오를 수 있도록 도와주었다. 내가 한 번도 느껴보지 못했던 어머니의 사랑을 베풀어주었던 그 사람이 생각난다.

그리고 또 다른 한 사람……. 결코 잊을 수 없는 사람……. 내가 너무도 깊이 사랑했지만, 나를 사랑할 수 없었던 사람이 있었다. 사랑하는 여인의 사랑을 받지 못했다고 해서 나를 경멸할 사람이 있을까?

아주 짧은 한순간에 불과했지만, 나도 사랑받을 수 있다고 생각했던 시간이 있었다. 그 순간은 매우 짧았지만 너무나 달콤하고 격정적인 순간이었다. 하지만 그 순간이 지난 후 남은 것은 타고 남은 재뿐, 아무것도 없었다.

이제는 두 번 다시 그런 순간이 찾아오지 않을 것이다. 절대로 그런 사랑을 하지 않을 것이다. 나에게 남은 단 하나의 사랑은 나의 주인님을 위한 것이다. 나는 주인님에게 모든 것들을 바칠 것이다. 주인님은 결코 나를 실망시키거나 거부하지 않을 것이다. 내가 살아 있는 동안, 나는 오직 주인님만을 숭배할 것이다.

3

아르망 뒤푸르의 절망

1906년 10월

뉴욕 브로드웨이

나는 이 도시를 증오한다. 나는 절대로 이곳에 오지 말았어야 했다. 도대체 내가 왜 이곳으로 왔단 말인가? 그것은 파리에서 죽어가는 한 여인의 간절한 소원 때문이었다. 하지만 그 당시에 그녀는 제정신이 아닐 수도 있었는데…….

　내가 이곳에 온 이유는, 그녀의 소망 때문만이 아니라 그녀가 나에게 건네주었던 금화 때문이기도 하다. 그러나 아무리 금화가 값진 것이라고 하더라도 그것을 받지 말았어야 했는지도 모른다.

　내가 직접 편지를 전해주기로 약속한 이 남자는 어디에 있단 말인가? 세바스찬 신부님이 나에게 말해 준 것은, 그가 끔찍할 정도로 기형적인 외모를 갖고 있기 때문에 도저히 눈에 뜨이지 않을 수 없다는 것이 전부였다. 하지만 사실은 그와 정반대였다. 그는 전혀 보이지 않고 있는 것이다.

하루하루 시간이 흐르자 나는 그가 여기에 오지 않았다고 확신하게 되었다. 그는 엘리스 아일랜드에서 이민국 직원에게 입국을 거부당한 것이 확실했다. 물론 나는 엘리스 아일랜드에도 가보았다. 그곳은 정말이지 혼란 그 자체였다. 세계 각지의 가난하고 가진 것 없는 사람들이 모두 이 나라로 몰려오고 있는 것 같았다. 그리고 이 나라에 들어온 사람들은 대부분 이 끔찍한 도시에 남아 있는 것이다.

나는 지금까지 살아오는 동안 그들처럼 영락한 사람들의 모습을 한 번도 본 적이 없었다. 초라한 피난민들의 끝없는 행렬, 악취 풍기는 선실에서 오랫동안 틀어박혀 있던 사람들, 이가 들끓고 냄새나는 사람들……. 그들은 그나마 가진 모든 재산이 담겨 있는 보따리를 제각기 움켜잡고 있었다. 아무런 희망도 없는 사람들이 이 나라로 들어오기 위해 칙칙한 건물 앞에서 장사진을 이루고 있었다.

그런데 또 다른 섬에는 그런 그들의 모습을 굽어보고 있는 동상이 세워져 있었다. 그것은 바로 횃불을 높이 치켜들고 있는 자유의 여신상이었다. 누군가 바르톨디(파리에서 활동하던 조각가. 뉴욕에 있는 자유의 여신상을 조각했다—역주)에게 그 동상을 그냥 프랑스에 남겨두라고 말했어야만 했다. 그리고 양키들에게는 차라리 다른

것을 주라고 말했어야만 했다. 차라리 라루스(프랑스의 문법학자이
자 사서 편찬가—역주)의 사전을 주었어야만 했는지도 모른다. 그
랬다면 피난민들은 최소한 말귀를 알아들을 수 있을 만큼 영어를
배우고 왔을 것이다.

하지만 우리 프랑스인들은 양키들에게 무엇인가 상징적인 것을
주고 싶었던 것이다. 그런데 양키들은 그것을 유럽뿐만 아니라 그
보다 더 먼 곳에 있는 모든 사회의 낙오자란 낙오자는 모두 다 미
국으로 끌어들이는 자석으로 바꾸어버리고 말았다. 낙오자들은 더
욱 나은 삶을 소망하면서 이곳으로 몰려들고 있었다.

양키란 자들은 모두 제정신이 아니었다. 어떻게 그런 사람들을
받아들이면서 한 국가를 제대로 창조한단 말인가? 어느 나라에서
도 인정받지 못하고 거부당한 자들이 모두 이 나라로 몰려오고 있
지 않은가? 양키들은 도대체 무엇을 기대하고 있는가? 이러한 오
합지졸을 모아놓고 장래에 강하고 부유한 국가가 되기를 기대한단
말인가?

나는 이민국장을 만나기 위해 찾아갔다. 다행스럽게도 그에게는
불어를 할 줄 아는 직원이 있었다. 그는, 입국을 거부당하고 모국으
로 다시 되돌려 보내지는 사람은 거의 없다고 말했다. 하지만 그렇
듯 끔찍한 외모를 하고 있거나 아니면 질병을 가진 사람들은 분명
히 입국을 거부당했을 것이라고 말했다. 그러므로 내가 찾고 있는
이 남자가 그들 중 한 사람이었을 것이라는 사실은 거의 확실했다.

만약 그가 입국을 했다 하더라도 12년이라는 긴 시간이 흘렀다. 물론 그가 이 나라 어느 도시에서 살아가고 있을 수도 있었다. 하지만 이 나라는 동쪽 끝에서부터 서쪽 끝까지 무려 5만 킬로미터에 달하는 커다란 영토를 소유하고 있었다.

나는 시청 당국으로 들어가서 담당자를 만났다. 그들은 뉴욕에 다섯 개의 자치구가 있으며, 실제로 거주민 기록은 거의 없다는 사실을 알려주었다. 만약 그 남자가 뉴욕에서 살고 있다고 하더라도 브루클린, 퀸즈, 브롱크스, 스테튼 아일랜드, 맨해튼 중 어느 자치구에서 살고 있는지 도저히 알 수 없었다. 결국 직접 이 도망자를 찾아다니는 길 이외에는 다른 수가 없었다. 그러나 선량한 프랑스 시민인 내가 이 낯설고 머나먼 땅 미국에서 과연 무슨 일을 할 수 있단 말인가?

시청 기록에 따르면 물하임이라는 성을 가지고 있는 사람은 모두 열두 명이었다. 나는 직접 그들을 찾아가서 모두 만나보았다. 하지만 내가 찾고 있는 물하임이 아니었다. 만약 그의 성이 흔하디흔한 스미스였다면 나는 벌써 프랑스로 돌아가버렸을 것이다. 이곳에는 전화가 많이 보급되어 있었으며, 전화기를 갖고 있는 사람들의 명단도 있었다. 하지만 그 명단에도 에릭 물하임이란 이름은 없었다. 세무서에도 문의해 보았지만, 그들은 기록에 대해서는 철저하게 비밀을 유지해야만 한다고 말했다.

그래도 경찰은 사정이 좀 나은 편이었다. 한 아일랜드 출신의 하사관이 수수료를 지불한다면 기록을 확인해 주겠다고 제안했다. 나는 그 '수수료'라는 돈이 그의 주머니 속으로 들어갈 것이라는 사실을 너무나 잘 알고 있었다. 하지만 그 사람만이 유일하게 내게 도움을 줄 수 있었다.

며칠 후 그는 물하임이라는 사람이 문제를 일으켜서 경찰서에 온 적이 한 번도 없었다고 알려주었다. 그 대신 그는 물러라는 사람들은 대여섯 명 정도 찾아냈다고 말했다. 어리석은 작자가 돈만 챙기고 말았던 것이다.

때마침 롱아일랜드에서 서커스가 열리고 있었다. 나는 서커스가 열리는 곳으로 찾아가보았다. 하지만 이번에도 아무런 소득이 없었다. 나는 그곳에 있는 벨레부라는 큰 병원도 방문했지만 이제까지 그렇게 기형적인 외모를 가진 사람이 치료를 받기 위해 찾아온 기록은 없다고 대답했다. 이제 더 이상 가볼 만한 곳도 없었다.

나는 대로변에서 약간 떨어진 골목길에 위치하고 있는 허름한 호텔에 머무르고 있다. 맛이 형편없는 스튜를 먹고 맥주를 마신다. 좁은 침대에서 잔뜩 웅크린 채 잠을 잔다. 나는 하루빨리 성루이가의 따뜻하고 편안한 내 아파트로 돌아가서 아내의 펑퍼짐하지만 훈훈한 품속에서 잠들 수 있기를 간절하게 바라고 있다.

날씨는 점점 추워지고 돈도 떨어지고 있다. 나는 그리운 파리로 돌아가고 싶다. 사람들이 마구 뛰어다니지 않고 차분하게 걸어다니는 세련된 문화의 도시, 마차들도 미친 듯 질주하지 않고 천천히 길을 가는 도시, 전차가 우리의 생명을 위협하지 않는 그 도시로 돌아가고 싶다.

설상가상으로 나는 내가 셰익스피어의 언어를 좀 구사할 줄 안다고 생각했었다. 하지만 그 언어에 나는 완전히 우롱당한 기분이다. 오래 전에 나는 영국 신사들을 만나서 대화를 나눈 적이 있었다. 그들은 승마를 즐기기 위해 오퇴일과 샹틸리를 방문했던 것이다. 하지만 이곳에서는 영어 발음이 완전히 달랐다. 게다가 그들의 말은 매우 빨랐다.

어제 나는 이 거리에서 맛있는 모카 커피와 치안티 포도주를 제공하는 이탈리아 커피숍을 발견했다. 물론 보르도 포도주만은 못하지만 싸구려 양키 맥주보다는 훨씬 나았다. 이 무시무시하고 위험한 도시를 바라보면서 나는 비로소 이제부터 내가 무슨 일을 해야 할 것인지 깨달았다. 나는 우선 자극적인 커피를 마시면서 마음을 가라앉힐 것이다. 그런 다음 곧장 호텔로 들어가서 집으로 돌아가는 배편을 예약할 것이다.

콜리 블룸의 행운

1906년 10월

뉴욕의 28번가와 5번가가 만나는 곳

루이의 바

이 도시는 모든 것들이 몹시 빠르게 움직이고, 또한 이 세상에서 가장 북적대는 곳이야. 자네들에게 미리 말해 두겠네만, 그런 곳에서 기자로 일하는 것이 지구상 그 어느 것보다도 더욱 근사한 직업이라고 여겨지는 시간들이 종종 있다네.

좋아. 하루 종일 돌아다니더라도 보여줄 만한 것이 하나도 없을 때가 있다는 사실은 나도 인정한다네. 아무것도 얻은 게 없고 인터뷰도 거절당하고 기삿거리가 하나도 없지. 물론 그럴 때도 많아. 이보게, 바니! 여기에 맥주를 좀더 갖다 주겠나?

맞아. 괜찮은 기사가 될 만한 스캔들이 없을 때도 있어. 물론 이곳에서 항상 스캔들이 생기는 것은 아니지. 센트럴 파크에서 시체가 발견되지도 않고, 유명 인사라도 좀 이혼을 해주면 그나마 나을 텐데, 그렇지도 않고 말이야. 인생이 영 재미가 없어. 그럴 때마다 이런 생각을 하지. 내가 도대체 여기에서 무엇을 하고 있는 거야? 왜 이렇게 사방을 돌아다니면서 시간을 낭비하고 있을까? 아마도 나는 퍼프킵시에서 아버지의 양복점을 물려받았어야 했는지도 몰라. 자네들은 내 심정을 잘 알고 있겠지.

그런데 내 말 좀 들어보게. 이 직업에는 알 수 없는 묘미가 있는 거야. 그래서 기자라는 직업이 남자 양복바지를 팔고 있는 것보다 더욱 낫게 여겨지기도 하지. 전혀 예상하지 못했던 순간에 갑자기 사건이 터지는 거야. 조금만 머리 회전이 빠르다면 커다란 기삿거리가 바로 눈앞에 있다는 것을 알게 되거든. 어제 바로 그런 일이 나에게 일어났단 말이야. 자네들에게 반드시 이 이야기를 해주어야만 할 것 같았어. 고맙네, 바니.

그것은 커피숍에서 일어난 일이야. 자네들도 펠리니스를 알지? 브로드웨이의 26번가에 위치하고 있는……. 그날은 정말로 되는 게 하나도 없는 날이었어. 하루 종일 센트럴 파크의 살인 사건에 대해 새로운 이야기를 얻으려고 쫓아다녔는데 아무런 소득이 없었네. 시장실에서도 형사계를 쥐잡듯이 닥달했지만 새로운 단서를 하나도 발견하지 못했던 거야. 신문에 낼 만한 가치가 있는 것은 하나도 없었어. 그래서 나는 잔뜩 화가 나 있었지. 이제는 어쩔 수 없이 데스크에 가서 한 줄도 쓸 만한 것을 건지지 못했다고 말할 처지에 놓였던 거야. 그것은 생각만 해도 등골이 오싹한 일이 아닌가? 그래서 펠리니스에 가서 시럽을 잔뜩 얹은 퍼지 아이스크림이나 먹어야겠다고 생각했네. 자네들도 알지? 그걸 먹으면 왠지 모르게 어디선가 힘이 솟아나는 것을……

그곳은 여전히 수많은 사람들로 붐비고 있었다네. 다행스럽게도 부스에 딱 한 자리가 비어 있었어. 내가 자리에 앉고 나서 10분가량 지나자 몹시 낙심한 표정을 짓고 있는 한 사내가 들어왔다네.

그는 자리를 찾기 위해 사방을 두리번거렸어. 그러더니 내가 혼자 부스를 차지하고 있는 것을 본 모양이야. 그는 나를 향해 친친히 다가오더군. 매우 예의 바른 사람이었는지 그 사람이 먼저 나에게 목례를 했어. 나도 고개를 숙이면서 답례했지.

그런데 그 남자가 외국어로 무언가를 말하더군. 그래서 나는 앞자리에 있는 빈 의자를 가리켰어. 그러니까 그 사람도 알아들었는지 자리에 앉았다네. 그런 다음에 그는 커피를 시켰는데, 커피라고 발음하지 않고 까페라고 말했어. 웨이터는 이탈리아인이었기 때문에 그 말을 잘 알아듣더군. 나는 아마도 그 남자가 프랑스인일 것이라고 생각했어. 왜 그런 생각을 했느냐구? 그냥 프랑스인처럼 보였어.

아무런 말도 없이 마주 앉아 있기가 약간 멋쩍어 내가 먼저 그에게 인사를 했어. 불어로 말이야.

내가 불어를 할 줄 아느냐고? 물론 잘은 못하지만 인사말 정도
는 할 줄 알지. 그래서 나는 불어로 인사말을 건넸어.

"봉주르, 무슈."

나는 그냥 외국인에게 친절한 뉴욕 시민이 되려고 노력했던 것
뿐이었어. 그런데 이 프랑스 친구가 갑자기 미친 듯이 말을 시작하
는 거야. 불어로 마구 떠들어대는데 한 마디도 알아들을 수가 있어
야 말이지. 그런데 이 친구는 무슨 슬픈 일이라도 있었는지 몹시
상심하고 있었어. 눈물을 글썽거릴 정도로. 그는 주머니에서 편지
를 한 장 꺼냈지. 봉함 부분을 왁스로 봉해놓은 것이었어. 단번에
나는 그것이 매우 중요한 편지라는 사실을 깨달았어. 그가 나에게
그 편지를 보여주더군.

그 당시까지만 해도 나는 그저 곤경에 처한 관광객에게 친절을
베풀려고 노력했을 뿐이었어. 아이스크림을 먹어 치우고 팁을 식
탁 위에 올려놓고 그냥 훌쩍 밖으로 나가버리고 싶은 마음이 굴뚝
같았지만 말이야. 근데 이런 생각이 들었어. '그래, 무슨 상관이야.
이 친구나 도와주자.' 이 친구는 나보다 더욱 힘든 하루를 보낸 것
처럼 보였거든.

그래서 나는 주인인 파파 펠리니를 불러서 불어를 할 줄 아느냐
고 물었어. 물론 그는 전혀 불어를 못한다고 하더군. 영어와 이탈
리아어라면 몰라도……. 게다가 영어도 심한 시실리 억양으로 구
사하니까 말이야. 그래서 나는 주위에 불어를 구사할 줄 하는 사람

이 누가 있을까 생각했어.

만약 자네들이었다면 이 정도에서 어깨를 으쓱한 후에 그냥 밖으로 나가버렸을 거야. 그렇지 않은가? 하지만 나는 콜리 블룸이야. 나에게는 다른 사람들이 가지고 있지 않은 육감이라는 게 있다네.

자네들은 이곳에서 한 블록 떨어진 26번가와 5번가가 만나는 자리에 무엇이 있는지 아나? 그것은 바로 델모니코스야. 그리고 누가 그곳을 운영하고 있는지 아나? 다름 아닌 찰리 델모니코라네. 델모니코 가족은 모두 스위스에서 이주했어. 맞아. 스위스에서는 여러 언어를 사용한다네. 문득 찰리는 미국에서 태어나기는 했지만 조금이라도 불어를 할 줄 알 거라는 생각이 늘었어.

그래서 나는 그 프랑스 친구를 데리고 나갔지. 그리고 10분 후에 우리는 미국 전역에서 가장 유명하고 잘나가는 식당 앞에 서 있게 된 거야. 자네들, 그 식당 안에 들어가본 적 있나? 없다구? 저런! 정말이지, 그곳은 대단하더군. 반질반질하게 닦인 마호가니 가구들, 자줏빛 벨벳 커튼, 황동으로 만들어진 전등들…….

그곳은 매우 우아한 식당이었어. 무척 비싼 곳이지. 우리 같은 사람들은 그곳에서 식사할 엄두도 내지 못할 거야. 곧 찰리가 다가왔어. 찰리는 단번에 그 사실을 알아차렸을 거야. 하지만 좋은 식당을 운영하는 사업가는 다르더군. 어떻게 다르냐고? 우선 매우 예의 바르게 행동하지. 아마 길거리 창녀에게라도 똑같이 깍듯하게 대했을 거야.

찰리는 나를 향해 고개를 숙이면서 정중하게 용무를 물었어. 나는 파리에서 온 그 친구를 커피숍에서 우연히 만나게 되었다고 소개했네. 그런 다음에 그 친구가 편지와 관련해서 무엇인가 매우 중요한 일을 해야 하는 것은 같은데, 내가 그것을 이해할 수 없다고 자초지종을 설명했어.

찰리는 불어로 그 친구를 향해 정중하게 질문했어. 그러자 그 프랑스인은 편지를 꺼내면서 마치 따발총처럼 아까 한 이야기를 다시 한 번 반복하는 것 같았어. 하지만 나는 한 마디도 알아들을 수 없었지. 그래서 식당 안을 빙 둘러보았어. 저쪽 식탁에서 백만장자로 알려진 게이츠가 메뉴판을 열심히 훑어보고 있었어. 그의 옆자리에는 다이아몬드 짐 브레이디가 릴리안 러셀과 저녁을 먹고 있더군. 자네들도 릴리안 러셀이 입고 있던 옷을 보았으면 좋았을 거야. 어깨와 목이 다 드러나는 옷을 입고 있었는데, 끝내주게 아름다웠어. 그런데 자네들은 다이아몬드 짐이 어떻게 식사하는지 알고 있나? 나도 그 얘기를 들었지만 좀처럼 믿지 않았었거든…….

그런데 어젯밤에 그걸 내 눈으로 직접 보았잖아. 짐은 의자에 앉더니 식탁에서부터 정확하게 10센티미터를 재는 거야. 그런 다음 배와 식탁 사이에서 그 간격을 유지해. 그 다음에는 더 이상 움직이지도 않고 식사를 하는데, 배가 식탁에 닿을 때까지 먹는 거야. 믿을 수 있겠나?

내가 식당 안을 둘러보고 있는 동안, 그 친구의 이야기가 다 끝났다네. 찰리는 그 프랑스인의 이름이 아르망 뒤푸르이며 파리에서 온 변호사라고 말해 주었어. 뒤푸르는 매우 중대한 임무를 가지고 뉴욕으로 왔다고 했어. 파리에서 죽어가는 한 여자가 에릭 물하임이라는 사람에게 전하는 편지를 직접 배달해야만 한다고 하더군. 그런데 문제는 그 에릭 물하임이라는 사람이 뉴욕에서 살고 있는지 아닌지 확실하지 않다는 거야. 뒤푸르는 백방으로 수소문을 해보았지만 어디에서도 그를 찾을 수가 없었어. 나도 그런 이름을 가진 사람에 대해 들어본 적이 없는 것은 마찬가지였다네.

"저, 블룸 씨. E. M. 주식회사라고 들어보셨습니까?"

한참 동안이나 수염을 쓰다듬으면서 무엇인가 깊이 생각하던 찰리가 아주 정중한 목소리로 나에게 질문했어.

자네들, 교황이 과연 가톨릭 신자가 맞을까? 어때? 마치 이런 질문과 마찬가지가 아닌가? 그 회사를 들어보지 못했을 리가 없지. 그렇게 돈이 많고 막강한 힘을 가지고 있으면서도 또한 그 만큼 베일에 가려진 회사도 없을 거야. 피어폰트 모건을 제외하고 그 회사 만큼 증권시장에서 더 큰손이 어디 있겠는가? 모건은 워낙 거부니까 당연히 그 영향력을 무시할 수가 없지. 하지만 E. M. 주식회사는 모건과 맞설 수 있을 정도의 힘을 가지고 있어. 그래서 나는 물론 알고 있다고 말했어. 파크가에 위치하고 있는 E. M. 타워를 소유하고 있는 회사가 아니냐고 대답했지.

"맞습니다, 블룸 씨. E. M. 주식회사를 실제로 운영하고 있는 막

후의 인물이 어쩌면 물하임 씨일지도 모릅니다. 그는 전혀 모습을 드러내지 않는 사람이죠."

찰리가 나를 바라보면서 이렇게 말했어. 그런데 찰리 같은 친구가 '어쩌면 그럴지도 모릅니다' 라고 이야기한다는 것은, 그가 그 사실에 대해 무엇인가를 알고 있다는 증거야. 하지만 그런 식으로 모호하게 이야기함으로써 절대로 그의 입에서 그 이야기가 나온 것이 아닌 게 되는 거야. 자네들, 내 말 알아듣겠나?

그 프랑스인과 나는 당장 식당에서 나왔어. 나는 지나가는 마차를 불러 세웠다네. 그리고 곧장 파크가로 가달라고 부탁했어.

이제야 자네들은 왜 기자라는 직업이 이 도시에서 가장 좋은 직업인지 알겠나? 나는 그저 곤경에 처한 프랑스인을 도와주려고 노력했을 뿐이었어. 그런데 뉴욕에서 가장 베일에 싸인, 그리고 전혀 모습을 드러내지 않는 사업가를 만날 수 있는 좋은 기회를 가지게 되었던 것이라네. 과연 내가 그 사업가를 만나게 되었을까? 알고 싶다면 맥주를 더 시키게. 그러면 말해 주겠네.

좋아. 우리 두 사람은 파크가의 타워로 마차를 타고 달려갔어. 세상에! 정말로 거대한 건물이었어. 건물 꼭대기 바로 위로 구름이 지나갈 정도였다니까! 거리는 이제 점차 어두워지고 사무실들도 모두 문을 닫았더군. 단지 그 건물의 로비만이 환하게 불을 밝혀놓았어. 로비에는 책상이 있었는데, 거기에서 수위가 자리를 지키고 있었어.

나는 벨을 울렸어. 수위가 나를 향해 다가오더니 용무를 묻더군. 사연을 설명하자 그는 우리를 건물 안으로 들여보내 주었어. 그런 다음에 누군가에게 전화를 걸었어. 교환을 통하지 않는 것으로 볼 때 그 전화는 내선이 분명했어. 그는 한참 동안 누군가의 이야기를 듣고 있더군. 잠시 후 그는 편지를 자기에게 주고 가라고 말했어.

"내가 그 편지를 전달해 주겠소."

물론 나는 그렇게 할 수가 없었어. 나는 프랑스 파리에서 살고 있는 뒤푸르 씨가 직접 당사자에게 편지를 전달해 주어야만 하는 임무를 가지고 미국으로 찾아왔다는 말을, 위층에 있는 그분에게 전해달라고 수위에게 부탁했어. 수위는 수화기에 내고 그 말을 전달했어. 잠시 후 수위가 나를 향해 수화기를 내밀면서 직접 받아보라고 말했어.

"당신은 누구입니까?"

어떤 남자의 목소리가 수화기 속에서 흘러나왔어.

"저는 찰스 블룸이라고 합니다."

"그런데 선생님이 여기에 오신 용건은 무엇입니까?"

수화기를 통해 들리는 목소리가 마치 무언가를 알아내려는 듯 나에게 물었어.

내가 《허스트 프레스》지에서 나왔다고 말할 수는 없는 일이었어. 어쩐지 낌새가 이상하다는 느낌이 들었기 때문에 찾아왔다고 말할 수는 더군다나 없었다네. 그래서 나는 파리에 있는 뒤푸르 법률 사무소의 뉴욕 지사에서 일하는 변호사라고 말했어.

"블룸 씨, 당신의 용건을 말씀해 주시겠습니까?"

수화기의 목소리가 매우 사무적이고 딱딱한 어조로 다시 나에게 묻더군. 그래서 나는 에릭 물하임 씨에게 직접 전달해야 하는 아주 중요한 편지를 가지고 찾아왔다고 다시 한 번 말했지.

"이곳에 그런 이름을 가진 사람은 없습니다. 하지만 그 편지를 수위에게 맡겨놓으시면 제가 그분에게 편지가 반드시 배달될 수 있도록 해드리겠습니다."

그 목소리에는 여전히 아무런 감정도 찾아볼 수가 없었어. 하지만 내가 그냥 물러날 사람인가? 그 말이 거짓말일 거라는 확신이 들었는데 말이야. 갑자기 나는 지금 그 신비의 사업가와 통화를 하고 있는 건지도 모른다는 생각이 들었어. 그래서 나는 서둘러 어떤 말이라도 해야만 한다고 생각했어.

"물하임 씨에게 꼭 전달해 주십시오. 이 편지를 보내신 분은……"

나는 이렇게 말하면서 뒤푸르 씨를 바라보았어.

"마담 지리예요."

뒤푸르가 황급히 편지를 보낸 사람의 이름을 말해 주었어.

"마담 지리라는 분입니다."

나는 수화기의 목소리에게 그 이름을 말해 주었지.

"조금만 기다려주십시오."

그러자 수화기에서 들리는 목소리가 기다리라고 하는 거였어. 잠시 후 수화기에서 목소리가 다시 흘러 나왔어.

"엘리베이터를 타고 39층으로 올라오십시오."

물론 우리는 얼른 엘리베이터에 올라탔지. 자네들 중 39층까지 올라가본 친구 있나? 아무도 없지? 정말 대단한 경험이었네. 작은 새장 같은 것을 타고 올라가는데, 기계들이 사방에서 끼리릭거리는 소리가 들리는 거야. 그리고 위로 계속 올라가는 것이었어. 마치 하늘로 올라가는 것처럼 말일세. 위로 올라가는 동안 엘리베이터는 약간씩 양 옆으로 이리저리 흔들렸어.

마침내 기계가 멈추었어. 우리는 격자 모양으로 된 쇠창실문을 한쪽으로 밀고 엘리베이터에서 내렸네. 그런데 그 목소리의 주인공이 엘리베이터 앞에서 우리를 기다리고 있더군.

"저는 다리우스라고 합니다. 저를 따라오시지요."

그는 정중하게 말하면서 앞장을 섰네. 그는 우리를 회의용 책상이 놓여 있는 기다란 방으로 데리고 갔어. 책상 위에는 은으로 된 문구와 식기들이 놓여 있었다네. 바로 그 방에서 중요한 거래들이 이루어지는 것이 틀림없었네. 경쟁사들을 무너뜨리고 다른 회사를 매입하고 또한 수백만 달러의 돈이 달려 있는 여러 가지 결정들을 내리는 곳이 분명했어. 그 방은 아주 우아하고 고풍스러운 분위기를 갖추고 있었네. 벽에는 여러 개의 유화들이 걸려 있었어. 그중에서도 방 한쪽 끝에 다른 그림들보다 조금 높이 걸려 있는 그림이

나의 눈길을 끌었어. 넓은 챙이 달린 모자를 쓰고 콧수염을 기르고 목에는 레이스가 둘러진 칼라가 있는 옷을 입은 남자가 미소짓고 있는 그림이었지.

"편지를 좀 볼 수 있을까요?"

다리우스가 나를 똑바로 응시하면서 말했어. 다리우스의 눈빛은 마치 쥐를 궁지에 몰아넣고 입맛을 다시고 있는 코브라와 같았다네. 그래, 나는 한 번도 코브라를 본 적은 없어. 하지만 상상으로 얼마든지 알 수가 있다네.

나는 뒤푸르에게 고개를 끄덕였어. 다리우스는 책상을 사이에 놓고 건너편에 서 있었다네. 뒤푸르는 다리우스를 향해 편지를 내밀었어. 그런데 다리우스라는 친구 말이야. 참으로 기이한 친구였어. 어디인지 모르게 그를 바라보고 있으면 모골이 송연해지는 거야.

그는 머리끝에서부터 발끝까지 전부 검은색으로 차려입고 있었네. 하얀색 셔츠 위에 검은색 코트와 검은색 넥타이를 매고 있었어. 얼굴은 마치 백지장처럼 창백하고 마르고 가늘었어. 머리카락의 색깔도 검었지.

그런데 그의 눈……. 칠흑같이 검은 눈이 번뜩이고 있었네. 그런데 눈을 전혀 깜박거리지 않더군. 내가 코브라라고 말했지? 그래, 맞아! 바로 코브라가 딱 들어맞는 표현이야.

내 말을 들어보게. 지금부터가 정말 흥미롭다네. 나는 담배를 피우고 싶어서 성냥에 불을 붙였네. 그런데 그게 실수였어. 성냥에 불이 붙자 다리우스는 마치 칼집에서 칼을 뽑아들고 달려들기라도 하듯이 나에게 다가오는 것이었어.

"이곳에서는 절대로 불을 켜지 마십시오. 담배를 당장 끄도록 하십시오."

다리우스는 나를 똑바로 응시하면서 차가운 목소리로 말했어. 나는 아직도 처음에 들어갔던 그 자리에 우뚝 서 있었어. 우리가 들어간 문은 한쪽 구석에 위치하고 있었어. 그리고 나는 그 문 근처에 놓여 있는 기다란 책상 한쪽 끝에 서 있었지.

나의 등 뒤에는 반달 모양의 식탁이 벽에 기대어져 있었고 식탁 위에는 은으로 만들어진 조그마한 그릇이 놓여 있었어. 나는 담뱃불을 비벼서 끄려고 그 앞으로 다가갔어. 그릇 뒤에는 커다란 은쟁반 한 개가 놓여 있었어. 은쟁반 한쪽은 벽면에 기댄 채 세워져 있었다네.

나는 담뱃불을 끄고 난 후 은쟁반을 힐끗 쳐다보았어. 은쟁반은 잘 닦여져 있어서 마치 거울처럼 보였지. 그래서 방 다른 쪽 끝에 있는 초상화의 모습이 그대로 비추어지고 있었네. 그런데 그 초상화에 있는 남자의 얼굴 말이야. 그 얼굴이 바뀌어져 있는 것이었어. 커다란 모자는 그대로 있는데 말이야……. 그런데 그 모자 밑에 있는 얼굴 모습이 조금 전과는 다르더란 말이야. 그 얼굴은 숙련된 기마병이라도 말에서 떨어뜨릴 수 있을 만큼 끔찍하고 섬뜩한 얼굴이었어.

모자 밑에 있는 얼굴은 4분의 3 정도는 가면 같은 것으로 덮여 있었어. 그 밑으로 일그러진 입의 모양이 절반 정도 보이고 있었다네. 그리고 가면에 달려 있는 두 개의 눈동자가 뚫어지게 나를 바라보고 있었어. 나는 자신도 모르는 사이에 비명을 지르면서 돌아섰네.

"도대체 저 사람이 누구입니까?"

나는 벽에 걸려 있는 그림을 가리키면서 소리쳤어.

"프란스 홀스의 '웃는 기사의 초상' 이라는 그림입니다. 사본인데 아주 그럴듯한 그림이지요. 원본은 런던에 있는 것으로 압니다."

다리우스가 여전히 감정 없는 차가운 목소리로 말했어. 그런데 가면 속의 얼굴은 온데간데없이 사라지고 다시 웃고 있는 남자의 얼굴이 그 자리에 있는 것이었어. 처음에 내가 그 방으로 들어섰을 때와 똑같이 콧수염이 있고 목이 올라오는 옷을 입은 그 남자가 말이야.

내가 미친 게 아니야. 나는 분명히 그 얼굴을 보았단 말일세. 그 얼굴이 마술을 부리는 것도 아닐 텐데, 도무지 알 수 없는 일이었어. 어쨌거나 다리우스는 손을 뻗더니 책상 위에 놓인 편지를 집어 들었어.

"제가 약속하겠습니다. 책임지고 한 시간 안에 물하임 씨에게 이 편지를 꼭 전달해 드리도록 하겠습니다."

다리우스가 나를 쳐다보면서 말했어. 그런 다음에 불어로 뒤푸르에게 똑같은 내용을 말하는 것 같더군.

이윽고 뒤푸르가 알았다는 듯이 고개를 끄덕였지. 당사자인 뒤푸르가 그렇게 하겠다면 나로서는 달리 어떻게 할 도리가 없는 일이 아니겠나? 그래서 우리는 문 쪽으로 걸어갔어. 내가 막 문을 열려고 할 때였어.

"그런데 블룸 씨! 어떤 신문사에서 오셨습니까?"

다리우스가 마치 면도날처럼 날카로운 목소리로 나에게 물었어.

"뉴욕 아메리칸입니다."

나는 엉겁결에 이렇게 중얼거리고 말았어. 그런 다음에 뒤푸르와 나는 건물 밖으로 나왔네. 우리는 다시 마차를 다고 브로드웨이로 돌아왔어. 나는 뒤푸르를 도중에 내려주고 그 길로 곧장 편집장을 만나기 위해 신문사로 찾아갔어. 훌륭한 기삿거리를 찾았으니까…… 안 그런가? 그런데 내 생각이 틀렸던 거야.

"콜리, 자네는 좀 취한 것 같군."

편집장은 나를 보자마자 책상에서 머리를 치켜들더니 다짜고짜 고함을 지르는 것이었어.

"뭐라구요? 나는 오늘 저녁에 술이라곤 한 방울도 입에 대지 않았다구요."

내가 따지듯이 말했지. 그런 다음에 편집장에게 오늘 밤에 있었던 일을 자세히 설명했어. 처음부터 끝까지 모두 말이야. 정말 굉장한 이야기가 아니고 뭐냔 말이야? 그런데 편집장은 나를 완전히 묵살하고 말았어.

"좋아. 자네가 누군가에게 배달해야 할 편지를 가지고 온 프랑스의 변호사를 만났단 말이지? 그리고 그 변호사를 도와주었어. 그래서 뭐가 어쨌단 말인가? 그리고 유령이 어떻다구? 방금 E. M. 주식회사의 사장으로부터 전화가 왔었단 말이야. 그의 이름은 다리우스라고 하더군. 그 사장이 나에게 죄다 말해 주었어. 오늘 저녁에 자네가 사무실로 찾아와서 개인적으로 그에게 편지를 배달했다고 말이야. 그런데 자네가 갑자기 정신을 잃었는지 벽에 걸려 있는 그림을 보더니 유령을 보았다고 고함을 치기 시작했다는 거야. 편지에 대해서는 고맙게 생각하고 있지만 만약 자네가 회사에 대해서 허튼 소리를 하고 다니면 곧장 소송을 걸겠다고 으름장을 놓았어. 알겠나, 이 친구야? 그건 그렇고 경찰관들이 센트럴 파크에서 살인자를 체포했다고 하더군. 현장에서 잡힌 모양이야. 지금 당장 그곳으로 가보게나."

편집장이 혀를 끌끌 차면서 말했네. 그래서 결국 그 이야기에 대해서는 한 줄도 실리지 못했지. 하지만 다시 한 번 내가 말해 두겠네. 내가 돌았거나 술에 취한 것은 절대로 아니라네. 나는 분명히 이 두 눈으로 그 얼굴을 똑똑히 보았어. 결코 헛것을 본 것이 아니란 말이야. 자네들은 지금 뉴욕 시에서 맨해튼의 유령을 실제로 보았던 단 한 사람과 술을 마시고 있는 거란 말이야.

다리우스의 비밀

1906년 11월, 맨해튼 미약굴

연기가 나의 몸속으로 들어온다. 부드럽고 매혹적인 연기가 달콤하게 온몸을 감싼다. 나는 서서히 눈을 감는다. 초라하고 지저분한 빈민가의 모습이 보인다. 나는 그 빈민가를 떠나서 감각의 문을 향해 걸어간다. 지금 나는 그 문 앞에 홀로 서 있다. 그리고 그 문을 지나서 나의 주인인 그 분의 영역으로 천천히 들어선다.

이윽고 연기가 서서히 걷힌다. 기다란 복도가 눈앞에 펼쳐진다. 벽은 온통 황금으로 되어 있다. 아! 황금만이 줄 수 있는 쾌락! 황금을 만지고 쓰다듬고 느끼고 소유하는 쾌락! 그리고 그것을 황금의 신인 그분에게 바치는 기쁨! 오직 그분만이 이 세상에서 단 하나의 진실한 신인 것이다.

나는 그분을 바바리 해안에서 처음으로 만났다. 그 후로 더럽고 추악한 남색의 대상이었던 나는 고귀한 부름을 받았다. 그분에게 언제나 더욱 많은 황금을 바치기 위해 노력하고 그분의 존재 앞으로 나아가기 위해 노력하는 것이 바로 나의 본분이다.

나는 황금으로 만들어진 커다란 방으로 들어간다. 용광로가 이글거리고 불꽃이 끝도 없이 너울거린다. 그 방은 자욱한 연기로 뒤덮여 있다. 용광로의 연기와 내 입과 목과 피와 머릿속에서 맴도는 연기가 뒤섞인다. 그리고 자욱한 연기 속에서 그분은 여느 때처럼 나에게 말씀하실 것이다.

그분은 나의 말에 조용히 귀를 기울이실 것이다. 그리고 나에게 조언을 하고 지시를 내릴 것이다. 그분은 여느 때처럼 이번에도 올바른 결정을 하실 것이다……. 그분은 지금 이곳에 계시다……. 나는 그분의 존재를 느낄 수 있다…….

"주인님, 위대한 마몬 신이시여! 당신 앞에 나는 무릎을 꿇고 있습니다. 나는 오랫동안 당신을 섬기고 있었습니다. 그리고 언제나 최선을 다했습니다. 나의 지상의 주인을 당신의 왕좌 앞으로 데리고 왔습니다. 그와 함께 그의 거대한 부와 재산도 가져오게 되었습니다. 당신에게 간절히 애원합니다. 부디 나의 말을 들어주세요. 나는 당신의 도움과 조언이 절실하게 필요합니다."

"나의 종이여, 내가 너의 말을 들으리라. 너의 마음을 괴롭히는 것이 무엇인가?"

"지상에서 내가 섬기는 그 남자……. 그 남자의 존재 안으로 그 어떤 것이 불쑥 들어온 것 같습니다. 내가 이해하지 못하는 그 어떤 것이……."

"설명하라."

"내가 그를 알게 된 이후로, 그의 끔찍한 얼굴을 처음 본 이후로, 그는 오직 단 한 가지에 집착하고 있었습니다. 그것은 바로 돈을 버는 일이었습니다. 나는 그를 부추기고 돈에 더욱 집착하도록 지금까지 조종하고 있었습니다. 그는 이 세상 사람들이 모두 자신에게 적대적인 태도를 보이고 있다고 생각했습니다. 그런 세상에서 그는 단지 성공하기만을 한결같이 원하고 있었습니다. 그를 끝없이 돈 버는 일에 집착하도록 이끌고 그에게 당신을 섬기도록 만든 것도 나였습니다. 그렇지 않습니까?"

"너는 진실로 훌륭하게 일을 했구나, 나의 종이여. 그의 부는 날마다 커져만 갔고, 너는 그가 재산을 모두 나를 섬기는 일에 바칠 수 있도록 노력했다."

"주인님, 하지만 최근에 그는 다른 것에 점점 더 마음을 빼앗기기 시작했습니다. 그것은 시간을 낭비할 뿐입니다. 그러나 그보다 더욱 나쁜 것은 그것이 돈을 낭비한다는 사실입니다. 이제 그는 오직 오페라만을 생각하고 있어요. 그런데 오페라에서는 이익이 생기지 않습니다."

"그것은 나도 안다. 이익과는 전혀 상관 없는 일이다. 그가 가진 재산 중에서 얼마나 많은 부분을 오페라에 바치고 있는가?"

"지금까지는 아주 작은 부분에 지나지 않았습니다. 하지만 내가 두려워하는 것은 그가 오페라에 온통 마음을 빼앗겨 당신에게 바쳐야 할 황금의 제국을 확장하는 일에 헌신하지 못할까 하는 것입니다."

"그가 돈 버는 일을 중지했는가?"

"아닙니다. 오히려 정반대입니다. 돈을 버는 일에 있어서는 모든 것이 예전과 전혀 다를 바 없습니다. 참신한 아이디어들, 훌륭한 사업 전략, 비범한 창의력들은 여전히 그대로입니다. 때때로 그에게는 다른 사람들이 가지지 못한 투시력이 있음을 보고 놀랄 정도입니다. 그는 아직도 그런 것들을 잃어버리지 않았습니다. 이전과 마찬가지로 나는 회의실에서 회의를 주재합니다. 회사를 매수하는 일 그리고 합병과 투자의 영역을 더욱 넓혀가는 일을 진두에서 지휘하는 것도 나입니다. 나약하고 무기력한 자를 파괴하고 그들의 애원을 들으면서 기뻐하는 것도 나입니다. 빈민가의 임대료를 올리는 것도, 공장과 창고를 짓기 위해 학교와 집을 밀어내는 것도 바로 나입니다. 시청의 관리들을 마음대로 조종할 수 있도록 뇌물을 주고 매수하는 사람도 나입니다. 이 나라에서 새롭게 발전하는 산업의 주식들을 대량으로 매입하도록 서류에 서명을 하는 사람도 나입니다. 하지만 모든 지시는 언제나 그가 내립니다. 모든 계획도 그가 세우고, 내가 말하고 행동해야 하는 모든 것들은 그의 머릿속에서 고안된 것들입니다."

"그의 판단이 흐려지기라도 했단 말인가?"

"그것은 아닙니다. 주인님, 그의 판단은 여전히 이전과 다름없이 정확하고 한치의 오차도 없습니다. 그의 대담함과 예지력에 주식시장이 모두 경탄하고 있습니다. 물론 사람들은 그것이 나의 능력이라고 생각하고 있지만……."

"그렇다면 무엇이 문제란 말인가, 나의 충직한 종이여?"

"주인님, 이제 그가 떠나고 내가 그 자리를 물려받아야 할 순간이 오지 않았는가 하는 생각이 들었습니다."

"나의 종이여, 너는 정녕 충실하고 훌륭하게 일을 했다. 하지만 그것은 네가 나의 명령에 복종했기 때문이다. 너에게는 재능이 있다. 그것은 사실이다. 너는 항상 그 사실을 알고 있었지만, 오직 나에게만 충성을 다 바쳤다. 그러나 에릭 물하임은 그 이상이다. 황금과 관련된 일에 있어서 진정한 천재를 만난다는 것은 매우 드문 일이다. 그런데 그가 바로 그런 사람이다. 아니, 그 이상이라고 말할 수 있다. 그는 인간에 대한 증오심으로 똘똘 뭉쳐 있다. 그리고 나를 섬기는 일에 대해서는 너의 인도를 받고 있다. 그렇기 때문에 그는 단순히 부를 창조하는 천재에 그치는 사람이 아니다. 그는 양심, 원칙, 자비, 연민, 동정 등의 감정들을 전혀 느끼지 않는다. 무엇보다도 중요한 것은 너와 마찬가지로 사랑이라는 것에 무감각하다는 것이다. 인간이라는 도구에게서 바랄 수 있는 모든 것들을, 그는 죄다 갖추고 있다. 조금만 더 인내하면서 기다리도록 해라. 언젠가 정말로 때가 이를 것이다. 그 순간이 되면 나는 너에게 그의 목숨을 거두라고 명령할 것이다. 그렇게 되면 물론 네가 모든 것을 이어받게 될 것이다. 너에게 미국의 금융 왕국을 주리라. 그것은 내가 언젠가 말했던 '세상의 왕국', 바로 그것이다. 그 제국은 '또 다른 왕국'에 대항할 것이다. 나의 종이여! 내가 이제까지 한 번이라도 너를 기만한 적이 있었느냐?"

"절대로 그런 일은 없었습니다, 주인님."

"그리고 네가 나를 배신한 일이 있었느냐?"

"그런 일은 결코 없었습니다, 주인님. 맹세할 수 있습니다."

"그렇다면 그를 그냥 가만히 내버려두어라. 잠시 동안 이대로 있도록 해라. 그의 새로운 집착에 대해서 그리고 왜 그런 집착을 하는지에 대해서 더 말해 보아라."

"그가 사용하는 서재의 책장은 언제나 오페라 작품들과 그에 관련된 서적들로 가득 차 있었습니다. 그는 메트로폴리탄 극장에서 얼굴을 커튼 뒤로 가리고 오페라를 볼 수 있는 개인 관람석을 소유하기를 원했습니다. 하지만 나는 그것을 고의적으로 방해했습니다. 개인 관람석을 가질 수 없게 되자 그는 잠시 동안 오페라에 대해 흥미를 잃은 듯했습니다. 그런데 이제 그는 메트로폴리탄 극장과 경쟁할 수 있는 극장을 만들기 위해 수백만 달러를 투자하고 있습니다."

"이제까지 그는 언제나 투자한 금액을 회수해 왔다. 아니, 투자한 금액 이상을 회수하곤 했었다."

"네, 그것은 사실입니다. 하지만 이번 투자는 손실이 확실합니다. 그 손실이 그가 소유한 전체 재산의 1퍼센트 이하라고 할지라도 말입니다. 게다가 재산 이외에 무언가가 더 있습니다. 그것은 바로 그의 기분이 급격하게 변한 것입니다."

"그 이유가 뭔가?"

"나도 잘 모릅니다, 주인님. 단지 그가 오래 전에 살았던 파리에서 기이한 편지가 도착한 후에 시작되었다는 것밖에 알 수 없습니다."

"그 편지에 대해서 말해 보아라."

"어느 날 저녁에 두 명의 남자가 찾아왔습니다. 한 사람은 뉴욕 신문사의 기자였어요. 그는 안내자에 불과했습니다. 또 다른 한 사람은 프랑스에서 온 변호사였습니다. 편지를 가지고 온 사람은 바로 그 변호사였습니다. 그가 지켜보고 있지만 않았다면 아마도 나는 곧바로 그 편지를 열어보았을 것입니다. 하지만 그들이 떠나자 그는 즉시 회의실로 들어와서 편지를 집어 들었습니다. 그는 회의실 책상에 앉아서 편지를 읽었습니다. 나는 방을 나가는 척하면서 문틈으로 그를 지켜보았습니다. 이윽고 그는 편지를 다 읽은 후 자리에서 일어났습니다. 그런데 그 후부터 그의 몸이 뭔가 달라진 듯한 느낌이 들었습니다."

"그 다음부터 쭉 그랬는가?"

"네, 그렇습니다. 그 일이 있기 전까지만 해도 그는 단지 해머스타인이라는 사람 뒤에 정체를 숨기고 있는 단순한 동업자에 지나지 않았어요. 새로운 오페라 극장 뒤에서 몰래 움직이는 유령과 같은 존재라고나 할까요? 어쨌거나 해머스타인은 매우 부유한 사람이지만 물하임과는 비교조차 할 수 없습니다. 오페라 극장이 완공될 수 있도록 수많은 돈을 기부하기로 약속한 사람은 바로 물하임이었습니다. 그런데 편지가 도착한 후로 그는 점점 더 적극적으로 극장 건립에 개입하기 시작했어요. 그는 이미 해머스타인에게 거금을 주고 파리로 보냈어요. 넬리 멜바라는 가수를 설득해서 설날에 뉴욕에서 공연하도록 만들기 위한 것이었습니다. 그런데 그는 멜바 말고도 그녀의 경쟁자를 반드시 데려오라고 파리에 있는 해머스타인에게 황급히 메시지를 전달했습니다. 멜바의 경쟁자는 크리스틴 드 샤니라는 이름의 프랑스 가수입니다. 금전적인 문제뿐만 아니라 그는 이제 예술적인 부분에 대해서도 개입하고 있습니다. 극장에서 처음으로 공연될 오페라를 벨리니(이탈리아의 유명한 작곡가―역주)의 작품에서 다른 것으로 바꾸고, 또한 배역도 바꿀 것을 고집하고 있습니다. 하지만 무엇보다도 그는 매일 밤 미친 듯이 곡을 쓰면서……."

"무엇을 쓴다고 했는가?"

"음악입니다. 주인님. 나는 위층에 있는 그의 아파트에서 들리는 소리를 전부 다 들을 수 있습니다. 매일 아침마다 그의 책상 위에는 새롭게 작곡한 음악 원고들이 수북하게 쌓입니다. 깊은 밤이 되면 그가 서재에 들여놓은 오르간의 곡조들이 은은하게 들립니다. 나는 음악에는 문외한입니다. 음악의 곡조들은 나에게 아무런 의미가 없죠. 그저 무의미한 소음에 불과할 뿐입니다. 어쨌거나 그는 위층에서 무엇인가를 작곡하고 있어요. 나는 그것이 오페라라고 생각하고 있습니다. 자신이 직접 작곡하는 오페라 말입니다. 바로 어제, 그는 이제까지 완성된 부분을 미국 동부에서 가장 빠른 우편을 통해 파리로 서둘러 전송했어요. 주인님, 어떻게 해야 할까요?"

"나의 종이여, *그*가 하고 있는 모든 것이 미친 짓이지만 그리 해가 되지는 않을 것 같다. 그가 그 극장에 더욱 많은 돈을 투자했는가?"

"아닙니다, 주인님. 하지만 내가 걱정하는 것은 바로 나의 유산입니다. 오래 전에 그는 나에게 약속했었습니다. 만약 그에게 어떤 일이 일어난다면, 내가 그의 왕국, 수천만 달러에 달하는 막대한 돈을 상속받고 그리고 그것들을 당신을 섬기는 일에 쓰도록 하겠다고 맹세했었지요. 이제 나는 그의 마음이 바뀌었을 수도 있다는 두려운 생각이 듭니다. 음악에 대한 집착으로 그는 가진 모든 것을 오페라와 관련된 재단에 넘겨줄 수도 있습니다."

"어리석은 종이여! 너는 내가 나의 아들로 입양한 자이다. 너는 그의 유산 상속자이자 후계자이며, 그의 황금과 권력의 왕국을 모두 이어받을 운명을 가진 사람이다. 그가 너에게 약속하지 않았던가? 무엇보다도 내가 너에게 약속하지 않았던가? 그가 나를 이길 수 있다고 생각하느냐?"

"아닙니다, 주인님. 당신이야말로 가장 우월하고 유일한 신입니다."

"그렇다면 진정해라. 하지만 마지막으로 한 가지만 확실히 말해두겠다. 이것은 조언이 아니라 명령이다. 만약에 네가 그의 돈, 황금, 권력, 왕국, 그가 가진 모든 것들을 물려받는 일에 정말로 위협이 되는 것이 있다고 생각한다면, 그 즉시 그것을 가차없이 없애버려야 한다. 내 말을 알아듣겠는가?"

"나의 주인님! 감사합니다. 당신의 명령을 하나도 빠뜨리지 않고 그대로 수행하겠습니다."

게이로드 스프리그스의 칼럼

1906년 11월

《뉴욕 다임스》 오페라 비평가

뉴욕의 오페라 애호가들과 이 거대한 도시에서 살고 있는 사람들에게 한 가지 좋은 소식이 있다. 전쟁! 그것은 바로 전쟁이 일어났다는 사실이다. 물론 스페인과 미국 사이에서 전쟁이 재개되었다는 말은 아니다. 우리의 친애하는 테디 루스벨트 대통령이 몇 년 전에 자신의 존재를 부각시켰던 그 전쟁도 아니다. 나는 바로 우리가 살고 있는 이 도시에서 벌어지고 있는 전쟁을 말하고 있는 것이다. 오페라의 세계 안에서 전쟁이 벌어지고 있다.

그렇다면 그런 전쟁이 어째서 좋은 소식이란 말인가? 왜냐하면 이 전쟁에 참여하는 군대는 오늘날 이 지구상에서 가장 뛰어난 목소리의 주인공들이기 때문이다. 또한 이 전쟁에서 사용되는 무기는 대부분의 사람들이 꿈도 꿀 수 없을 만큼 엄청난 액수의 돈이기 때문이다. 그리고 이 전쟁에서 혜택받는 사람들은 누구인가? 그것은 바로 오페라를 사랑하는 사람들이 될 것이다.

오페라에 대한 열정을 가지고 있는 사람들이라면 메트로폴리탄 오페라 극장이 1883년 10월에 문을 열었다는 사실을 잘 알고 있을 것이다. 개관 기념 공연으로 메트로폴리탄 극장은 구노의 〈파우스트〉를 첫 작품으로 무대에 올렸다. 그와 함께 뉴욕은 저 유명한 오페라 극장인 코벤트 가든과 라 스칼라와 어깨를 나란히 할 수 있는 세계적인 오페라 극장을 가진 곳으로 그 위치를 굳히게 되었던 것이다.

메트로폴리탄 극장은 무려 3,700명이나 되는 관람객을 수용할 수 있는 대규모 시설을 갖추고 있으며, 세계에서 가장 큰 강당을 보유하고 있다. 그렇다면 이처럼 웅장한 오페라의 공연장이 어떻게 문을 열게 되었단 말인가? 그것은 바로 돈과 감정의 문제가 발단이 되었다.

이 도시에서 새롭게 형성된 귀족 계급은 자신들을 누구보다도 부유하고, 누구보다도 더욱 고상한 사람들이라고 여기고 있었다. 그런데 그러한 그들이 지금은 폐쇄된 14번가에 위치한 음악의 아카데미에서 개인 관람석을 보장받을 수 없었던 것에 대해 감정이 상했던 것이다.

결국 그들은 하나로 뭉치게 되었다. 그들은 아스토르 부인을 중심으로 한 4백여 명의 회원들이었다. 그들은 힘을 모아서 편안하고 우아하게 오페라를 정기적으로 관람할 수 있는 극장을 세웠다. 하인리히 콘레이드 씨의 훌륭한 지도 아래 메트로폴리탄 극장은 지난 몇 년 동안에 걸쳐 우리에게 뛰어난 오페라를 관람할 수 있는 영광을 안겨주었다.

그런데 난데없이 '전쟁'이란 무슨 말인가? 그렇다. 이것은 전쟁이다. 누가 들어도 깜짝 놀랄 만큼 쟁쟁한 스타 군단을 이끌고 새로운 극장이 메트로폴리탄 극장에 도전장을 내민 것이다.

담배 재벌이자 극장 건축가인 오스카 해머스타인 씨는 과거에도 오페라 극장을 건립하려고 시도한 적이 있었다. 하지만 그의 야심찬 계획은 그만 실패로 돌아가고 말았다. 이제 그는 드디어 34번가에 대단히 화려한 맨해튼 오페라 하우스를 완공시키고야 말았다. 그 규모는 메트로폴리탄 극장에 비해 다소 작은 것이 사실이다.

하지만 맨해튼 오페라 하우스는 매우 사치스러운 장식품들과 화려한 관람석과 무엇보다도 아주 훌륭한 음향 시설을 갖추고 있다. 다시 말하면 양보다는 질을 통해 경쟁자인 메트로폴리탄 극장과 승부를 겨루려고 하는 것이다. 그렇다면 이 극장이 제시하고 있는 카드는 무엇인가? 그것은 바로 그 유명한 프리마돈나 넬리 멜바이다.

바로 이것이다. 이것이 오페라의 전쟁에서 들려온 첫 번째 희소식인 것이다. 넬리 멜바는 이제까지 한사코 대서양을 건너서 미국으로 오는 것을 거절해 왔다. 그런데 그런 넬리 멜바가 마침내 미국행을 수락한 것이다. 그것도 다른 사람들이 들으면 놀라서 기절할 만한 거액의 출연료를 받기로 약속했다는 것이다. 이것은 파리에 있는 정통한 소식통이 나에게 전달한 뒷이야기이기도 하다.

지난 한 달 동안 해머스타인 씨는 가르니에의 그랜드 호텔에서 머물고 있는 호주의 프리마돈나에게 끊임없이 구애 공세를 펼쳤다. 그 호텔은, 멜바가 자주 출연하는 파리 오페라 하우스를 건축한 천재 건축가 가르니에가 직접 건립한 것이기도 하다.

처음에 넬리 멜바는 해머스타인 씨의 제안을 거절했다. 해머스타인 씨는 하룻밤 출연료로 1,500달러를 제시했다. 1,500달러! 상상조차 하기 힘든 거금이 아닌가! 하지만 넬리 멜바는 그 제안을 거절했다. 해머스타인 씨는 거기에서 물러서지 않고 출연료를 다시 인상했다. 이번에는 2,500달러였다! 믿을 수 있겠는가?

해머스타인 씨는 그랜드 호텔에서 넬리 멜바를 끈질기게 따라다녔다. 해머스타인 씨는 화장실에 있는 넬리 멜바에게 열쇠 구멍을 통해 2,500달러를 주겠다고 외쳤다는 것이다. 그 후 출연료는 다시 3천 달러로 올랐다. 오페라 하우스의 합창단원들은 일주일에 15달러를 받거나 혹은 쇼에 한 번 출연하는 대가로 고작 3달러를 받고 있다. 그런데 하룻밤 출연하는 조건으로 무려 3천 달러를 받게 되다니!

마침내 해머스타인 씨는 넬리 멜바의 침실로 막무가내로 쳐들어갔다. 거기서 그는 사방에 1천 프랑짜리 지폐를 마구 내던지기 시작했다. 넬리 멜바의 거친 항의에도 불구하고 해머스타인 씨는 돈을 뿌리는 일을 멈추지 않았다. 그런 다음에 넬리 멜바의 침실을 박차고 뛰쳐나와 버렸다.

넬리 멜바가 바닥에 흩어져 있는 돈을 세어보니 그 돈은 모두 10만 프랑이었다. 해머스타인 씨는 2만 달러나 되는 거금을 양탄자 위에 뿌려놓고 떠났던 것이다. 이 돈은 지금 라피트가의 로스차일드에 예치되어 있다고 한다.

어쨌거나 이 사건으로 멜바는 항복했다. 미국으로 건너오는 일에 드디어 동의했던 것이다. 넬리 멜바는 호주 출신 농부의 아내였다. 그녀는 어느 시기에 어떤 양의 털을 깎아야 하는지 정확히 알아보았던 것이다.

만약 여기까지가 이야기의 전부였다고 하더라도 콘레이드 씨가 지휘를 맡고 있는 극장에서는 벌써 여러 명이 심장마비를 일으켜서 쓰러질 만한 소식이다. 그런데 그것이 전부가 아니다. 해머스타인 씨는 12월 3일에 열리기로 예정되어 있는 개장 기념 공연에서 주인공 테너 역에 불세출의 가수 엔리코 카루소를 기용하기로 이미 계약을 완료했던 것이다. 또한 카루소 외에도 음악성이나 명성에 있어서 그와 버금가는 단 한 명의 가수인 알레산드로 곤찌를 초빙하는 일에 성공했다. 곤찌를 필두로 아마디오 바시나 찰스 달모레스와 같은 유명 가수들이 등장하기로 예정되어 있다. 그 외에도 바리톤에 마리오 안코나와 모리스 르노드, 소프라노에 엠마 칼베가 출연할 것이다.

이것만으로도 뉴욕 전체가 들끓을 만한 화젯거리로 충분했다. 그런데 그 배경에는 더욱 많은 이야기가 숨겨져 있다. 아무리 해머스타인 씨의 재력이라고 해도 그만한 거금을 뿌려가면서 극장을 개장할 수는 없었을 것이라고 세인들이 떠들어대기 시작했다. 해머스타인 씨의 배후에 누군가 도사리고 있다는 것이 항간에 떠도는 소문이었다. 그 비밀스러운 인물이 모든 것을 계획하고 배후에서 조종하면서 거액의 돈을 대고 있을 것이라는 추측이 난무했다.

그렇다면 이 보이지 않는 베일에 싸인 인물은 과연 누구인가? '맨해튼의 유령'의 정체는 과연 무엇이란 말인가? 그가 누구이든 간에, 그는 이미 뉴욕 시민들을 기고만장하게 만들고도 남을 만한 멋진 일을 해낸 것만은 확실하다.

왜냐하면 그는 젊고 눈부실 정도로 아름다운 프랑스의 귀족 크리스틴 드 샤니를 섭외하는 일에 성공했기 때문이다. 그녀는 이탈리아 전역에서 오페라의 여신이라고 불리는 존재였다. 그녀는 넬리 멜바가 유일하게 자신의 경쟁상대로 평가하고 있는 여가수였다. 그녀의 이름만 들어도 넬리 멜바는 마치 붉은 수건을 휘두르는 투우사 앞에 서 있는 황소처럼 펄펄 뛰어다닐 정도였다.

크리스틴 드 샤니가 결코 미국으로 올 까닭이 없다! 모든 사람들은 그렇게 생각할 것이다. 하지만 그것은 엄연한 사실이다. 그리고 바로 여기에 도저히 풀리지 않는 이중 삼중의 수수께끼가 있다. 첫 번째 의문은 크리스틴 드 샤니가 오기로 결정했다는 점이다.

넬리 멜바와 마찬가지로 오페라의 여신인 크리스틴은 이제까지 대서양을 건너서 미국으로 오기를 단호히 거부하고 있었다. 미국으로 오는 머나먼 여행은 너무나 긴 시간이 걸리는 어려운 여정일 것이라고 생각했기 때문이었다. 바로 그러한 이유로 메트로폴리탄 극장에서는 이제까지 넬리 멜바나 크리스틴 드 샤니와 같은 최고의 프리마돈나를 무대에 세울 수 없었다.

넬리 멜바가 미국에 오기로 한 이유는 너무나 명백하다. 그것은 해머스타인 씨가 제시한 전문학직인 금액의 출연료 때문이었다. 하지만 샤니 자작 부인은 달랐다. 그녀는 자신이 원하지 않는 일이라면 아무리 많은 돈을 준다고 하더라도 유혹할 수 없는 사람으로 잘 알려져 있었다.

거액의 출연료가 넬리 멜바를 미국으로 건너오게 했다면, 프랑스의 자작 부인을 뉴욕으로 오게 한 것은 도대체 무엇일까? 그것에 대해서는 어느 누구도 알지 못한다. 아직까지는……

두 번째 수수께끼는 이번에 새로 건립된 맨해튼 오페라 하우스의 공연 작품이 갑작스럽게 바뀌었다는 점과 밀접한 관계가 있다. 세계에서 가장 유명한 프리마돈나들을 섭외하기 위해 파리로 떠나기 직전, 해머스타인은 12월 3일의 개관 기념 공연 작품은 벨리니의 〈푸리타니〉가 될 것이라고 공표했었다.

무대 장치도 이미 세워지기 시작했고, 공연 프로그램도 인쇄소에 넘겨진 상태였다. 그런데 돌연 그 작품의 공연이 취소되었다. 일설에 따르면 보이지 않는 정체불명의 사업가가 다른 작품을 무대에 올려야 한다고 완강하게 주장했다는 것이다. 그 대신에 맨해튼 오페라 하우스는 전혀 이름이 알려지지 않은 무명의 작곡가가 작곡한 완전히 새로운 작품을 무대에 올린다는 것이었다. 이것은 오페라 사상 전무후무한 일이며 무척이나 위험한 일이다.

두 명의 프리마돈나 중에서 누가 제목조차 알려지지 않은 비밀스런, 새로운 오페라의 주인공이 될 것인가? 두 사람 모두가 주인공이 될 수는 없을 것이다. 누가 먼저 유럽을 떠나서 머나먼 미국 땅에 도착할 것인가? 명지휘자 크레오폰테 캄파니니의 열정적인 지휘와 곤찌와 호흡을 맞추어 노래할 사람은 누가 될 것인가? 두 사람 모두가 그렇게 될 수는 없을 것이다.

메트로폴리탄 극장에서는 시즌을 시작하는 첫 작품으로 〈살로메〉를 선택했다. 그것은 매우 위험천만한 선택이다. 그 극장은 어떻게 그런 작품을 가지고 새로운 경쟁자에 대항할 것인가? 맨해튼 극장에서 초연작으로 고집하고 있는 비밀스런 오페라의 이름은 무엇일까? 그것은 성공을 거둘 것인가? 그렇지 않으면 완벽한 실패작이 될 것인가?

뉴욕에는 초특급 호텔들이 많이 세워져 있다. 따라서 두 명의 프리마돈나가 한 호텔에서 묵어야만 할 필요는 전혀 없을 것이다. 하지만 대서양을 건너게 될 여객선은 어떠한가? 다행스럽게도 프랑스에는 사부아와 로렌, 두 개의 유명한 선박회사가 있다. 두 명의 프리마돈나는 각기 서로 다른 회사의 선박을 타고 와야만 할 것이다.

오, 오페라를 사랑하는 뉴욕인들이여! 기대해도 좋을 것이다. 이번 겨울을……

피에르 샤니의 수업

1906년 11월

롱아일랜드 해협 SS 로레인 호

"자, 피에르 군! 오늘 수업이 무엇인지 알고 있는가?"

"무엇이죠, 조 신부님?"

"라틴어라네."

"오, 신부님. 꼭 공부해야만 하나요? 이제 곧 뉴욕 항구에 도착할 텐데요. 선장님이 오늘 아침에 식사를 하면서 엄마에게 그렇게 말씀하시는 걸 들었어요."

"하지만 우리는 지금 롱아일랜드를 지나고 있을 뿐이네. 여기는 그저 바닷가에 지나지 않는 곳이야. 별로 볼 만한 것도 없고, 있는 것이라곤 안개와 모래뿐이라네. 시저의 프랑스 전쟁을 공부하면서 시간을 보내는 것이 차라리 나을 거야. 지난번에 끝냈던 부분에서 책을 펴도록 하게."

"그 전쟁이 정말 중요한 건가요, 신부님?"

"매우 중요하지."

"시저가 영국을 침범한 사건이 무엇 때문에 그렇게 중요하죠?"

"야만인들이 살고 있는 미지의 땅을 향해 진군하고 있는 로마의 군대라면, 그 사건은 당연히 매우 중요했을 거야. 그리고 만약 자네가, 로마인들이 독수리가 그려진 깃발을 휘날리며 해변으로 들어오고 있는 모습을 발견했던 영국인이었다면 역시 매우 중요하게 생각했을 거라네."

"하지만 저는 로마 군인도 아니고 옛날에 살았던 영국인은 더군다나 아니에요. 저는 현대를 살고 있는 프랑스인이라구요."

"하지만 자네는 나에게 맡겨진 학생이야. 학문적으로나 도덕적으로 나는 자네를 훌륭히 교육해야만 하는 책임이 있단 말일세. 자, 이제 보게나. 시저가 브리타니아라고만 알려져 있던 미지의 섬을 처음으로 공략하는 부분이라네. 그 페이지 제일 위에서부터 읽어보게."

"아씨디트 우 이뎀 녹트 루나 에세트 플레나……."

"잘 읽었네. 이제 그 부분을 해석해 보게."

"그것이 떨어졌다……. '녹트'는 '밤'을 의미하니까……. 밤이 되었다?"

"그게 아니라네. 밤이 된 것이 아닐세. 이미 밤이 되었고 그는 하늘을 올려다보고 있었다네. 그리고 '아씨디트'는 '일어나다' 혹은 '발생하다'라는 의미를 갖고 있어. 다시 한 번 해보게."

"그것은 같은 날 밤에 일어났다……. 음……. 달이 꽉 찼다?"

"정확해. 이제 그 부분을 좀더 부드럽게 표현해 보게."

"그것은 같은 날 밤에 일어났다. 하늘에는 보름달이 떠 있었다."

"맞았어. 시저를 공부하게 되어서 자네는 정말로 운이 좋은 편이야. 시저는 군인의 신분이었다네. 그렇기 때문에 금방 그 뜻을 알 수 있는 군인의 언어로 글을 썼다네. 앞으로 오비디우스, 호라티우스, 유베날리스, 베르질리우스 등을 공부하게 될 거라네. 그렇게 되면 몹시 머리가 아플걸세. 왜 시저는 여기에서 '에라트'가 아니고 '에세트'라고 말했을까?"

"가정법인가요?"

"아주 훌륭해. 의심의 여지가 있었기 때문이지. 보름달이 아니었을 수도 있었는데 운 좋게 보름달이 떴기 때문이야. 그래서 가정법을 쓴 거라네. 달조차도 그에게 행운을 선사했던 거지."

"무슨 뜻인가요, 조 신부님?"

"왜냐하면 시저는 깊은 밤중에 다른 나라를 침범하고 있었다네. 그 당시에는 전등이나 마땅한 불빛이 없었지. 바위에 부딪히지 않고 길을 갈 수 있도록 안내해 줄 만한 등대도 없었다네. 시저는 절벽 사이로 나 있는 평평한 해변을 찾아야만 했지. 그래서 달빛이 시저에게는 큰 도움이 되었던 거라네."

"그는 아일랜드도 침범했나요?"

"그건 아니었다네. 하이버니아(아일랜드의 라틴어 이름—역주)는 그 후에도 1,200년 동안 외세의 침입을 받지 않았다네. 성 패트릭이 기독교를 전파한 후에도 오랜 세월이 흘러야만 했던 거라네. 그리고 아일랜드를 침략한 것은 로마인들이 아니라 영국인들이었다네. 그런데 자네에게 내가 또 속았군. 교묘하게 시저의 전쟁에서 다른 곳으로 화제를 돌리도록 만들었으니 말이야."

"조 신부님, 시저 말고 아일랜드에 대해서 잠깐 이야기하면 안 될까요? 유럽 국가들은 거의 다 가보았지만 아일랜드에는 가본 적이 없거든요."

"자네의 말이 맞군. 안 될 게 뭐가 있겠나? 시저가 페벤세이 만에 정박하는 것은 내일 공부해도 늦지 않아. 자네가 알고 싶은 게 뭔가?"

"신부님은 부유한 가정에서 태어나셨나요? 신부님의 부모님들은 우리처럼 멋진 저택과 넓은 영지를 소유하셨었나요?"

"전혀 그렇지 않았다네. 대부분의 영지는 영국인들이나 앵글로계의 아일랜드인들이 소유하고 있었어. 하지만 우리 킬포일 가는 정복 이전부터 그곳에 자리잡고 있었다네. 우리 부모님들은 아주 가난한 농부에 지나지 않았어."

"아일랜드 사람들은 대부분 가난했나요?"

"그렇다네. 시골에 사는 사람들은 재산이라곤 전혀 없었어. 대부분이 가난한 소작농들이었기 때문에 농사를 지어서 근근이 먹고 살았지. 우리 가족들도 역시 마찬가지였다네. 나는 멀린가라는 도시의 외곽에 있는 작은 농장에서 자라났어. 아버지께서는 새벽부터 밤까지 부지런히 땅을 갈고 농사를 지으셨다네. 우리 가족은 모두 아홉 명이었어. 나는 둘째아들로 태어났지. 우리는 두 마리 소에서 짠 우유와 감자를 섞어서 만든 음식을 주로 먹고살았어. 그리고 밭에서 재배한 무가 우리의 주식이었네."

"하지만 신부님은 교육을 받으셨잖아요, 그렇지 않나요?"

"물론 나는 교육을 받았네. 아일랜드는 가난한 나라야. 하지만 위대한 성인이나 학자들, 훌륭한 시인들과 군인들이 많고 또한 성직자들도 있지. 아일랜드인들은 하나님에 대한 믿음과 사랑을 중요하게 여기고, 교육열도 무척 높다네. 그래서 우리는 모두 신부님들이 운영하는 학교에 다녔어. 7킬로미터가량 떨어진 곳에 있는 그 학교까지 우리는 걸어다녔어. 날마다 빠지지 않고 한결같이……. 그것도 맨발로……. 휴일이나 여름이 되면, 나는 날이 어두워질 때까지 밭에서 아버지를 도와 열심히 일했지. 그리고 지쳐 잠에 곯아떨어질 때까지 우리는 단 하나밖에 없는 촛불 밑에 모여앉아 숙제를 했어. 우리는 한 침대에서 다섯 명이 잠을 잤고, 네 명의 어린 동생들은 부모님과 한 침대를 썼네."

"신부님, 그렇다면 침실이 열 개가 아니었겠네요?"

"내 말을 잘 들어보게. 자네의 저택에 있는 자네의 침실이 우리 가족의 농가 전체보다 더 크다는 것만 알아두게. 그리고 자네가 얼마나 행운아인지 자네는 아직 모르고 있어."

"그렇다면 이렇게 되시기까지 무척이나 어려운 일들을 많이 겪으셨겠네요, 신부님?"

"그렇지. 나는 지금도 내가 이렇게 된 것이 매우 운 좋은 일이었다고 생각해. 그리고 날마다 나는, 하나님께서 나에게 왜 그렇게 큰 축복을 내려주셨는가에 대해 생각한다네."

"어쨌든 신부님은 교육을 받으셨잖아요?"

"그랬지. 그것도 아주 훌륭한 교육을 받았지. 아일랜드인들은 인내와 사랑 그리고 매질로 학생들을 교육시켰어. 읽기와 작문, 수학, 라틴어, 역사 등을 비롯한 여러 과목을 배웠어. 하지만 지리에 대해서는 별로 배운 것이 없다네. 신부님들은 아일랜드를 떠나서 다른 나라로 가본 적이 전혀 없었어. 그래서 학생인 우리 역시 그럴 것이라고 미리 생각하셨지."

"신부님은 왜 성직자가 되겠다고 결심하셨어요?"

"글쎄……. 우리는 매일 아침 수업을 시작하기 전에 미사를 드렸어. 그리고 일요일이 되면 가족 전체가 미사를 드렸지. 나는 복사가 되었네. 그런데 미사를 드리면서 나는 무언가 내 마음에 와 닿는 것을 느꼈어. 나는 항상 제단 위에 걸려 있는 커다란 십자가 조각상을 보면서 생각했었네. 만약 하나님이 나를 위해 저 조각상처럼 십자가에 매달리셨다면, 나도 나의 모든 것을 다 바쳐서 하나님을 진정으로 섬겨야만 한다고 생각했지."

"좋은 생각을 하셨군요."

"나는 매우 훌륭한 학생이었고 공부를 잘 했어. 학교를 졸업할 무렵이 되자, 나는 성직자가 되기 위한 교육을 받을 수 있는 기회를 찾기 시작했네. 나는 형이 언젠가는 아버지의 농장을 물려받을 것이라는 사실을 잘 알고 있었어. 그리고 내가 떠난다면 식구 중 한 입이 줄어든다는 것 또한 너무나 잘 알고 있었지. 그리고 나에게는 운이 따라주었어. 나는 인터뷰를 하기 위해 멀린가로 갔어. 학교의 교사였던 가브리엘 신부님의 추천서를 가지고 떠났지. 나는 킬데어에 있는 신학교에서 입학 허가를 받았네. 집에서 멀리 떨어져 있었기 때문에 나는 난생 처음 커다란 모험을 하게 된 셈이었네."

"하지만 지금 신부님은 우리와 함께 파리, 런던, 상 페테르스부르그, 베를린과 같은 많은 나라들을 돌아다니시고 있잖아요."

"그렇지. 하지만 그것은 지금 이야기지. 그 당시에 나는 열다섯 살이었어. 그리고 킬데어까지 마차를 타고 가는 것은 나이 어린 나에게 있어서 커다란 모험이었네. 그곳에서 나는 다시 시험을 치고 입학 허가를 받았어. 그리고 안수를 받을 때까지 몇 년 동안 열심히 공부했어. 우리 학년에는 학생들이 제법 많았네. 그리고 추기경님이 직접 안수하기 위해 더블린에서 우리한테 오셨어."

"신부님도 안수를 받으셨나요?"

"물론이지. 마침내 안수식이 끝나고 나는 서부 지역의 자그마하고 가난한 교구의 성직자로 봉사하면서 살아야겠다고 생각했어. 다른 사람들이 별로 가고 싶어하지 않는 지역으로 말이야. 나는 정말 기쁜 마음으로 그렇게 했을 거야. 그런데 교장 선생님이 나를 불렀어. 교장 선생님은 처음 보는 어떤 남자분과 같이 있었지. 그분은 클론타프의 들레이니 주교님이었어. 주교님은 개인 비서를 찾고 계셨지. 나는 아주 글씨를 잘 썼기 때문에 아마도 주교님이 나를 지목하셨던 것 같아. 내가 그 직장을 마다했을까? 아니었어. 그것은 사실이라고 믿을 수 없을 정도로 아주 좋은 기회였다네. 그 당시에 나는 스물두 살이었어. 그런 내가 주교님의 성에 살면서 교구 전체를 맡고 있는 사람을 위해 일하는 비서가 되어달라는 부탁을 받은 것이었으니까 말이야……. 나는 들레이니 주교님을 따라갔다네. 주교님은 매우 선량하고 신앙이 깊은 분이셨어. 나는 그곳에서 5년 동안 일했지. 나는 많은 것들을 배웠네."

"신부님, 그런데 그곳에 계속 계시지 않은 이유가 뭐죠?"

"처음에는 계속 그곳에 남을 것이라고 생각했지. 천주교회에서 나에게 다른 일거리를 주기 전까지는 그럴 셈이었네. 더블린 혹은 코르크나 워터포드 같은 곳에서 부른다면 기꺼이 떠났을지도 모르지. 그런데 나에게 또 다른 기회가 왔어. 10년 전이었네. 영국에 와 있던 교황님의 대사인 넌치오 대사가 아일랜드 지역을 여행하기 위해 런던으로 오셨다네. 아일랜드를 여행하시면서 대사님은 사흘 동안 클론타프에서 묵으셨어. 그는 여러 명의 수행원들을 데리고 오셨어. 일행 중에는 마시니 추기경의 수행원들도 있었어. 그런데 수행원들 중에 이몬 번이라는 사람이 있었네. 이몬은 로마에서 아 이리시 대학을 다녔다고 하더군. 우연히 이몬과 나는 함께 시간을 보내게 되었어. 그리고 우리는 아주 죽이 잘 맞았네. 게다가 우리 는 20킬로미터 정도밖에 떨어지지 않은 가까운곳에서 태어났어. 이몬이 나보다 몇 살 더 많기는 하지만 고향 친구였던 셈이지."

"아주 반가운 만남이었군요."

"그런데 사흘이 지나고 모두 떠나가고 말았지. 나는 곧 잊어버 리고 다시 나의 일에 열중했네. 그런데 4주가 지난 후였어. 아이리 시 대학의 총장으로부터 편지가 왔던 거야. 나에게 일자리를 주겠 다는 내용이었지. 들레이니 주교님은 내가 떠나게 되어서 무척 섭 섭한 모양이셨어. 하지만 주교님은 나를 축복해 주시면서 이번 기 회를 놓치지 말라고 말씀해 주셨네. 그래서 나는 가방 한 개에 모 든 것을 챙겨 넣고 더블린으로 가는 기차에 올라탔지. 나는 가방이 너무 크다고 생각했었어. 얼마 후 나는 영국으로 떠나는 페리 호에 승선했지. 그런 다음 다시 기차를 타고 런던에 도착했을 무렵이었 다네. 처음에는 그렇게 크게 느껴졌던 가방이 더 이상 그리 크게 여겨지지 않았던 거야. 난생 처음 런던과 같은 대도시에 도착하고 난 후, 나는 이렇게 크고 웅장한 도시가 이 세상에 있구나 하고 생 각했어. 그 후 프랑스로 떠나는 페리 호로 갈아탔어. 프랑스에 도착하자 이번에는 파리로 가는 기차를 탔네. 나는 이번에도 커다란 충격을 받았어. 내 눈앞에 보이는 것들이 도저히 현실이라고 믿기지 않았지. 그 다음에는 파리에서 마지막으로 기차를 타고 알프스를 지나 로마로 향했네."

"로마에 도착한 다음에는 놀라지 않으셨나요, 신부님?"

"놀라지 않았니? 오히려 그 정반대였지. 깜짝 놀라고 완전히 압도당했다고 표현해야 옳을 것이네. 말로만 듣던 바티칸, 시스틴 채플, 베드로 성당……. 나는 수많은 인파 속에서 베드로 성당의 웅장한 모습을 올려다보았네. 마치 신의 축복이 나에게 내려지는 것만 같았네. 멀리가 외곽의 한 감자밭에서 일하던 소년인 네가 어떻게 해서 여기까지 오게 되었는지 그리고 내가 얼마나 큰 특권을 부여받았는가에 대해 나는 그곳에 서서 생각했네. 나는 고향의 부모님에게 편지를 써서 모든 것을 자세히 말씀드렸어. 부모님은 나의 편지를 들고 돌아다니면서 마을 사람들에게 모두 다 보여주셨어. 그 일로 부모님들도 갑자기 우리 마을의 유명 인사가 되셨지."

"그렇다면 신부님은 지금 왜 우리와 함께 살고 계시는 거죠?"

"피에르, 그것은 또 다른 우연이었네. 6년 전에 자네 어머님께서 로마에 공연을 하기 위해 찾아오셨었네. 나는 오페라에 대한 지식이 전혀 없었어. 그런데 오페라의 배역 중에 아일랜드 사람 한 명이 갑자기 심장마비로 쓰러졌던 거야. 누군가 다급하게 성직자를 부르기 위해 찾아왔고, 그날 밤에 때마침 내가 당직 신부로 그 자리에 있었지. 그 불쌍한 남자를 위해서 내가 할 수 있는 것이라곤 마지막 의식을 치러주는 것 외에는 아무것도 없었어. 자네 어머니는 그를 자신의 분장실로 꼭 데리고 가야 한다고 고집하셨네. 바로 그곳에서 내가 자네 어머니를 만나게 되었던 거야."

"그렇군요."

"자네의 어머니는 몹시 상심하고 계셨네. 나는 자네 어머니를 위로하려고 무척 애를 썼어. 하나님은 결코 악의가 있으신 분이 아니며, 더욱이 자신의 사랑하는 자녀를 데려가실 때에는 크나큰 자비를 베푸실 것이라고 어머니에게 말씀드렸어. 그 당시에 나는 이탈리아어와 불어를 완전히 유창하게 익히기 위해 노력하고 있던 중이었네. 그래서 자네 어머니와 나는 불어로 대화를 나누었네. 자네 어머니는 영어와 게일어 외에도 이탈리아어와 불어를 말할 줄 아는 사람이 있다는 사실에 대해 매우 놀라신 것 같았네."

"신부님은 여러 나라의 말을 구사할 줄 아시는군요."

"물론 그것은 수많은 노력이 뒤따르는 일이었지. 그 무렵에 자네 어머니에게는 큰 걱정거리가 하나 있었네. 어머니는 직업상 유럽 전역을 돌아다니셔야만 했다네. 러시아, 스페인, 런던, 빈 등을 비롯해서 가보지 않았던 도시가 거의 없을 정도였지. 자네 아버지께서는 노르망디의 영지에서 많은 시간을 보내셔야만 했네. 그 당시에 자네는 막 여섯 살이 되어서 한참 혈기왕성하게 뛰어다니고 있었지. 그런데 항상 여행을 다녀야만 했기 때문에 자네의 교육이

지속적으로 이루어질 수 없었던 거야. 기숙사 학교에 보내기에도 자네는 아직 나이가 너무 어렸거든……. 그리고 자네 어머니는 자네와 떨어지고 싶어하지 않으셨어. 나는 어머니의 걱정거리를 듣고 조언을 해드렸네. 상주하는 가정교사를 두고 함께 여행을 다닌다면 언제 어디서나 자네가 교육을 받을 수 있을 것이라고 말씀드렸지. 어머니는 진지하게 고민을 하시는 눈치였네. 그 후 나는 다시 대학으로 돌아가서 연구를 시작했네."

"그래서 어떻게 되었나요?"

"어머니는 그곳에서 일주일 동안 공연하기로 예정되어 있었네. 자네 어머니가 그곳을 떠나기 전날이었어. 갑자기 총장님께서 나를 부르셨지. 총장실로 가보니까 그곳에 자네 어머니가 와 계셨어. 어머니는 내가 자네의 가정교사가 되어주기를 바라셨던 거야. 내가 정식으로 자네의 교육을 맡아줄 뿐만 아니라 도덕적으로도 지도해 주고 또한 같은 남자로서 좋은 영향을 주기를 원하셨지. 나는 너무나 놀라고 당황해서 할 말을 잃었네. 그리고 어머니의 요청을 한사코 거절하려고 했어."

"신부님은 계속 대학에 남고 싶으셨군요."

"물론 그런 생각을 하지 않을 수가 없었지. 그런데 자네 어머니가 총장님에게 무척이나 좋은 인상을 주었고 또한 이미 설득을 해놓은 것이 분명했네. 총장님은 나의 거절을 절대로 용납하지 않으려고 했어. 총장님은 나에게 그 요청을 받아들이라고 딱 잘라 명령하셨던 거야. 순종은 신부가 지켜야 할 맹세 중의 하나였기 때문에 이미 주사위는 던져진 것과 같았네. 그리고 자네도 알다시피 그 후 줄곧 나는 자네와 항상 함께했다네. 내가 가진 지식을 자네에게 전해주고, 자네가 야만인이 되지 않도록 가르치고 있단 말일세."

"신부님은 그렇게 하신 것을 후회하세요?"

"아니야, 절대로 그렇지 않아. 나는 자네 부모님들을 위해 일하는 것을 기쁘게 생각하고 있네. 자네 아버지께서는 정말 훌륭하신 분이라네. 자네가 생각하는 것 이상으로……. 그리고 자네 어머니도 신이 축복하신 뛰어난 재능을 가지신 훌륭한 분이지. 자네 어머니 덕분에 나는 너무나 잘 먹고 잘 입고 있네. 그리고 성직자로서 이렇게 호사스러운 생활을 하고 있는 것에 대해 언제나 참회하고 있어. 나는 분에 넘칠 정도로 너무나 많은 것들을 보았고 다양한 경험을 했다네. 멋지고 아름다운 도시들, 전설적인 작품으로 가득 차 있는 화랑들, 눈물이 날 정도로 감동적인 오페라……. 감자밭에서 일하는 소년이었던 나 같은 사람에게는 몹시 과분한 것들이라네."

"나는 엄마가 신부님을 선택하신 것에 대해 기쁘게 생각하고 있어요."

"그렇다면 정말 고맙네. 하지만 우리가 다시 시저를 공부하기 시작해도 그럴까? 이제는 다시 공부를 시작해야 할 때가 되었다네……. 아, 그런데 자네 어머니가 이리로 다가오고 있군. 피에르, 일어나게."

"여기에서 뭘 하고 계세요? 배가 막 항구로 접어들었어요. 그리고 해가 나와서 안개가 다 걷혔어요. 뉴욕이 우리에게 다가오고 있는 모습을 보세요. 뱃전에서는 그 광경을 아주 잘 볼 수 있답니다. 따뜻하게 옷을 걸치고 나오세요. 이 광경은 세상에서 가장 멋질 거예요. 그리고 우리가 나중에 밤에 뉴욕을 떠나게 되면 절대로 두 번 다시 볼 수 없는 광경이 될 거예요."

"그렇겠군요, 자작 부인. 곧 나가겠습니다. 피에르, 자네는 이번에도 운이 좋았네. 오늘은 더 이상 시저를 공부하지 않게 되었으니까……."

"그런데 신부님?"

"음, 무슨 일인가?"

"뉴욕에서 정말 신나고 멋진 모험이 기다리고 있을까요?"

"물론이지. 우선 부두에서 거대한 환영회가 벌어질 것이라고 선장님이 미리 말씀하셨네. 그리고 우리는 월돌프 아스토리아 호텔에 묵게 될 거야. 그 호텔은 세상에서 가장 크고 가장 유명한 호텔이지. 또한 닷새만 지나면 자네 어머니가 새로운 오페라 하우스에서 처음으로 공연하는 오페라의 주인공으로 무대에 서실 예정이네. 일주일 동안 매일 밤마다 공연하게 될 거야. 그 기회를 이용해서 우리는 뉴욕 시내를 탐험하도록 하세. 관광도 하고 새로 개통된 기차도 타볼 수 있을 거라네. 나는 하브르의 서점에서 뉴욕에 대한 책을 구입했다네. 그리고 이미 그 책을 다 읽어 두었거든……."

"정말 대단하시군요, 신부님."

"저기를 좀 보게, 피에르! 정말 환상적인 광경이 아닌가? 여객
선들과 예인선들, 화물선들, 범선들, 나룻배들이 보이나? 도대체
어떻게 해서 저 많은 선박들이 서로 부딪히지 않을 수 있단 말인
가? 아, 그리고 저기 있군. 그래, 왼쪽을 좀 보게. 횃불을 들고 있
는 자유의 여신상이야! 아, 피에르! 자네가 과연 알 수 있을까? 가
난하고 불쌍한 사람들이 얼마나 많이 고향을 등지고 떠나서 이곳
으로 왔는지……. 그리고 자유의 여신상이 안개 속에서 나타날
때, 얼마나 그들이 새로운 인생을 시작할 것이라는 감회에 젖었을
것인가를 자네가 알 수 있을까? 나의 고국에 있는 동포들을 포함
해서 수백만 명의 사람들이 이곳으로 이주했네. 50년 전에 엄청난
가뭄이 아일랜드를 덮쳤지. 결국 아일랜드 국민의 절반 이상이 뉴
욕으로 이주했다네. 마치 가축이나 짐짝처럼 입추의 여지없이 배
에 실렸지. 그리고 더러운 화물칸에서 바다를 건넜네. 그리고 이른
아침에 갑판으로 나와 옷 속을 파고드는 한기에 몸을 떨면서 거대
한 도시가 서서히 모습을 드러내는 것을 바라보았을 거야. 그리고
마음속으로 간절하게 기도했겠지. 부디 새로운 희망의 땅에 발을
들여놓을 수 있도록……."

"결국 그들은 무사히 도착했을 거예요."

"그 후 수많은 사람들이 미국 내에서 다시 이주했네. 어떤 사람

들은 새로운 국가를 창조하기 위해 캘리포니아까지 머나먼 이주를 감행하기도 했어. 하지만 대부분의 아일랜드 이민자들은 여전히 뉴욕에서 살고 있다네. 이 도시에 있는 아일랜드 이민자들은 더블린, 코르크, 벨페스트를 다 합친 인구보다 그 수가 훨씬 더 많을 거라네. 그래서, 피에르! 나는 마치 다시 고향에 돌아온 것 같은 기분이야. 어쩌면 아일랜드의 시원한 흑맥주를 마실 수도 있을 것 같군. 그 맛을 본 지가 도대체 언제인지 모르겠네."

"뉴욕을 돌아다니는 건 멋진 모험이 될 거예요."

"자네 말이 맞아, 피에르. 뉴욕은 우리 모두에게 대단한 모험이 될 거라네. 그리고 여기에서 우리에게 무슨 일이 일어날 것인지 누가 알겠는가? 오직 하나님만이 아실 거라네. 하지만 하나님은 우리에게 절대로 먼저 말씀을 해주시지 않으실 거야. 그러니 우리는 스스로 그것들을 알아가야 해. 자, 이제 내려야 할 시간이 다가왔네. 어서 환영회에 입을 옷으로 갈아입도록 하게. 어머니 곁에는 멕이 있을 테니…… . 호텔에 도착할 때까지 자네는 절대로 나와 떨어져서는 안 되네."

"좋아요, 신부님. 신부님이 말씀하시는 대로 꼭 곁에 있겠어요. 신부님도 뉴욕에서 지내는 동안 저를 잘 돌봐주실 거죠?"

"물론이네, 피에르. 자네 아버지가 안 계실 때마다 언제나 내가 자네를 돌봐주지 않았던가? 자, 이제 가도록 하세. 가장 좋은 옷으로 갈아입게. 그리고 자네답게 훌륭히 처신하게."

버나드 스미스 통신원의 이야기

1906년 11월 29일

《뉴욕 아메리칸》지의 통신원

뉴욕! 세계의 모든 호화 여객선들이 정박하는 곳! 뉴욕은 마치 거
대한 자석처럼 지구상에서 가장 호화롭고 아름다운 여객선을 끌어
들이는 항구도시라는 사실이 이미 명백하게 입증되었다. 그리고
오늘, 그 사실을 다시 한 번 증명해 내는 일이 벌어졌다.

10년 전까지만 하더라도 유럽을 출발하여 북대서양 항로를 지
나서 미국이라는 신세계를 찾아 항해했던 호화 여객선은 고작해야
세 개의 회사가 운영하는 여객선밖에 없었다. 그것은 미국으로 가
는 항해가 워낙 멀고 험난했기 때문이었다. 게다가 대부분의 여행
객들은 여름철에만 여행하기를 원했던 것이다. 하지만 이제 뉴욕

의 예인선들과 거룻배들은 자신들이 원하는 회사를 선택할 수 있을 정도가 되었다.

브리티시 인만 라인 사는 유럽과 뉴욕을 오가는 '파리' 호를 정기적으로 운행하고 있으며 경쟁사인 쿠나드 사도 이에 질세라 '캄파니아' 와 '루카니아' 호를 투입해서 운행 시간표를 새롭게 편성했다. 또한 화이트 스타 라인 사도 '머제스틱' 과 '튜터닉' 호를 운행함으로써 본격적으로 경쟁에 돌입했다. 그들은 모두 영국의 선박회사들이다. 유럽에서 가장 부유한 유명 인사들은 뉴욕에 도착할 때마다 열렬한 환영을 받을 수 있게 된 것이다. 선박회사들은 자신들의 배에 유명 인사들을 태우기 위해 치열하게 경쟁했다.

어제는 하브르의 콩파니 제네랄 트랑자틀랑티크 사의 차례였다. 프랑스 선박회사 소속의 여객선 중에서 가장 호화롭고 운임이 비싼 '로렌' 호가 대서양을 가로지르는 항해를 무사히 마치고 뉴욕에 정박한 것이다. 로렌 호는 다른 호화 여객선인 '사부아' 와 똑같은 등급의 선박이었다.

로렌 호는 허드슨 강을 거슬러 올라가 이미 예정되어 있는 장소에 무사히 정박했다. 그 배는 프랑스의 최고 상류 인사들을 태우고 있었다. 로렌 호는 그들 외에도 우리 뉴욕 사람들에게 무척이나 특별하고 귀중한 선물을 싣고 있었다.

이른 아침이었다. 프랑스 선박이 로우즈를 벗어나 배터리 곶을 미처 돌아 나오기도 전이었다. 순식간에 수많은 마차들이 커넬가와 모튼가를 가득 메우기 시작했다. 도시의 북쪽 지역에서 온 관광객들이 그 배에 타고 있는 귀중한 손님을 맞이하기 위해 자리를 찾고 있었다. 그 손님이 나타나면, 그들은 일제히 환호성을 지를 것이다.

그 손님이 과연 누구인가? 그 손님은 바로 크리스틴 드 샤니 자작 부인이었다. 그녀는 세계에서 가장 뛰어난 오페라 소프라노 가수로 알려져 있다. 하지만 그녀의 경쟁자인 넬리 멜바에게는 이 사실을 절대로 알려서는 안 된다. 멜바도 역시 열흘만 있으면 뉴욕에 도착하게 되어 있기 때문이었다.

프랑스 선박이 정박하게 될 42번 부두에는 온통 삼색의 프랑스 깃발들이 바람에 휘날리고 있었다. 이윽고 햇살이 비치더니 회색 안개가 걷히고 로렌 호가 서서히 모습을 드러내기 시작했다. 예인선이 분주하게 움직이고 있었다. 로렌 호는 허드슨 강의 정박지를 향해 선미를 들이밀면서 천천히 다가오고 있었다.

부우!

부우!

부우!

로렌 호가 세 번 커다랗게 경적을 울렸다. 주위의 크고 작은 배들이 그 소리에 응답하듯이 일제히 경적을 울렸다. 그러자 목을 길게 빼고 강가에 늘어서 있던 군중들의 흥분은 극에 달했다. 부두 머리에는 단상이 마련되어 있었다. 그 단상에는 프랑스 깃발과 성조기가 나란히 매달려 있었다. 조금만 있으면 그 단상에서 조지 맥클레 렌 시장이 뉴욕을 방문한 샤니 자작 부인을 환영하는 공식적인 행 사를 가질 것이다. 그 부인은 닷새 후에 맨해튼 오페라 극장에서 공 연하는 개관 기념 오페라의 주인공으로 출연할 예정이었다.

햇빛을 받아서 반짝이는 모자들과 사람들이 마구 흔들어대는 보 네트들이 물결치듯이 단상 주위를 에워싸고 있었다. 뉴욕 인구의 절반이 지금 막 뉴욕에 도착하려는 프리마돈나를 먼 발치에서나마 한 번이라도 보기 위해 기다리고 있었다.

근처의 부두에서 일하는 항만 노동자들과 인부들도 높은 곳이라 면 어디든지 올라가서 그들의 궁금증을 해소하느라 애쓰고 있었 다. 그들이 오페라나 소프라노 가수에 대해서 전혀 들은 바가 없는 것은 분명했다. 그럼에도 불구하고 그들은 그녀를 보기를 간절히 원하고 있었다.

로렌 호가 점점 가까이 다가오고 있었다. 배에서 부두로 밧줄이 던져지기도 전이었다. 벌써 부두 주위의 모든 건물들은 창문 밖으 로 불쑥 내밀고 있는 사람들의 머리 때문에 새까맣게 보였다. 로렌 호가 항구에 정박하자 선원들이 단상에서부터 배의 트랩까지 붉은 양탄자를 깔기 시작했다.

세관 직원들이 배의 트랩 위로 서둘러 올라갔다. 프리마돈나와 그녀의 수행원들이 조용한 선실 안에서 무사히 세관을 통과할 수 있도록 필요한 절차를 밟기 위해서였다. 프리마돈나의 환영 행사는 뉴욕 시장이 직접 진행할 예정이었다.

뉴욕 시장은 격식을 차리기 위해 푸른 제복을 차려입은 경찰을 대동하고 부둣가에 도착했다. 뉴욕 시장과 시청의 고위직 간부들이 군중들을 헤치고 경찰의 호위를 받으면서 단상으로 올라갔다. 그 동안 경찰 악대는 연신 미국 국가를 연주하고 있었다. 뉴욕 시장과 수행원들이 단상 위에서 자리를 잡자, 부두에서 대기하고 있던 사람들은 공중으로 모자를 던지면서 일제히 환호성을 질렀다.

나는 기자들을 위해 따로 마련된 자리에 앉지 않고, 부둣가에 있는 창고의 2층 창문에 있었다. 그 창문에서는 전체적인 광경이 한눈에 보였기 때문이었다. 또한 그곳에서 일어나는 모든 일들을 독자들에게 더욱 잘 설명할 수 있기 때문이었다.

나는 로렌 호의 상갑판을 바라보았다. 1등실 승객들이 위층 갑판에서 부두를 내려다보고 있었다. 그들은 공식적인 환영식이 끝날 때까지 배에서 내릴 수 없었다. 하지만 그들은 위층 갑판에서 환영식을 아주 잘 볼 수 있었다. 아래층의 좌현 쪽에는 3등실 승객들이 무슨 일이 벌어지고 있는지 궁금하다는 듯이 주위를 두리번거리는 모습이 보였다.

10시가 얼마 남지 않은 시각이었다. 갑자기 배 위에서 웅성거리는 소리가 들리기 시작했다. 선장과 여러 명의 승무원들이 배의 트랩을 향해 다가오는 한 사람을 에워싸고 있었다. 그들은 프리마돈나를 경호하고 있는 중이었다. 프리마돈나는 바로 크리스틴 드 샤니 자작 부인이었다.

크리스틴 드 샤니 자작 부인은 그들을 향해 정중하게 인사를 한 다음, 우아한 태도로 트랩을 내려오기 시작했다. 드디어 기품 있고 유명한 프리마돈나가 처음으로 미국 땅에 발을 내딛는 순간이었다.

그녀를 맞이하기 위해 트랩 밑에서 기다리고 있는 사람은 맨해튼 오페라 극장의 주인이자 운영자인 오스카 해머스타인 씨였다. 그의 끈질긴 집념과 목표를 향한 지칠 줄 모르는 노력이, 크리스틴 드 샤니 자작 부인과 넬리 멜바를 뉴욕으로 모셔오는 일에 성공하도록 만들었던 것이다. 두 명의 프리마돈나는 머나먼 대서양을 건너와 뉴욕 시민을 위하여 노래를 부르게 될 것이다. 혹독한 추위를 녹이는 아름다운 노래를……

해머스타인 씨는 유럽 상류사회의 예절에 따라 고개를 깊이 숙이고 그녀가 내민 손에 가만히 입을 맞추었다. 그것은 지금 우리가 살고 있는 미국 사회에서는 흔히 볼 수 없는 매우 정중한 몸짓이었다. 군중들 사이에서 요란한 함성이 들렸고, 기중기의 기둥에 매달려서 구경하고 있던 인부들은 휘파람을 불기도 했다. 그러나 그 소리들은 야유가 아니라 격려 같았다. 곧이어 해머스타인 씨의 정중한 인사가 끝나자 단상을 둘러싸고 있던 사람들 사이에서 박수소리가 터져 나왔다.

이윽고 트랩에서 내려온 샤니 자작 부인은 붉은 양탄자 위에 사뿐히 발을 내디뎠다. 그녀는 해머스타인 씨의 팔을 잡고 단상을 향해서 천천히 걸어갔다. 그녀는 우아한 걸음걸이로 양탄자 위를 걸어가면서, 마치 시장 선거에 출마한 후보라도 되듯이 약간 과장된 몸짓으로 군중들에게 손을 흔들었다.

그녀는 화물 상자 위에 올라서 있거나 혹은 크레인의 기둥에 매달려 있는 인부들에게 환한 미소를 지었다. 그러자 마치 그녀의 주위가 밝은 빛에 휩싸인 것 같은 느낌이 들었다. 인부들은 그녀의 밝은 미소에 감사하듯이 더욱 세게 휘파람을 불면서 그녀를 환영했다. 인부들 중 어느 누구도 그녀의 노래를 들을 수 있는 사람은 없었다. 그렇기 때문에 그녀의 미소가 그들에게 더욱 고맙게 여겨졌을지도 모른다.

창고의 2층 창문에 서 있었던 나는 망원경 렌즈의 초점을 그녀에게 맞추었다. 서른두 살의 나이에도 불구하고 샤니 자작 부인은 매우 아름다운 외모를 갖추고 있었다. 아직까지도 마치 처녀처럼 날씬하고 아담한 몸매를 유지하고 있었던 것이다. 오페라 관객들은 어떻게 해서 그렇게 작고 연약한 체격에서 커다랗고 풍성한 목소리가 흘러나올 수 있는지 항상 의아하게 여기고 있었다.

해가 환하게 비치고 있었지만 영하의 싸늘한 기온이었다. 샤니 자작 부인은 어깨에서부터 발목까지 내려오는, 허리가 잘록한 자줏빛 벨벳 코트를 입고 있었다. 코트에는 프로그(중국식 단추—역주)가 달려 있었으며 목과 소매와 끝단은 밍크털로 장식되어 있었다. 그리고 머리에는 역시 밍크털로 만든 코사크 스타일의 동그란 모자를 쓰고 있었다. 머리는 목 뒤로 둥글게 쪽을 찌듯이 단정하게 묶여 있었다. 뉴욕의 패션을 앞서가는 숙녀들은 이 아름답고 우아한 오페라의 여신에게 주도권을 빼앗기지 않도록 조심해야만 할 것이 분명했다.

이윽고 그녀의 일행이 트랩을 내려오고 있는 모습이 보였다. 수행원들의 숫자는 그녀의 명성에 비해 놀랄 만큼 적었다. 그들은 무척 차분하게 행동했으며, 전혀 동요하는 모습을 보이지 않았다. 그녀의 일행 중에는 샤니 자작 부인의 전직 동료였던 멕 지리 양도 포함되어 있었다. 멕 지리 양은 현재 프리마돈나의 비서로 일하고 있는 중이다. 그 이외에도 여행을 비롯한 내외 관계 임무를 맡고 있는 두 명의 남자 비서가 포함되어 있었다. 그리고 열두 살이 된 그녀의 아들 피에르와 그의 개인교사가 그 뒤를 따르고 있었다. 피에르는 매우 잘생긴 소년이었다. 피에르의 개인교사는 아일랜드인 신부였다. 그는 검은 성직자의 제복을 입고 챙이 넓은 모자를 쓰고 있었다. 그 역시 매우 젊어 보였으며, 얼굴 가득 환한 미소를 짓고 있었다.

샤니 자작 부인이 단상으로 올라가자 맥클레렌 시장은 미국식으로 그녀와 악수를 나누었다. 드디어 공식적인 환영 행사가 시작되었다. 시장은 열흘 후에 오스트레일리아 출신의 넬리 멜바를 위해 이와 똑같은 행사를 열어야만 할 것이다.

환영 행사는 당연히 영어로 진행되었다. 만약 샤니 자작 부인이 영어를 몰랐다면 몹시 난처한 일이 벌어졌을 것이다. 하지만 그런 걱정은 이내 기우로 드러났다. 그녀에게는 통역이 전혀 필요없었다. 시장의 연설이 끝나자 그녀는 단상 앞으로 천천히 걸어 나왔다. 그런 다음에 유창한 영어로 그 자리에 모여 있던 모든 사람들에게 감사의 인사를 던졌다. 불어의 억양이 약간 섞여 있어서 오히려 샤니 자작 부인의 영어는 아주 매력 있고 더욱 고상하게 들렸다.

샤니 자작 부인의 연설은 뉴욕 사람들에게 매우 호의적인 내용을 담고 있었다. 그녀는 우선 시장과 시민들의 따뜻한 환대에 진심으로 감사한다고 말했다. 그리고 맨해튼 오페라 극장에서 일주일 동안만 공연에 참여할 것이며, 공연 작품은 지금까지 한 번도 공연된 적이 없는 무명 미국 작곡가의 것이라고 말했다.

그런 다음에 샤니 자작 부인은 이제까지 전혀 알려지지 않았던 완전히 새로운 사실을 밝혔다. 이번에 공연되는 오페라는 미국의 남북전쟁을 배경으로 하고 있으며 오페라의 제목은 〈샤일로의 천사〉라고('샤일로' 는 미국 테네시 주 동남부 지역에 위치한 국립공원의 지명이다. 남북전쟁 당시 그곳에서 치열한 전투가 벌어졌다―역주) 말했던 것이다. 오페라의 줄거리는 남부의 아가씨와 북군 장교 사이의 사랑에서 비롯된 갈등이었다. 샤니 자작 부인은 자신이 남부 아가씨인 유지니 들러루의 역할을 맡게 될 것이라고 말했다.

그녀는 파리에서 아직 원고 상태로 있던 오페라의 대본과 악보를 보았다. 그리고 그녀가 일정을 바꾸어서 대서양을 건너오게 된 것은 바로 순전히 그 작품의 아름다움 때문이었다고 덧붙였다. 그 말은 샤니 자작 부인이 미국으로 오겠다고 결심한 이유가 금전적인 것이 아니었다는 사실을 시사하고 있었다. 그것은 엄연한 사실이었다. 돈은 그녀에게 아무런 영향을 미치지 못했다. 그리고 그것은 넬리 멜바의 아픈 곳을 찌르는 것이기도 했다.

부두 주위에서 그녀의 말을 끝까지 조용히 듣고 있던 인부들이 이번에는 더욱 길게 환호성을 지르고 더욱 크게 휘파람을 불어댔다. 다른 경우였더라면 매우 무례하게 보였을 그들의 행동이, 오늘은 전혀 그렇게 느껴지지 않았다. 그들의 행동 속에는 그녀에게 경탄하고 매료된 것이 너무나 명백하게 드러나 있었던 것이다. 샤니 자작 부인은 자신을 환호하고 있는 인부들에게 다시 한 번 손을 흔들었다. 그 다음 그녀는 기다리고 있는 마차에 올라타기 위해 단상의 반대편으로 내려가려고 돌아섰다.

바로 그 순간이었다. 그 순간까지 환영식은 아무 문제 없이 잘 진행되고 있었다. 그런데 전혀 예상하지 못했던 두 가지 사건이 발생했다. 첫 번째 사건은 무척이나 혼란스러웠지만 그 일을 목격한 사람은 거의 없었다. 이와 반대로 두 번째 사건은 매우 우스꽝스러워서 그 광경을 지켜보던 사람들의 웃음을 자아냈다.

환영식이 한참 진행되고 있을 때, 나는 잠시 동안 단상 위에서 시선을 돌렸다. 샤니 자작 부인이 연설하고 있을 무렵이었다. 나는 바로 맞은편에 있는 커다란 창고의 지붕 위에 서 있는 한 이상한 형체를 발견했다. 그것은 건장한 남자의 형체였다. 그는 전혀 미동도 하지 않고 단상 위를 뚫어지게 응시하고 있었다. 그는 챙이 아주 넓은 모자를 쓰고 있었으며, 기다란 코트로 온몸을 감싸고 있었다. 그의 기다란 코트 자락이 바람에 휘날리면서 펄럭이고 있었다. 지붕 위에 홀로 서 있는 그 남자 주위에는 전체적으로 무엇인가 이상하고 불길한 기운이 감돌고 있었다.

그는 단상에 서서 연설하고 있는 매혹적인 프랑스 여인을 물끄러미 바라보고 있었다. 어떻게 그는 다른 사람들의 눈에 뜨이지 않고 저곳으로 올라갈 수 있었을까? 그는 그곳에서 도대체 무엇을 하고 있는 것일까? 왜 그는 다른 군중들 틈에 있지 않고 혼자 있는 것일까?

나는 렌즈의 초점을 그 남자에게 맞추기 위해 망원경을 조절했다. 그 순간 그 남자는 렌즈에 번쩍이는 햇빛을 보았던 것 같았다. 샤니 자작 부인을 응시하고 있던 그가 갑자기 머리를 들고 나를 곧바로 응시했다. 나는 그 남자가 가면으로 얼굴 전체를 가리고 있는 것을 보았다. 그의 가면에 뚫려 있는 두 개의 구멍 사이에서 격렬한 눈빛이 번뜩였다.

아주 잠시 동안 그는 나를 뚫어져라 응시했다. 갑자기 기중기 기둥에 매달려 있던 부두 인부들이 소리를 지르기 시작했다. 그들은 손가락을 들고 그 남자가 서 있는 지붕을 가리켰다. 하지만 지상에 있던 사람들이 고개를 들고 올려다보기 시작했을 때, 그는 이미 어디론가 사라지고 없었다. 어떻게 해서 짧은 순간에 그렇게 감쪽같이 사라질 수 있었는지 설명할 길이 없을 정도였다.

한순간, 그는 분명히 그곳에 서 있었다. 하지만 바로 다음 순간에 그는 완전히 모습을 감추었다. 조금 전까지 그가 서 있던 곳에는 텅 빈 하늘만이 있을 따름이었다. 그는 마치 그곳에 서 있었던 일이 없었다는 듯 아무런 흔적도 남기지 않고 사라져버렸던 것이다. 이 유령과 같은 존재로 인해 잠시 사람들의 간담이 서늘해질 정도로 냉기가 감돌았다.

하지만 불과 몇 초 후에 다시 사람들의 웃음소리와 박수소리가 들렸다. 차가운 냉기는 금방 사라졌다. 샤니 자작 부인이 높은 단상 뒤쪽으로 내려가는 모습이 보였다.

그녀는 해머스타인 씨가 준비해 놓았던 마차를 향해 천천히 다가가고 있었다. 시장과 그 일행은 몇 발자국 뒤에서 따라갔다. 마침내 붉은 양탄자가 깔려 있는 길이 끝났다. 그런데 샤니 자작 부인이 서 있는 자리와 마차 사이에 커다란 웅덩이가 있는 것이 보였다. 어제 저녁에 내린 눈이 녹아서 생긴 웅덩이였던 것이다.

장화를 신은 남자의 걸음이라면 단번에 웅덩이를 훌쩍 뛰어넘을 수 있을 것이다. 하지만 고상한 프랑스 귀족 부인의 걸음으로 어떻게 그것을 뛰어넘을 수 있단 말인가? 뉴욕 시장과 그 일행은 몹시 당황하면서 멍하니 바라보고만 있었다.

바로 그 순간 나는 한 젊은 남자가 기자들을 위해 마련한 장소

주위에 쳐놓은 울타리를 훌쩍 뛰어넘는 것을 보았다. 그는 코트를 입고 있었지만, 팔에는 다른 것을 들고 있었다. 이내 그것이 커다란 망토라는 사실을 알 수 있었다. 그 남자는 손에 들고 있던 망토를 휙 펼치더니 프리마돈나와 마차 사이에 가로놓여 있던 웅덩이 위에 펼쳐 놓았다. 마담은 그 남자를 향해 아름답고 환한 미소를 지었다. 그런 다음에 망토를 밟고 마차 안으로 들어갔다.

젊은 남자는 진흙이 잔뜩 묻고 흙탕물에 젖은 망토를 집어 들었다. 그리고는 마차가 떠나가기 직전 창문 사이로 마담과 몇 마디 대화를 나누었다. 맥클레렌 시장은 그 젊은이에게 감사하다는 표시로 등을 두드려주었다.

잠시 후에 그 젊은이가 뒤로 돌아섰다. 나는 금방 그가 다름 아닌 나의 동료라는 사실을 알아차렸다. 나의 직장 동료인 그 젊은이는 랠리의 기사도 정신이 아직까지도 살아 있다는 사실을 모두에게 보여주었던 것이다.

속담의 표현을 빌리자면, 끝이 좋은 것이 모두 다 좋은 법이다. 파리에서 온 귀족 부인에 대한 뉴욕의 환영식은 매우 훌륭하게 막을 내렸다. 이제 프리마돈나는 월돌프 아스토리아 호텔의 스위트룸에서 머무르게 될 것이다. 그리고 닷새 동안 연습을 하면서 목소리를 보존하는 시간을 가지게 될 것이다. 12월 3일, 크리스틴 드 샤니 자작 부인이 맨해튼 오페라 극장에서 성공적으로 데뷔하게 될 것이라는 사실은 의심의 여지가 없었다.

9
콜리 블룸의 이야기

1906년 11월 29일 뉴욕 시
281번가와 6번가가 만나는 곳
루이의 비

일전에 내가 말했던가? 뉴욕에서 기자로 일하는 것이 세상에서 가장 근사한 직업이라고……. 그랬나? 그렇다면 미안하네. 하지만 나는 다시 한 번 그 이야기를 하지 않을 수가 없다네. 어쨌거나 그 이야기를 또다시 한다고 하더라도 자네들이 화내지 않고 내 이야기에 귀를 기울여야만 하는 이유가 있다네. 그것이 무엇인지 궁금한가? 그것은 바로 내가 술을 사기 때문이야. 이보게, 바니! 여기 술을 좀더 갖고 오겠나?

다시 한 번 일러두겠지만, 기자로 일하려면 재능과 체력뿐만 아니라 천재성에 가까운 창의력도 갖추고 있어야 한단 말일세. 그래서 이 직업이 최고라고 말하는 거야. 어제 아침에 벌어졌던 사건을 예로 들기로 하세. 자네들 중에서 혹시 어제 아침에 42번 부두로 나갔던 친구가 있나? 자네들 모두 그곳으로 갔어야만 했네. 정말로 멋있는 광경이 펼쳐지고 근사한 행사가 있었단 말일세.

그런데 혹시 자네들 중에 오늘 아침에 발행된 《아메리칸》지의 표제 기사를 읽은 친구가 있나? 해리, 자네가 보았다고? 정말 잘했군, 그래. 비록 자네들이 《포스트》지에서 일하고 있지만, 그래도 이중에서 한 사람이라도 괜찮은 신문을 읽고 있다니 정말 다행스러운 일이네.

어제 그 기사 취재가 내 몫이 아니었다는 사실은 나도 인정하네. 다른 친구가 취재를 하기 위해 그곳으로 나가 있었다는 사실도⋯⋯. 하지만 어제 아침에 취재를 맡은 기사가 하나도 없었기 때문에 나도 한 번 그곳에 가보기로 결정했다네.

아마도 자네들은 어제 아침 내내 침대에서 늦잠을 자고 있었을 거라고 생각하네. 그게 바로 내가 아까 말한 체력이란 말일세. 체력이 있어야만 실제로 거리에 나가서 행운을 잡을 수 있단 말이야. 어제 아침에 내가 어디에 있었는지 아는가? 궁금한가? 좋아! 이제부터 이야기하도록 하지.

한 친구가 나에게 말해 주었어. 프랑스의 호화 여객선인 로렌 호가 42번 부두에 정박한다는 것이었어. 그 배에는, 나는 한 번도 들어본 적 없는 프랑스 출신의 여가수가 승선하고 있다는 것도 말이야. 그 여자는 오페라계에서 대단한 가수지. 크리스틴 드 샤니라는 이름의 가수였어.

나는 태어나서 이제까지 한 번도 오페라를 관람해 본 적이 없다네. 하지만 그게 무슨 상관이란 말인가? 크리스틴 드 샤니라는 여자는 대단한 스타이기 때문에 어느 누구도 함부로 그녀의 주위에서 얼씬거리지 못한다는 거야. 인터뷰를 하기 위해 찾아가는 기자들도 없을 지경이었어.

하지만 나는 그냥 한번 가서 보기나 하자는 마음이었어. 게다가 지난번에 곤경에 처한 프랑스 친구를 도와주려고 했을 때 거의 특종을 잡을 뻔하지 않았던가? 얼간이 같은 편집장만 아니었더라면 그것은 분명히 특종이 되었을 거야.

내가 그 사건에 대해서 말한 적이 있었던가? E. M. 타워에서 일어났던 이상한 사건 말이야. 자, 이제부터 내 말을 잘 들어보게. 이야기가 더욱 흥미진진하고 이상하게 돌아갈 테니까……. 내가 언제 거짓말을 하던가?

나는 9시가 지나자마자 곧바로 부두로 나갔네. 로렌 호는 항구에 정박하기 위해 선미부터 부두를 향해 천천히 들어오고 있었어. 시간이 아주 많이 걸렸다네. 언제나 배가 정박하는 일에는 시간이 한도 없이 걸리는 법이니까…….

그래서 나는 기자증을 경찰들에게 보여주고는 기자들을 위해 따로 마련된 좌석으로 천천히 걸어갔네. 내가 그 자리에 가는 것이 정말 잘한 일이라는 사실이 금방 판명되었지. 대단히 중요한 공식 환영식이 벌어지리라는 것이 너무나 분명했으니까……

맥클레렌 시장을 비롯해서 시의원뿐만 아니라 맨해튼의 태머니 홀(뉴욕 시 맨해튼에 있는 회관. 민주당의 일파인 태머니파의 본거지로 사용되고 있다—역주) 전체가 그곳으로 나와 있는 것 같았네. 부두에 파견된 기자가 이 대대적인 행사를 처음부터 끝까지 취재할 것이라는 사실을 나는 이미 잘 알고 있었네. 나는 금방 그 기자를 발견했네. 그는 행사를 잘 관찰하기 위해서 어떤 건물의 2층 창가에 서 있더군.

드디어 미국 국가가 연주되면서 그 프랑스 숙녀가 부두로 내려오기 시작했네. 그녀는 주위에 모여 있던 군중들을 향해 손을 흔들었고, 사람들은 그녀에게 열광하기 시작했네. 그런 다음 일장 연설이 이어졌네. 시장의 연설이 먼저 있었고, 곧이어 그녀가 연설을 했네. 그런데 문제가 발생한 것은 연설이 끝난 후 그녀가 단상을 내려와서 마차를 향해 걸어가고 있을 때였네. 그녀가 서 있는 곳에서 붉은 양탄자가 끝난 것이었어. 그리고 그녀와 마차 사이에 간밤에 내린 진눈깨비가 녹아서 생긴 커다란 웅덩이가 놓여 있던 것이었어. 자네들도 그 광경을 보았어야만 했는데……

마부가 마차 문을 활짝 열어놓고 기다리고 있었네. 그리고 맥클레렌 시장과 오스카 해머스타인이 그녀의 양 옆에 나란히 서 있었어. 그런데 아무도 무엇을 어떻게 해야 할지 모른 채 그저 망연히 서 있더군.

이상한 일이 벌어진 것은 바로 그 순간이었네. 내 등 뒤에서 누군가 사람들을 밀치면서 가까이 다가오고 있었어. 그리고 갑자기 그 사람이 무엇인가를 내 팔 위에 올려놓는 것이었어. 나는 미처 그가 누구인지 확인하지 못했네. 순식간에 그가 어디론가 사라져 버렸으니까…….

그래서 나는 그의 얼굴을 잘 볼 수가 없었어. 어쨌든 내 팔 위에 걸려 있던 것은 오페라에서 사용하는 낡은 망토였다네. 그 망토는 몹시 낡고 곰팡내 나는 것이었지. 그 시간에 입고 다니거나 가지고 다닐 만한 것은 전혀 아니었지.

바로 그 순간 나는 머릿속으로 소년 시절에 읽었던 『시대의 영웅들』이라는 책을 떠올렸어. 그 책에 '랠리'라는 이름을 가진 친구가 등장하네. 아마도 노스캐롤라이나 주의 수도가 그의 이름을 딴 것이 아닌가 하고 나는 추측하고 있어.

어쨌거나 어제와 똑같은 일이 옛날에도 있었던 것이네. 옛날에 영국의 엘리자베스 여왕 앞에 웅덩이가 있었는데, 랠리라는 친구가 입고 있던 망토를 벗어서 여왕 앞에 깔아놓았다더군. 그런 다음 뒤도 돌아보지 않고 그는 어디론가 사라져버렸다는 이야기가 있네.

그래서 나는 잠시 생각에 잠겼어. 랠리라는 친구가 했던 일이라면 우리 엄마의 아들인 나도 할 수 있다는 생각이 들었단 말이야. 나는 기자들 주위에 쳐져 있던 울타리를 훌쩍 뛰어넘어서 프랑스의 자작 부인이 서 있는 곳으로 달려갔지. 그 다음에 웅덩이 위에 그 망토를 내려놓았네.

그녀는 아주 흡족한 표정을 짓더군. 그녀는 망토 위를 걸어서 마차에 올라탔네. 나는 온통 더러운 진흙투성이가 되어버린 망토를 집어 들었지. 그리고 마차의 창문에서 나를 향해 미소를 짓고 있는 그녀의 얼굴을 바라보았어. 그래서 나는 대담하게 창문을 향해 다가갔네.

"부인, 모든 기자들이 마담과 개인적으로 인터뷰를 하는 것이 불가능하다고 말하더군요. 그것이 사실입니까?"

나는 용기를 내어서 그녀에게 물었네. 신문 계통에서 일하려면 그런 정도의 용기는 필요한 것이라네. 재능과 매력……. 음, 그리고 물론 외모도 뒷받침되어야만 한다네. 도대체 자네들, 그게 무슨 말인가? 그래도 이 정도면 괜찮은 외모란 말이야. 아니, 오히려 매력이 넘친다고 할 수 있지.

어쨌거나 그녀는 눈부실 정도로 아름다운 여인이었네. 그런 그녀가 잔잔한 미소를 지으면서 나를 응시하고 있는 것이었어. 나는 등 뒤에서 해머스타인이 잔뜩 화를 내며 이를 갈고 있다는 사실을 잘 알고 있었지. 바로 그 순간 그녀가 아주 작은 목소리로 나에게 속삭이듯이 대답했네.

"오늘 밤에 나의 호텔 방으로 오세요. 7시에요."

그녀는 이렇게 말하면서 창문을 닫았네. 그렇게 해서 내가 뉴욕에서 가장 먼저 오페라의 여신을 단독으로 인터뷰할 수 있는 기회를 가지게 되었단 말이야.

내가 그 호텔 방을 방문했느냐구? 물론이지. 하지만 조금만 기다려보게. 부둣가에서 벌어진 이야기가 아직 끝나지 않았네. 시장은 나에게 망토 세탁을, 시장 관저의 세탁을 맡아서 하고 있는 세탁소에 맡기라고 말하더군. 그리고 세탁 비용은 자신의 청구서로 올리라고 했어.

그래서 나는 아주 기쁜 마음으로 신문사로 돌아갔네. 그곳에서 버니 스미스라는 기자를 만났지. 그는 부두에서 취재를 맡았던 기사였어. 그런데 그가 나에게 무슨 이야기를 했는지 아는가? 프랑스에서 온 귀족 부인이 맥클레렌 시장과 인사를 나누고 있을 때, 버니는 우연히 그가 있는 곳의 맞은편에 있던 창고를 올려다보았다고 하더군. 그리고 그가 무엇을 보았는지 아나? 창고 꼭대기에 홀로 서 있는 한 남자였다네. 그는 그곳에 서서 지상을 물끄러미 내려다보고 있었다고 버니가 말했네. 주위에 아무도 없이 홀로 서 있는 모습이 마치 복수의 화신처럼 보였다고 버니가 말하더군.

"잠깐만, 버니! 그 남자가 혹시 목까지 올라오는 검고 기다란 코트를 입고 챙이 넓은 모자를 쓰고 있지 않았나? 그리고 얼굴 전체를 전부 덮다시피 하고 있는 가면 같은 것을 쓰고 있지 않았나?"

나는 당장 버니에게 물었지. 그러자 버니가 입을 딱 벌리면서 깜짝 놀라더군.

"도대체 자네가 어떻게 그것을 알고 있나?"

그는 몹시 놀라면서 이렇게 물었어. 비로소 나는 일전에 E. M. 타워에서 내가 헛것을 본 것이 아니라는 확신을 가지게 되었네. 정말로 이 도시에 유령 같은 존재가 살고 있었던 거야. 어느 누구에게도 자신의 모습을 드러내지 않는 유령 말이야.

나는 그가 누구인지 정말로 알고 싶네. 그가 무엇을 하는지, 또한 그가 왜 프랑스의 오페라 여가수에게 그리도 깊은 관심을 갖고 있는지 몹시 궁금하단 말이야. 언제인가 내가 그 이야기를 전부 파헤치고 말 거라네.

아, 해리! 정말 고맙네. 격려를 해주다니 정말 고맙군. 자, 내가 어디까지 이야기를 했더라? 그래, 파리에서 온 오페라의 여신과 가졌던 인터뷰에 대해 말하는 것이 좋겠군.

7시 10분 전이었어. 나는 가장 좋은 양복을 골라 입고 호텔로 들어섰네. 마치 내가 그 호텔의 주인이라도 되듯이 당당하게 걸어 들어갔지. 상류사회의 귀부인들이 호텔 로비를 서성거리고 있더군. 나는 로비의 접수대를 향해 걸어갔네. 무척 화려하고 근사했어. 접수대에 서 있던 직원이 나를 위아래로 훑어보았어. 마치 내가 그곳에 있지 말고 상인들이 드나드는 뒷문으로 들어와야만 한다는 듯한 눈빛이었지.

"어떻게 오셨나요?"

그가 여전히 나를 훑어보면서 물었네.

"샤니 자작 부인을 만나기 위해 찾아왔습니다."

내가 당당한 목소리로 말했네.

"자작 부인께서는 손님을 받아들이지 말라고 하셨는데요."

제복을 입은 그 직원이 딱딱한 목소리로 대답하더군.

"자작 부인에게 찰스 블룸이라는 사람이 찾아왔다고 전해주십시오. 이번에는 망토를 갈아입고 왔다는 말도 함께 말입니다."

내가 이렇게 말하자, 그 직원은 할 수 없다는 듯이 전화기를 집어 들었네. 아주 잠깐 통화를 하고 나더니, 그 직원은 태도가 완전히 돌변하더군. 그는 나에게 아주 정중하게 고개를 숙이고 난 후에 자기가 직접 자작 부인의 객실까지 모셔다 드리겠다고 고집을 부렸어.

그러다가 나는 로비에서 리본으로 묶여진 커다란 소포 하나를 들고 서 있는 벨보이와 마주치게 되었네. 그 친구도 역시 샤니 자작 부인이 묵고 있는 스위트룸으로 올라가고 있는 중이었어. 그래서 우리는 함께 10층까지 올라갔지.

자네들, 월돌프 아스토리아 호텔에 들어가본 적이 있나? 그곳은 완전히 별천지였어. 객실 문을 두드리자 한 프랑스 아가씨가 문을 열어주었네. 자작 부인의 비서였어. 예쁘장하고 친절한 아가씨였는데, 다리를 약간 절고 있었어. 비서는 나를 안으로 들어오라고 말하면서 소포를 받아 들었네. 그 다음에 나를 응접실로 안내했어.

세상에! 그렇게 넓은 곳은 난생 처음 보았네. 마치 그 안에서 야구도 할 수 있을 정도였다네. 황금으로 만들어진 장식이며 벨벳과 비단으로 짜여진 커튼들과 소파…… 마치 궁전에 온 것 같았어.

"마담께서는 저녁식사 약속이 있으셔서 지금 옷을 갈아입고 계십니다. 곧 나오실 거예요. 여기에서 기다려주십시오."

비서가 부드러운 목소리로 나에게 말했네. 나는 벽 쪽에 놓여 있는 의자에 가서 앉았네. 그 방에는 어린 소년 이외에는 아무도 없었어. 소년은 나를 보고 고개를 꾸벅 숙이면서 미소를 짓더군.

"봉 수아."

소년은 부드러운 미소를 지으면서 불어로 나에게 인사말을 건넸어. 그래서 나도 소년을 향해 웃으면서 말했지.

"안녕."

소년은 인사를 마친 후, 조금 전까지 읽고 있던 책을 향해 고개를 숙였어. 소년은 다시 책을 읽기 시작했어. 그런데 비서가 포장되어 배달된 선물 상자 위에 놓여 있던 카드를 읽어보더군. 비서의 이름은 맥이라고 하는 것 같았어.

"오, 너한테 온 선물이구나, 피에르."

비서는 카드를 읽고 난 후에 소년을 바라보면서 말했어. 비로소 나는 그 소년이 누구인지 알아차렸어. 그 소년은 바로 샤니 자작 부인의 아들이었던 거야. 신부와 함께 자작 부인의 뒤를 따라 배를 내리던 소년이었던 거야. 소년은 선물을 받아들더니 즉시 포장을 풀기 시작했네.

멕은 열려 있는 문을 통해서 침실로 들어갔어. 마담과 멕이 깔깔거리고 웃으면서 불어로 이야기를 나누는 소리가 들렸어. 나는 고개를 들고 객실 내부를 둘러보았네.

객실 사방에는 꽃이 가득 했어. 시장, 해머스타인, 오페라 관리위원회 그리고 수많은 사람들이 보낸 꽃다발들이 객실 안에 잔뜩 쌓여 있었어. 그 옆에서 소년이 선물 상자의 포장지와 리본을 풀자, 다시 작은 상자가 나타났네. 소년은 상자를 열고 장난감 하나를 꺼냈어. 나는 달리 할 일도 없고 해서 소년을 물끄러미 지켜보고 있었네. 그것은 열두 살짜리 어린 소년에게 보낸 장난감으로는 좀 이상한 점이 있는 것이었네. 야구 장갑이라면 이해가 가지만, 그것은 장난감 원숭이였단 말이네. 그리고 그 원숭이는 몹시 이상했네. 그 원숭이는 의자에 앉아 있었는데, 두 팔을 앞으로 내밀고 있었다네. 원숭이의 손에는 심벌즈가 들려 있었지.

그제야 나는 그 인형이 어떤 것인지 알아차렸네. 그 인형은 등에 있는 태엽을 감으면 자동으로 움직이는 기계였단 말이야. 그 인형은 일종의 뮤직 박스였던 거야. 소년이 태엽을 감자, 원숭이가 음악을 연주하기 시작했거든…….

원숭이 인형은 팔을 앞뒤로 움직이면서 마치 심벌즈를 치고 있는 것처럼 보였네. 그 인형에서는 딸랑거리는 방울 소리가 울리는 듯한 곡조가 흘러나오고 있었어. 그것은 바로 〈양키 두들 댄디〉였네.

드디어 소년은 그 인형에 대해 관심을 보이기 시작했네. 소년은 원숭이 인형을 위로 들어올렸어. 그런 다음에 인형이 어떻게 작동하는지 알아보려는 듯이 여러 각도에서 유심히 살폈어. 태엽이 다 돌아가자, 소년은 다시 태엽을 감아주었고 인형에서는 음악이 흘러나왔어.

잠시 후에 소년은 인형의 등을 연구하기 시작하더군. 소년은 인형의 옷을 들어올려서 등에 있는 판을 발견했어.

"선생님, 혹시 주머니칼을 가지고 계신가요?"

소년이 나를 향해 다가오더니 매우 정중하게 영어로 묻더군. 물론 나는 주머니칼을 가지고 있었어. 그래서 소년에게 그 칼을 주었다네. 소년은 칼로 인형의 등을 갈라서 여는 대신에 칼을 마치 드라이버처럼 사용했다네. 소년은 칼을 이용해서 등판에 붙어 있던 네 개의 조그마한 나사못을 빼냈던 거야.

그런 다음에 소년은 인형의 내부에 들어 있는 기계를 한참 동안이나 열심히 들여다보고 있었어. 나는 소년이 인형을 고장 낼지도 모른다는 생각을 하고 있었네. 그런데 그 소년은 무척 총명한 것 같더군. 그는 기계가 어떻게 작동하는지 알아보고 싶었던 거였네. 나는 이 나이가 되도록 아직까지도 간단한 깡통따개가 어떻게 작동하는지도 잘 모르는데 말이야.

"무척 재미있는데요."

소년은 나를 향해 다가오더니 원숭이 인형 내부에 들어 있던 것들을 보여주었어. 조그마한 톱니바퀴들과 막대기, 종, 용수철 그리고 다이얼 같은 것들이 얽히고 설켜 가득 들어 있더군.

"여기를 보세요. 태엽을 돌리면 코일 용수철이 시계 용수철처럼 단단해지면서 더욱 힘이 세져요."

소년은 기계를 손으로 가리키면서 설명했어.

"정말 그렇군."

나는 소년이 가리키는 부분을 쳐다보면서 건성으로 대답했어. 나는 그저 소년이 어서 인형의 등판을 닫아주기를 바라고 있었어. 그렇게 하면 마담이 준비를 마칠 때까지 뮤직 박스에서 흘러나오는 음악이나 들으면서 기다릴 수 있을 거라고 생각했다네. 그런데 그것이 아니었네.

"단단하게 감겨진 용수철의 힘이 이 막대 기어를 통해서 바닥에 있는 턴테이블로 옮겨져요. 턴테이블 위에는 표면에 여러 개의 작은 징들이 있는 디스크가 놓여 있어요."

소년은 여전히 인형의 내부를 들여다보면서 설명했네.

"그래, 그것 참 대단하구나! 그런데 이제 인형을 다시 원상태로 만들어놓아야 하지 않겠니?"

나는 소년에게 미소를 지으면서 말했네. 하지만 소년은 여전히 깊은 생각에 잠긴 채, 잔뜩 이마를 찌푸리고 있었네. 마치 그 기계를 다 이해할 때까지 연구하겠다는 듯 계속 들여다보고 있었던 거야. 나는 그런 소년의 모습을 바라보면서, 이 소년은 아마도 자동차 엔진에 대해서도 잘 알고 있을 것이라는 생각이 들었네.

"징이 박힌 디스크가 돌아가면, 각 징이 용수철이 감긴 수직의 막대기를 건드리죠. 그런 다음에 막대기가 풀리면서 원래의 자리로 튀어서 돌아가요. 그렇게 하면서 여기에 있는 여러 개의 종들 중 하나를 치게 되죠. 종들은 모두 다른 음을 가지고 있어요. 그래서 올바른 순서대로 종이 울리면 음악이 연주되는 거예요. 선생님도 이전에 음악을 울리는 종을 본 적이 있으세요?"

소년이 나의 얼굴을 바라보면서 궁금하다는 듯 물었네.

"그래. 본 적이 있단다. 기다란 장대에 여러 개의 종들을 매달아 놓고 그 뒤에 두세 명 정도의 사람이 한 줄로 늘어서지. 그 다음 종을 한 개 들어서 한 번 울린 후에 다시 내려놓는 거야. 그리고는 다른 종을 울리고 또 다른 종을 울리는 거란다. 그런 식으로 순서대로 종을 울리게 되면 음악이 연주되는 거야."

"맞아요. 그것과 똑같은 원리예요."

피에르가 상기된 목소리로 말했네.

"그래, 참 신기하지. 그런데 이제는 그 등판을 다시 닫지 않겠니?"

나는 다시 한 번 소년을 쳐다보면서 말했네. 하지만 소년은 좀처럼 내 말을 듣지 않았어. 소년은 아직도 그 기계를 더 연구하고 싶었던 것이라네.

잠시 후에 소년은 음악을 연주하는 디스크를 꺼내더니 그것을 위로 들어올렸어. 디스크는 표면에 온통 자그마한 손잡이 같은 것들이 달려 있는 동전만한 크기였네. 갑자기 소년이 디스크를 뒤집었어. 그런데 반대편에는 더욱 많은 손잡이들이 달려 있는 것이었네.

"여기를 보세요. 이 인형은 두 개의 곡조를 연주할 수 있도록 되어 있어요. 어느 쪽을 연주하는가에 따라 곡조가 달라질 거예요."

소년은 몹시 흥분해서 나에게 계속 이야기를 늘어놓았어. 나는 이제 그 원숭이 인형이 두 번 다시 음악을 연주할 수 없게 될 거라고 확신했네.

하지만 소년은 나의 예상과는 달리 이번에는 디스크의 다른 면을 위로 향하도록 해서 다시 제자리에 갖다 놓더군. 그리고 칼날로 기계 내부를 여기저기 찌르면서 모든 것들이 있어야 할 자리에 자리잡도록 만들더군. 모든 부품들이 제자리에 있는 것을 확인한 후에 다시 뚜껑을 덮었어. 그 다음에 소년은 다시 태엽을 감았네. 그리고 탁자 위에 인형을 내려놓고 뒤로 한 걸음 물러서더군.

원숭이 인형은 아까처럼 팔을 앞뒤로 흔들면서 음악을 연주하기 시작했어. 이번에는 내가 모르는 곡조였네. 그런데 그 곡조를 아는 사람이 그곳에 있었던 거였어. 그 사람은 바로 자작 부인이었다네.

그 곡조가 흘러나오자 갑자기 침실에서 날카로운 비명소리가 들렸네. 나는 고개를 돌려서 침실을 바라보았지. 자작 부인이 문에 기댄 채, 가만히 서 있었어. 레이스가 달린 실내복을 입고 머리를 등 뒤로 길게 흘러내린 차림이었네. 마치 하늘에서 내려온 선녀처럼 아름다운 모습이었지.

하지만 그녀의 얼굴에 떠오른 표정은 전혀 아름답게 보이지 않왔네. 그녀의 얼굴은 방금 매우 거대하고 무시무시한 유령을 본 사람 같은 표정이었네. 그녀는 이내 음악을 연주하고 있는 원숭이 인형을 발견했다네. 그녀는 방을 가로질러 달려오더니 소년을 품에 꼭 끌어안았네. 그녀의 태도는 마치 소년이 누군가에게 납치될지도 모른다는 듯 보였네.

"저것이 뭐니?"

자작 부인은 들릴락 말락한 작은 목소리로 소년에게 물었네. 부인의 말투와 표정으로 미루어볼 때, 그녀가 몹시 두려워하고 있는 것이 분명했네. 겁에 질린 표정이 역력했기 때문이지.

"장난감 인형입니다, 부인."

나는 조금이라도 부인을 안정시키기 위해 말했네.

"저 음악은 〈가장 무도회〉야. 벌써 12년 전의 일인데……. 아무래도 그가 이곳에 있나 봐."

자작 부인은 여전히 작은 목소리로 속삭이듯 혼자 말했네.

"부인, 여기에는 저 외에 아무도 없습니다. 그리고 저 인형은 제가 가지고 온 것이 아닙니다. 벨보이가 가지고 올라온 것인데, 선물 포장이 된 상자 안에 들어 있었습니다."

나는 자작 부인의 새파랗게 질린 얼굴을 바라보면서 말했네. 그러자 비서인 맥도 내가 말한 사실을 다시 한 번 확인시켜 주려는 듯이 고개를 마구 끄덕였네.

"이것이 어디에서 만들어진 건가요?"

자작 부인이 원숭이 인형을 가리키면서 날카로운 목소리로 물었네. 그래서 나는 태엽이 풀려서 이제는 더 이상 음악을 연주하고 있지 않았던 원숭이를 들어올렸네. 그리고 인형을 샅샅이 살펴보았지. 그런데 아무것도 발견할 수가 없었어. 그래서 이번에는 선물 포장지를 살펴보았네. 하지만 역시 아무것도 찾아내지 못했네.

이번에는 원숭이 인형이 들어 있던 상자를 살펴보았어. 그러자 상자 바닥에 조그마한 종이쪽지가 붙어 있었네. 종이쪽지에는 'S. C. 완구, 코니아일랜드'라고 적혀 있더군. 그 쪽지를 보는 순간 한 가지 옛날 일이 기억나더군. 아마도 1년 전의 일이었을 거야.

시난여름 나는 스프링가에 있는 롬바르디아라는 식당에서 웨이트 레스로 일하던 여자와 데이트를 하고 있던 중이었네. 어느 날 나는 날을 잡아서 그녀를 데리고 코니아일랜드로 놀러 갔었네. 그 섬에는 여러 개의 놀이공원들이 있었는데 우리는 그중에서 스티플체이스 공원으로 갔네. 그 공원에 장난감 상점이 하나 있었던 것이 기억났어. 그 상점에는 신기한 기계로 작동하는 장난감들로 가득 차 있었네. 행진하는 군인, 북 치는 인형, 둥근 북 위에 놓여 있는 발레리나 등을 비롯해서 온갖 종류의 인형들이 있었어. 시계의 태엽이나 톱니바퀴나 용수철로 움직일 수 있는 기계는 모두 그곳에 모여 있는 것 같았네.

그 기억을 떠올린 나는, 자작 부인에게 아마도 S. C는 스티플체이스의 첫 글자를 딴 것 같다고 말했네. 나는 코니아일랜드가 어떤 곳인지 설명해야만 했어. 자작 부인은 그곳이 도대체 어떤 곳인지 모르고 있었거든……

내 설명을 듣고 난 후 자작 부인은 한참 동안이나 깊이 생각에 잠겨 있었네.

"그곳에서 공연하는 쇼들 말이에요. 그것들을 무엇이라고 부르죠? 그 쇼들은 시각적인 환상이나 기교나 함정이나 비밀 통로 같은 기계적인 장치들이 저절로 움직이면서 만들어지는 것인가요?"

자작 부인은 몹시 궁금하다는 듯이 나에게 질문했네.

"그렇습니다. 코니아일랜드에서 하는 쇼들은 거의 모두 그런 종류라고 생각하시면 됩니다, 부인."

나는 고개를 끄덕이면서 대답했네. 나의 대답을 듣자, 그녀는 더욱 동요되는 것처럼 보였네.

"블룸 씨, 저는 꼭 그곳을 방문하고 싶습니다. 그 완구점과 그리고 블룸 씨가 말씀하신 그 공원에 꼭 가보고 싶습니다."

자작 부인은 나의 얼굴을 바라보면서 마치 애원하듯 부탁했네. 그런데 그렇게 하기에는 큰 문제가 하나 있었네. 코니아일랜드는 여름 휴양지인데, 지금은 12월이었던 거야. 공원은 모두 폐쇄되었고 셔터도 죄다 내려져 있었네. 그 안에서는 유지, 보수, 청소 등을 비롯한 관리 업무들만 돌아가고 있었네. 그래서 일반 사람들은 도저히 그 안으로 들어갈 수 없었던 거야. 그래서 나는 이런 점들을 자작 부인에게 자세히 설명했네. 그러자 그녀는 거의 울음을 터뜨릴 지경이었어. 정말이지, 나는 여성이 슬픔에 잠긴 채 눈물 흘리는 모습을 보는 것이 제일 싫다네.

그만 마음이 약해진 나는 아메리칸 신문사에 있는 친구에게 전화를 걸었어. 이제 막 퇴근하려는 친구와 용케 통화가 되었지. 나는 친구에게 스티플체이스 공원의 주인이 누구인지 물어보았네. 그래서 그 공원의 주인이 조지 틸리유라는 사람이며, 그의 배후에는 베일에 싸인 재력가가 동업자로 있다는 사실을 알아내는 데 성공했어.

조지 틸리유는 매우 나이가 많은 사람이었는데, 더 이상 코니아 일랜드에서 살고 있지 않았어. 지금은 브루클린의 큰 저택에서 살고 있다는 사실까지도 알아냈다네. 그는 9년 전에 스티플체이스 공원을 개장한 이래, 죽 그 공원의 소유주로 남아 있었어. 다행스럽게도 그 친구는 조지 틸리유의 전화번호를 알고 있었어. 나는 전화번호를 받아 적었지. 그런 다음에 당장 그 자리에서 틸리유에게 전화를 걸었네.

잠시 기다리자 전화가 연결되었어. 나는 틸리유 씨에게 직접 모든 상황을 설명했네. 그리고 샤니 자작 부인에게 호의를 베풀어준다면, 맥클레렌 시장도 몹시 고맙게 생각할 것이라는 사실을 은근히 시사하는 것도 빼먹지 않았네. 자네들도 그 수법을 잘 알고 있을 거야. 아주 오래된 수법이긴 하지만…….

어쨌거나 틸리유 씨는 다시 전화를 해주겠다고 하더군. 그래서 우리는 무작정 기다릴 수밖에 없었네. 한 시간 정도 기다렸던 것 같아. 틸리유 씨가 다시 우리에게 전화했네. 이번에 전화하는 그의 어조는 완전히 바뀌어져 있었네. 아마도 누군가에게 물어보고 무슨 상황인지 알아본 것 같았어.

틸리유 씨는 자작 부인의 일행을 위해서 특별히 공원을 열어놓도록 해주겠다고 제안했네. 장난감 상점에도 직원을 파견할 예정이며, 지배인이 직접 마중 나와서 관광을 하는 동안 안내할 것이라고 말하더군. 그리고 시간은 다음 날 아침은 불가능하지만, 이틀 후에는 가능하다고 말했네.

그날이 바로 내일이라네. 그래서 자네들 앞에 있는 내가 내일 코니아일랜드에 가서 프랑스의 샤니 자작 부인을 안내하게 되었단 말이야. 다시 말해서 내가 이제 뉴욕에서 자작 부인의 개인 관광 안내원이 되었다는 거야. 자네들, 이렇게 흥분할 것 하나도 없네. 거기에는 나와 그녀 그리고 그녀의 일행 외에는 아무도 같이 들어갈 수 없으니까…….

정말 운 좋게 망토 하나를 더럽힌 일로 이제 나는 특종을 연달아 건지게 되었단 말이야. 바로 이래서 기자가 이 세상에서 최고의 직업이란 말이야. 안 그런가?

그런데 여전히 한 가지 문제가 남아 있어. 오페라 여신과의 독점 인터뷰! 바로 그것이 문제란 말이야. 내가 애초에 호텔로 갔던 이유가 바로 그것이 아닌가? 그런데 정작 인터뷰는 못 하고 말았네.

원숭이 인형을 본 후 오페라의 여신은 너무나 상심해서 당장 침실로 들어가버리고 말았던 거야. 그리고 두 번 다시 방에서 나오지 않으려고 했네.

코니아일랜드로 갈 수 있도록 주선해 주어서 고맙다는 감사의 말만 멕을 통해서 전달했을 뿐이었어. 그리고 모든 게 끝났네. 멕은 자작 부인이 몹시 피곤해서 도저히 인터뷰할 수 없을 것이라고 말했네.

그래서 나는 어쩔 수 없이 호텔에서 나오고 말았네. 정말 실망스러웠지만 그래도 괜찮네. 내일 그녀와 다시 단독 인터뷰를 할 수 있는 기회가 있으니까 말이야. 자, 이것으로 내 이야기는 모두 끝났네. 이제 자네들이 맥주를 사야 하지 않겠나?

에릭 뮬하임의 환희

1906년 11월 29일

맨해튼 E. M. 타워의 옥상 테라스

마침내 그녀를 보았다. 수많은 세월이 흐른 지금, 나는 다시 그녀를 보았다. 그녀의 모습은 여전히 아름답고 눈부셨다. 나의 가슴은 당장이라도 터질 것만 같았다. 나는 부두 근처의 창고 꼭대기에 서서 배가 다가오는 모습을 내려다보았다. 그녀는 바로 내 눈앞에 있었다. 나는 그녀의 모습을 하염없이 바라보고 있었다.

  그런데 갑자기 망원렌즈에 햇빛이 반사되는 것을 느꼈다. 누군가 나를 지켜보고 있었던 것이다. 나는 몰래 그 자리에서 빠져 나올 수밖에 없었다. 나는 항구에 모여 있는 군중들 사이로 내려갔다. 다행스럽게도 날씨가 무척 쌀쌀했기 때문에 모직 스카프로 머리를 둘둘 감고 있는 남자를 이상하게 생각하는 사람은 아무도 없었다.

그래서 나는 다른 사람들의 눈에 뜨이지 않고 마차 근처까지 다가갈 수 있었다. 나는 다시 한 번 가까운 거리에서 그녀의 아름답고 사랑스러운 얼굴을 바라보고 싶었던 것이다. 그리고 인터뷰를 하려는 욕심에 사로잡혀 있는 어리석은 기자에게 나의 낡은 망토를 건네줄 수 있었다.

그녀는 여전히 아름다운 외모를 간직하고 있었다. 가늘고 매혹적인 허리, 모자 밑으로 단정하게 묶여 있는 부드러운 머릿결, 단단한 화강암도 단번에 두 조각으로 가를 수 있을 것만 같은 눈부신 얼굴과 미소…….

많은 세월이 흘렀지만 변한 것은 하나도 없었다. 그런데 과연 내가 옳은 일을 하고 있는 것일까? 12년 전의 묵은 상처를 열어서 다시 한 번 그 지하실에서처럼 스스로 피를 흘리는 일이 옳은 것일까? 이제 겨우 그 상처가 아물려고 하는데, 그녀를 다시 이곳으로 데리고 오다니……. 너무나 어리석은 일이 아닌가?

두려움에 떨고 공포에 쫓기며 지냈던 파리 시절, 나는 그녀를 목숨보다도 더 열렬하게 사랑했었다. 그녀는 나의 첫사랑이자 마지막 사랑이 될 것이다. 나는 이제 두 번 다시 어느 누구도 사랑할 수 없을 것이다. 그녀는 나의 유일한 사랑인 것이다. 오페라 하우스의 지하실에서 그녀가 나를 거부하고 젊은 자작을 선택했을 때, 나는 분노로 인해 그녀와 자작을 죽일 뻔했었다.

　분노는 언제나 나의 유일한 동반자였으며 진실한 친구였다. 분노는 한 번도 나를 실망시키지 않았다. 그리고 그녀가 나를 거부했을 때, 나는 또다시 주체할 수 없는 분노에 휩싸였었다. 라울 샤니처럼, 아니 다른 사람들처럼, 인간의 얼굴을 나에게 주지 않은 신과 천사들에 대한 분노는 언제나 내 곁에서 떠나지 않았다. 어째서 신은 다른 사람들처럼 부드럽게 미소지을 수 있고, 또한 다른 사람들에게 기쁨을 나누어줄 수 있는 얼굴을 나에게 선물하지 않았을까? 그 대신에 하나님은 나에게 이 공포스러운 가면을 주었고 다른 사람들로부터 거부당해야만 하는 고독한 삶을 준 것이다.

　어리석게도 비참한 삶만을 허락받은 나는 감히 그녀가 나를 조금만이라도 사랑할 수 있을 것이라고 생각했었다. 아주 짧은 광란의 시간 동안 그녀와 나 사이에서 일어난 일이 모든 것들을 바꾸어놓을 수 있으리라고 생각했었다. 하지만 바로 그 시간에 복수를 외치는 군중들이 나를 찾기 위해 지하실로 내려오고 있었다.

　마침내 나를 기다리고 있는 비참한 운명을 깨달았다. 결국 나는 그녀와 자작을 살려주고 말았다. 그런데 이제 와서 나는 왜 이런 짓을 하고 있는 것인가? 나에게 또다시 고통과 거부와 모멸과 반감만이 돌아올 것이 너무나 분명한데 말이다. 아니, 예전보다 더 큰 고통만이 돌아올지도 모르는 일이다. 내가 이런 일을 하고 있는 것은 오직 그 편지 때문이다.

오, 마담 지리!

나는 지금 그녀의 이름을 떠올리고 있다. 그녀는 이제까지 나를 가엾게 여기고 친절과 호의를 베풀어주었던 유일한 사람이었다. 나의 얼굴을 보고 비명을 지르거나 달아나지 않았던 사람도, 나에게 침을 뱉지 않았던 사람도 오직 그녀뿐이었다.

"마담 지리! 왜 그렇게 오랫동안 참고 기다렸나요? 당신 인생의 마지막 순간에 내 인생을 또다시 바꾸어놓기 위해서 그 사실을 알렸나요? 그런 당신에게 나는 감사해야 하나요? 그렇지 않으면 지난 12년이라는 긴 세월 동안 그 사실을 비밀로 하고 있었던 당신을 원망해야 하나요? 내가 어떻게 하기를 당신은 바라고 있나요?"

이 편지만 아니었더라면 나는 진실을 전혀 모르고 이 세상을 떠날 수도 있었을 것이다. 하지만 현실은 그렇지 않았다. 나는 이제 모든 비밀을 알게 되었다. 그 결과로 인해 나는 지금 이렇게 위험한 모험을 하고 있는 것이다.

나는 사랑하는 크리스틴을 미국으로 데려오기 위해, 내 힘으로 할 수 있는 모든 것들을 다 쏟아부었다. 다시 한 번 그녀를 보고, 다시 한 번 고통에 빠지고, 다시 한 번 애원하고, 다시 한 번 부탁하기 위해서 그녀를 불러들인 것이다. 그리고 이제 또다시 거부당하기 위해서…….

그렇다. 분명히 그럴 것이다. 하지만 나는 어쩔 수가 없었다.

마담 지리의 편지는 지금 내 눈앞에 놓여 있다. 그 편지는 9월

말에 파리에서 씌어진 것으로 되어 있었다. 마담 지리는 세상을 떠나기 바로 직전에 그 편지를 쓴 것이다.

나는 편지를 읽고 또 읽었다. 편지 안의 단어 하나까지 나는 모조리 외우고 말았다. 헤아릴 수조차 없을 정도로 반복하면서 그 편지를 읽었다. 하지만 나는 편지 속의 내용을 도저히 믿을 수가 없었다. 마침내 편지는 떨리는 손과 땀에 젖어서 구겨지고 더러워지고 말았다.

친애하는 에릭

당신이 이 편지를 받게 될 무렵, 아마도 나는 이 세상 사람이 아닐 것입니다. 나는 너무나 오랫동안 과연 당신에게 편지를 써야 할 것인가에 대해 고민했습니다. 그것은 몹시 힘들고 괴로운 일이었습니다. 하지만 당신은 어느 누구보다도 더 많은 불행을 겪었던 사람입니다.

그래서 나는 당신이 반드시 진실을 알아야만 한다고 생각했기 때문에 이 편지를 보내기로 결심했습니다. 그리고 끝까지 내가 당신에게 진실을 숨긴 채 하나님 앞에 편안한 마음으로 갈 수 없을 것이라는 생각 또한 나로 하여금 당신에게 편지를 쓰도록 했습니다.

이 편지에 담긴 진실이 당신에게 기쁨을 줄 것인지, 그렇지 않으면 또다시 더 큰 고통만을 안겨줄 것인지 나는 지금 알 수가 없습니다. 하지만 내가 이 편지에서 말하는 진실들은 당신과 직접적인 관련이 있으면서도 당신이 이제까지 알 수 없었던 것들입니다. 이 세상에서 이 사실을 알고 있는 사람은 오직 크리스틴 드 샤니와 그녀의 남편 라울 그리고 나뿐입니다. 부디 진실을 알게 된다고 하더라도 마음의 격정을 누르고 사려 깊고 조심스럽게 행동하기를 바랍니다.

나는 뉴일리의 서커스에서 처음으로 당신을 만났습니다. 열여섯 살의 소년이었던 당신은 불쌍하게도 쇠사슬에 묶인 채, 우리 속에 갇혀 있었습니다. 나는 당신을 구한 후 마치 친아들처럼 여기면서 살았습니다. 그리고 내가 당신을 만나고 3년이 지났을 무렵이었습니다. 나는 내가 친아들처럼 여기게 될 또 다른 한 명의 젊은이를 만나게 되었습니다. 그것은 사고 때문이었습니다. 그것도 매우 끔찍하고 비극적인 사고였습니다.

1885년 겨울, 어느 늦은 밤이었습니다. 오페라 공연이 끝나고 무용수들도 모두 숙소로 돌아가고 난 다음이었지요. 오페라 극장도 문을 닫았고 나는 혼자 아파트를 향해서 어두운 밤길을 걸어가고 있었습니다. 뒷골목은 자갈이 깔려 있었고 좁고 몹시 어두웠습니다. 그 길은 아파트로 가는 지름길이었습니다.

나는 혼자 있다고 생각했었는데, 그 뒷골목에는 다른 사람들도 있었던 모양입니다. 막 주인집에서 나온 듯한 한 하녀가 내 앞을 지나가고 있었습니다. 저쪽 앞에 보이는 환한 대로를 향해서 그녀는 두려운 듯이 종종걸음을 치고 있었습니다. 그리고 또 한 집에서 젊은이가 친구들과 함께 저녁 시간을 보내고 나서 집으로 돌아가기 위해 작별 인사를 하고 있었습니다. 나중에 알게 된 일이었지만 그 젊은이는 열여섯 살도 채 되지 않았었습니다.

그 순간 갑자기 어둠 속에서 한 괴한이 나타났습니다. 그는 지나가는 행인의 주머니를 털기 위해 뒷골목에 자주 나타나는 강도였던 것입니다. 왜 그가 어린 하녀를 골랐는지는 알 수 없습니다. 왜냐하면 그녀는 고작해야 5수스 이상의 돈을 가지고 있을 리가 없었기 때문이죠. 어쨌거나 그 괴한은 갑자기 어둠 속에서 달려나오더니 소녀가 소리를 지르지 못하도록 팔로 목을 감았습니다. 그런 다음에 곧장 그녀의 주머니를 뒤지기 시작했습니다.

"그 아가씨를 그냥 둬, 이 나쁜 놈아."

나는 마구 소리를 지르기 시작했습니다. 그런데 어떤 남자가 뛰어오는 구두 발소리가 들렸습니다. 조금 전에 보았던 그 젊은이가 나를 지나쳐서 앞으로 달려갔습니다. 그 젊은이는 제복을 입고 있었습니다.

젊은이는 괴한을 향해 몸을 날렸습니다. 이내 괴한은 바닥으로 쓰러지고 말았습니다. 하녀는 날카로운 비명을 지르면서 대로의 불빛을 향해 마구 달아나버렸습니다.

결국 나는 그녀가 누구인지 두 번 다시 보지 못하고 말았습니다. 괴한은 자신을 덮치고 있는 젊은이로부터 몸을 빼내더니, 재빨리 일어나서 달아나기 시작했습니다. 젊은이도 몸을 일으켜서 괴한을 따라가기 시작했습니다.

그러자 그 괴한은 젊은이를 향해 몸을 돌렸습니다. 그는 주머니에서 무엇인가를 꺼내더니 추격하고 있는 젊은이를 향해 겨누었습니다.

탕!

요란한 총성이 들리고 번쩍하는 불빛이 비쳤습니다. 그 후 괴한은 골목길을 빠져 나가서 광장 쪽으로 사라져버리고 말았습니다.

나는 바닥에 쓰러진 젊은이를 향해 다가갔죠. 그 젊은이는 이제 막 소년티를 벗은 청년에 불과했습니다. 그 용감한 소년은 군사학교의 사관후보생 제복을 입고 있었습니다. 매우 잘생긴 청년이었습니다. 그의 얼굴은 백지장처럼 창백했고 아랫배에 나 있는 총상에서는 붉은 피가 철철 흐르고 있었습니다.

나는 지혈을 하기 위해 페티코트를 길게 찢어서 총상을 감았습니다. 그리고 큰 소리로 비명을 지르기 시작했습니다. 나의 비명소리를 듣고 골목의 한 집에서 살고 있는 주민이 2층 창문을 열고 밖을 내다보면서 물었습니다.

"무슨 일이 생겼소?"

나는 그에게 빨리 큰길로 달려가서 택시를 잡아달라고 부탁했습니다. 그는 잠옷 바람으로 뛰어나와서 얼른 내가 부탁하는 대로 택시를 잡아주었습니다.

그곳에서 가장 가까운 거리에 있는 병원은 성 라자레 병원이었습니다. 나는 그 젊은이를 데리고 서둘러 병원으로 갔습니다. 그 병원에는 한 젊은 의사가 당직을 서고 있었습니다. 의사는 사관후보생의 신원을 금방 알아보았습니다. 그 청년은 노르망디의 가장 훌륭한 귀족 가문의 아들이었던 것입니다. 의사는 청년의 총상을 살펴보더니, 인근에서 살고 있는 유능한 외과 의사를 데려오기 위해 다급하게 급사를 보냈습니다. 그 청년을 위해서 더 이상 달리 할 일이 없었기 때문에 나는 집으로 돌아왔습니다. 하지만 나는 그 용감하고 잘생긴 청년이 꼭 목숨을 건질 수 있도록 해 달라고 간절히 기도했습니다.

다음 날 아침에 나는 다시 성 라자레 병원으로 갔습니다. 다음 날은 일요일이었기 때문에 오페라 극장으로 출근하지 않아도 되었기 때문입니다. 병원에서는 이미 노르망디에 살고 있는 청년의 가족에게 소식을 전한 것 같았습니다. 당직을 서고 있던 외과 의사는 청년의 이름을 대면서 그의 소식을 묻자, 내가 그 청년의 어머니라고 생각했던 모양입니다. 의사의 표정은 몹시 심각했습니다. 그는 나에게 자신의 사무실로 와 달라고 부탁했습니다. 내가 사무실로 들어가자, 그는 정말 끔찍한 소식을 전해주었습니다.

우선 의사는 환자의 생명에는 별다른 지장이 없을 것이라고 말했습니다. 하지만 총알이 워낙 깊은 상처를 입혔기 때문에 후유증이 있을 것이라는 말도 빼놓지 않았습니다. 일단 총알은 제거한 상태였지만, 무서운 결과가 기다리고 있었습니다. 의사는 환자의 사타구니 바로 위쪽과 위장 아래쪽에 있는 혈관이 심하게 파손되어서 복구가 불가능하다고 말했습니다. 그는 혈관을 봉합하는 것 이외에는 달리 할 수 있는 것이 없다고 덧붙였습니다. 의사의 말이 끝났을 때에도 나는 상황을 완전히 이해하지 못했습니다. 의사의 말이 무엇을 의미하는지를 깨닫게 되었던 것은 얼마 동안 시간이 흐른 다음이었습니다. 그것을 깨닫고 나자 나는 의사에게 단도직입적으로 물었습니다.

"정말 가슴 아픈 일입니다. 아직 저렇게 젊고 잘생긴 청년이 이제 남자 구실을 못하게 되었으니까요. 저 청년은 자신의 아이를 결코 가질 수 없을 것입니다. 너무나 슬픈 일입니다."

의사는 심각한 표정으로 고개를 끄덕이면서 대답했습니다.

"그렇다면 총상으로 인해 저 청년이 거세되었단 말씀입니까?"

나는 도저히 믿을 수 없다는 듯 의사에게 재차 물었습니다.

"그렇다면 오히려 잘 된 일이었겠죠. 만약 완전히 거세되었다면 젊은이는 전혀 여자에 대한 욕망을 느끼지 못할 테니까요. 하지만 불행하게도 그는 정열과 사랑 그리고 젊은이라면 누구나 가지는 욕정도 여전히 느끼게 될 것입니다. 하지만 그의 혈관이 파열되었기 때문에……."

의사는 고개를 설레설레 흔들면서 말했습니다.

"의사 선생님, 저는 어린 소녀가 아닙니다. 솔직하게 모두 다 말씀해 주세요."

나는 의사가 어떤 끔찍한 말을 할 것인지 잘 알고 있었습니다. 하지만 나는 지금 의사가 처한 곤혹스러운 상황을 조금이라도 쉽게 해주고 싶었던 것입니다.

"마담, 그렇다면 말씀을 드리도록 하지요. 저 젊은이는 여성과 온전하게 성적으로 결합할 수 없을 것입니다. 자신의 아이를 가질 수 없는 것은 물론이구요."

"그렇다면 그는 이제 결코 결혼할 수 없다는 말씀이신가요?"

나는 깜짝 놀라면서 의사에게 물었습니다.

"육체적인 측면이 결여되어 있는 그런 결혼을 받아들일 여자가 있다면 충분히 가능하겠죠. 하지만 그런 여자는 매우 이상한 사람이거나 아니면 성자에 가까운 사람이거나 혹은 어떤 다른 강력한 동기에 의해서만 그럴 수 있겠죠. 정말 유감스럽게 생각합니다. 나도 저 청년을 구하기 위해서 최선을 다했습니다."

의사가 어깨를 으쓱거리면서 대답했습니다.

너무나 커다란 비극을 알게 되자, 나는 도저히 눈물을 흘리지 않을 수 없었습니다. 저렇게 훌륭한 청년이 그토록 끔찍한 상처를 입어야 했다는 사실이 믿을 수 없었습니다. 나는 눈물을 거두고 청년을 만나기 위해 병실로 들어갔습니다.

그는 안색이 창백하고 기운이 하나도 없는 것처럼 보였지만, 그래도 의식은 회복한 상태였습니다. 그는 아직 자신이 어떤 끔찍한 일을 당했는지 전혀 모르고 있었습니다. 그는 아주 정중한 태도로 골목에서 도움을 준 것에 대해 나에게 감사했습니다. 그는 내가 자신의 생명의 은인이라고 거듭 말했습니다. 그의 가족들이 도착했을 때, 나는 살며시 병실에서 빠져 나왔습니다.

나는 그 젊은 귀족 청년을 두 번 다시 볼 수 없을 것이라고 생각했습니다. 하지만 그게 아니었습니다. 그 후 8년의 세월이 흘렀습니다. 그는 그리스 신화에 나오는 신처럼 잘생긴 청년으로 성장했습니다. 그는 밤이면 밤마다 오페라 극장에 나타나기 시작했습니다. 그는 임시 대역 배우 한 명을 진심으로 사랑하고 있었던 것입니다. 그녀의 입술에서 흘러나오는 달콤한 흰 미디의 말을 듣기 위해, 그를 향한 그녀의 부드러운 미소를 보기 위해, 매일 밤마다 그곳으로 찾아왔습니다.

나중에 그는 그녀가 아이를 가졌다는 사실을 알게 되었습니다. 선량하고 친절하고 훌륭한 그 젊은이는 자신의 비밀을 모두 그녀에게 고백했습니다. 그리고 그녀의 동의를 얻고 그녀와 결혼식을 올렸습니다. 그는 그녀에게 결혼반지를 끼워주면서 가문의 고귀한 이름과 작위를 함께 선사했습니다. 지난 12년 동안 그는 친아버지만이 줄 수 있는 애정을 베풀면서 그녀의 아들을 양육했습니다.

나의 가엾은 에릭!

이것이 바로 내가 마지막으로 밝히는 진실입니다. 부디 사려 깊고 친절한 마음을 잃어버리지 마세요. 고통 속에서 언제나 당신에게 도움을 주기 위해 노력했던 사람이 마지막 인사를 보냅니다.

앙투아네트 지리

이제 내일이 되면 나는 다시 그녀를 만나게 될 것이다. 지금은 그녀도 나와 재회하게 될 것이라는 사실을 알고 있을 것이다. 그녀가 묵고 있는 호텔로 보낸 나의 메시지는 따로 설명이 필요없는 것이기 때문이다. 그녀는 단번에 원숭이 인형의 의미를 알아차릴 것이다. 언제 어느 곳에서 그 인형을 본다고 하더라도 말이다.

물론 우리가 만날 장소와 시간은 전적으로 내가 결정할 것이다. 그녀는 아직도 나를 두려워하고 있을까? 아마도 그럴 것이다. 하지만 나 역시 그녀와의 만남을 앞에 두고 얼마나 두려움에 떨고 있는지 그녀는 상상조차 하지 못할 것이다. 만약 그녀가 또다시 나를 거절한다면?

나는 대부분의 남자들이 너무나 당연하게 여기는 작은 행복조차도 제대로 받아들일 수가 없다. 그런 행복은 나에게 허락되지 않았기 때문이다. 나는 그녀를 만나는 것이 몹시 두렵다.

하지만 다시 한 번 거절당한다고 하더라도 나는 실망하지 않을 것이다. 그 당시와 지금은 아주 많은 것들이 달라졌다. 나는 이 높은 곳에 있는 보금자리에서 증오하는 인간들을 마음껏 내려다볼 수 있게 되었다. 나는 이제 당당한 태도로 말할 수 있다.

"너희들은 나에게 침을 뱉을 수 있다. 나를 모욕하고 경멸하고 조롱할 수 있다. 하지만 너희들이 무슨 짓을 한다고 하더라도 이제 더 이상 나에게 상처를 줄 수는 없다. 오욕과 슬픔과 눈물과 고통 속에서도 내 인생은 결코 헛된 것이 아니었다. 나에게는 아들이 있기 때문이다."

멕 지리의 일기

1906년 11월 29일

맨해튼의 월돌프 아스토리아 호텔

일기에게.

　드디어 나는 편안하게 앉아서 너에게 나의 마음속에 숨겨진 생각과 걱정들을 고백할 수 있게 되었다. 지금은 대부분의 사람들이 잠자리에 들어 있는 이른 아침이다.

　10분 전에 나는 피에르의 침실을 들여다보았다. 피에르는 마치 한 마리의 순하고 어린양처럼 곤히 잠들어 있었다. 지금 내가 앉아 있는 방의 바로 옆에 있는 조 신부님의 침실에서 코고는 소리가 들려오고 있다. 두꺼운 호텔 벽을 통해서도 들릴 만큼 그의 코고는 소리는 대단히 크다. 마담은 밤새도록 잠을 이루지 못했다. 그러다가 아까 약을 먹고 난 후에 겨우 잠에 들 수 있었다.

　지난 12년 동안 나는 줄곧 마담의 시중을 들고 있었다. 하지만 나는 그녀가 지금처럼 몹시 상심하고 있는 모습을 한 번도 본 적이 없었다. 그녀가 상심한 것은 이름을 밝히지 않은 한 사람이 피에르에게 선물했던 원숭이 인형과 밀접한 관계가 있다. 그 선물이 배달되었을 때, 호텔 방에는 기자 한 명이 우리와 함께 있었다. 그는 매우 친절하고 사려가 깊은 사람이었다(그가 눈짓을 하면서 나에게 접근하기는 했지만). 하지만 마담의 마음을 그렇게 혼란스럽게 한 것은 기자가 아니었던 것이 분명했다. 그것은 바로 원숭이 인형이었다.

　원숭이 인형이 첫 번째 음악을 연주할 때까지는 아무런 문제가 없었다. 그런데 원숭이가 두 번째 음악을 연주하자 모든 것이 엉망이 되어버리고 말았다. 그 음악소리가 열려 있는 침실 문을 통해 들려왔을 때, 나는 마담의 머리카락을 빗질하고 있었다.

　그 음악소리를 듣자 갑자기 마담은 마치 유령에 홀린 사람처럼 보였다. 그녀는 응접실로 뛰어나가더니 그 인형이 어디에서 온 것인지 반드시 알아내려고 했다. 그래서 기자인 블룸 씨가 그 인형의 출처를 밝혀내고 그곳을 방문할 수 있도록 주선해 주었다. 그런 다음에도 마담은 좀처럼 안정을 되찾지 못했다. 그녀는 제발 혼자 있게 해 달라고 부탁했다. 나는 기자를 만나서 지금은 도저히 인터뷰를 할 만한 상황이 아니니까 그냥 호텔에서 나가 달라고 간청했다. 그리고 억지로 피에르를 잠자리에 들도록 만들어야만 했다.

이윽고 침실로 돌아간 나는 그녀가 경대 앞에 가만히 앉아 있는 것을 발견했다. 그녀는 꼼짝도 하지 않고 의자에 앉아서 물끄러미 거울만 바라보고 있었다. 화장을 할 생각조차 하지 않고 있었던 것이 분명했다. 나는 어쩔 수 없이 해머스타인 씨와의 저녁식사 약속마저도 취소했다.

마담과 단 둘이 남겨졌을 때, 비로소 나는 마담에게 무슨 일이 벌어졌는지 물어볼 수가 있었다. 유럽에서 뉴욕까지 오는 여행은 처음부터 지금까지 매우 순조로웠다. 그리고 오늘 아침에는 부두에서 성대한 환영까지 받았는데, 갑자기 불길하고 우울한 여행이 된 것은 무엇 때문일까?

물론 나는 이상한 원숭이 인형과 그것에서 흘러나오는 곡조가 마담의 마음을 괴롭히고 있다는 사실을 금방 알 수가 있었다. 그리고 그 인형과 곡조가 마담에게 무엇인가 무척 무섭고 고통스러운 기억을 되새겨주었다는 것도…….

13년의 세월!

그것이 우리가 대화를 나누는 동안 줄곧 마담이 반복하면서 털어놓았던 한 마디 말이었다. 그렇다. 파리 오페라 극장의 어둡고 깊은 지하실에서 기이하고 무서운 사건들이 잇따라 발생했던 것도 벌써 13년 전의 일이다.

그 당시 나도 그곳에 있었으며, 또한 마담에게 그 사건에 대한 질문을 했었다. 하지만 마담은 언제나 무거운 침묵으로 일관해 왔었다. 그래서 나는 우리 무용수들이 흔히 '유령'이라고 부르곤 했던 그 끔찍하고 두려운 존재와 마담과의 관계에 대해 소상히 알 수 없었다.

드디어 오늘 밤 마담은 나에게 비밀 이야기를 들려주었다. 13년 전 파리 오페라 극장에서 벌어졌던 비극적인 스캔들에 대해 고백하기 시작했던 것이다. 그녀는 새로운 오페라 〈돈 주앙의 승리〉를 공연하고 있던 도중 무대 위에서 납치되고 말았다. 그리고 그 오페라는 두 번 다시 무대에 오르지 못했다.

사건이 발생했던 바로 그날 밤 나는 발레단의 단원이었다. 마담이 납치되었던 그 순간, 비록 무대 위에 있지는 않았지만 나는 극장의 불이 모두 꺼지고 그녀가 순식간에 사라져버렸다는 사실은 잘 알고 있었다. 납치범은 그녀를 끌고 오페라 극장의 가장 깊은 지하실까지 내려갔다. 그날 밤 객석에는 공교롭게도 경찰서장이 공연을 보기 위해 와 있었다. 그래서 경찰서장의 지휘 아래 경찰관들과 극장 직원들이 그녀를 찾기 시작했다. 결국 그들은 마담을 무사히 구출할 수 있었다.

나도 역시 그 지하실에 있었다. 활활 타오르는 횃불을 들고 우리 모두는 두려움에 몸을 떨면서도 다른 사람들을 따라 지하실로 내려갔다. 드디어 우리는 극장의 제일 깊은 곳에 있는 지하 호수에 도착했다. 우리는 그곳에서 공포에 떨고 있는 유령을 발견할 것이라고 예상했다.

하지만 우리의 예상은 완전히 빗나가고 말았다. 우리가 그곳에서 발견한 것은 홀로 사시나무처럼 몸을 떨고 있는 마담뿐이었다. 잠시 후 우리는 우리보다 먼저 도착해서 유령의 모습을 직접 보았던 라울 드 샤니 자작을 발견했다.

그런데 마담과 라울 드 샤니가 발견된 지하실의 한쪽 편에는 의자가 하나 놓여 있었다. 그 의자 위에는 기다란 망토가 펼쳐져 있었다. 우리는 모두 그 괴물이 망토 속에 숨어 있을 것이라고 생각했다. 하지만 그것이 아니었다. 망토를 들치자, 그 밑에는 원숭이 인형이 하나 놓여 있었을 뿐이었다.

원숭이는 손에 심벌즈를 들고 있었으며 인형의 내부에는 뮤직박스가 내장되어 있었다. 경찰은 그 인형을 증거물로 가져갔다. 그 후 나는 그것과 똑같은 인형을 한 번도 본 적이 없었다. 그런데 오늘 밤에 그 인형이 다시 나타난 것이다.

그 당시 마담은 젊은 라울 드 샤니 자작의 열정적인 구애를 받고 있었다. 파리 시 전체에서 가장 훌륭한 신랑감의 사랑을 독차지하고 있었던 것이다. 멋지고 잘생긴 라울 드 샤니 자작은 매일 밤 마담을 방문했으며, 무용수들은 모두 그녀를 몹시 부러워했다. 게다가 그녀는 어느 누구보다도 아름다운 외모를 갖고 있었으며, 어느 날 갑자기 스타가 되는 행운까지 맞이하게 되었다.

만약 그녀의 인품이 그만큼 훌륭하고 마음이 따뜻하고 착하지 않았더라면 아마도 모두의 질시와 미움을 받았을 것이다. 하지만 우리 중에서 어느 누구도 그녀를 미워하는 사람이 없었다. 무용수들은 모두 그녀를 정말로 사랑하고 있었던 것이다.

그래서 우리는 무서운 사고를 당한 후에 그녀가 다시 우리의 곁으로 돌아온 것을 진심으로 기뻐했다. 마담과 나는 몇 년 동안이나 같이 일하면서 매우 가까운 사이가 되었다.

그럼에도 불구하고 마담은 그날 밤 납치되었던 그 시간 동안 무슨 일이 일어났었는지에 대해서 좀처럼 말하려고 하지 않았다. 그녀가 한 말은 그저 라울이 자신을 구출했다는 말이 전부였다. 그렇다면 원숭이 인형의 정체는 무엇이며, 그것이 가지는 의미는 무엇이란 말인가?

오늘 밤에 나는 그녀에게 더 이상 묻지 않는 것이 현명하다고 판단했다. 나는 야단법석을 떨면서 마담에게 음식을 먹으라고 권유했다. 하지만 그녀는 전혀 아무것도 먹으려고 하지 않았다.

나는 겨우 그녀를 설득해서 수면제를 먹도록 하는 일에 성공했다. 그제야 그녀는 정신이 몽롱해지면서 처음으로 그 이상하고 기괴했던 사건의 진상을 몇 가지 털어놓았다.

"어떤 남자가 있었어. 매우 이상하고 정체를 알 수 없는 신비로운 사람이었지."

마담은 천천히 말을 꺼냈다. 그녀는 그의 존재에 대해 두려움을 느끼면서 동시에 매혹되고 압도되기도 했다. 그는 그녀에게 큰 도움을 주었다. 그리고 그는 집착에 가까울 정도로 그녀를 사랑했다.

하지만 불행하게도 그녀는 그의 사랑에 보답할 수 없었다. 그녀는 라울 드 샤니 자작을 사랑하고 있었던 것이다. 발레단에서 일하는 동안 나도 역시 이상한 유령의 소문에 대해 잘 알고 있었다. 사람들은 그 유령이 오페라 극장 지하실에 자주 나타났으며, 깜짝 놀랄 만한 힘을 가지고 있다고 말했었다.

그 유령은 갑자기 어둠 속에서 나타나는가 하면 어느새 감쪽같이 사라져버리곤 했다. 그리고 극장의 경영진에게 자신이 지시하는 대로 따르지 않으면 보복을 하겠다는 협박 편지를 보내서 원하는 것을 모두 얻어낼 수 있었다.

유령과 그에 관련되어 있는 전설 같은 이야기들은 우리 모두를 두려움에 떨게 했다. 하지만 나는 지금까지도 그가 마담을 진심으로 사랑하고 있었다는 사실은 전혀 모르고 있었다.

나는 괴기스러운 음악을 연주하는 원숭이 인형에 대해 캐물었다. 마담은 단 한 번 그것과 똑같은 인형을 본 적이 있었다고 대답했다. 역시 나의 예상은 빗나가지 않았다.

그것은 내가 파리 오페라 극장의 지하실로 내려갔을 때, 직접 두 눈으로 보았던 그 원숭이 인형이 분명했다. 마담이 오페라의 유령에게 납치되었을 때, 그 원숭이 인형도 그 자리에 있었던 것이다.

이윽고 마담은 서서히 잠에 빠져들기 시작했다. 그런데 마담은 그가 돌아왔다는 말을 반복했다.

"그가 살아 있어. 아주 가까운 곳에 있어. 그는 예전과 똑같이 모습을 드러내지 않고 어둠 속에서 조용히 움직이고 있을 거야. 보이지 않게……. 두려움을 불러일으킬 만큼이나 천재적인 그 남자……. 아! 나의 라울은 그리도 잘생겼는데 그는 너무나 끔찍한 얼굴을 하고 있어. 오래 전에 나는 그의 사랑을 거부했어. 그런데 그가……. 그가 다시 나를 뉴욕으로 불러들인 거야. 두려워……. 그를 다시 보게 된다면 어떻게 하지?"

그녀는 몽롱한 의식 속에서 이런 말들을 남기고 깊은 잠 속으로 빠져들었다. 나는 그녀를 보호하기 위해서라면 어떤 일이라도 기꺼이 할 것이라고 굳게 결심했다. 그녀는 나의 주인이기도 하지만 그와 동시에 나의 친구인 것이다. 그녀는 너무나 착하고 친절한 사람이다.

그러나 지금은 나도 역시 두려움에 떨고 있다. 그 무엇인가 아니, 그 누군가 어두운 밤거리에서 우리를 지켜보고 있는 것이다. 나는 두렵다. 나와 신부님과 피에르 그리고 무엇보다도 마담에게 위험이 닥치지나 않을까 몹시 두렵다.

깊은 잠에 빠져들기 전에, 마지막으로 마담은 피에르와 라울을 위해서 다시 한 번 그를 거부해야만 한다는 말을 남겼다. 그녀는 용기를 내어야만 한다고 말했다. 그는 반드시 모습을 드러낼 것이며, 다시 한 번 사랑을 요구할 것이 확실하다고 그녀는 말했다.

깊이 잠든 마담의 침대 머리맡에 앉아서, 나는 그녀가 용기를 낼 수 있도록 해 달라고 기도했다. 앞으로 열흘이라는 시간이 빨리 지나가고 우리 모두가 파리의 따뜻한 보금자리로 안전하게 돌아갈 수 있도록 해 달라고 기도했다. 오래 전의 악몽을 떠올리게 만드는 원숭이 인형이 있고, 보이지 않는 유령의 존재가 도사리고 있는 이 도시에서 무사히 벗어날 수 있도록 해 달라고 나는 두 손 모아 간절히 기도했다.

태피 존스의 일기

1906년 12월 1일

고니아일랜드의 스티플체이스 파크

나의 직업에 대해 이상하다고 말하는 사람들이 많다. 어떤 사람들은 나 같은 지능과 야망을 가진 사람이 가질 만한 직업이 아니라고 말하기도 한다. 바로 이러한 이유로 나는 종종 이 직업을 그만두고 무엇인가 다른 직장을 잡아야 하지 않을까 고민하기도 한다. 하지만 나는 여전히 스티플체이스 파크에서 무려 9년 동안이나 그대로 일하고 있다.

내가 계속 이 직장을 다니고 있는 것은 이 직장이 나와 가족들의 생활을 보장하고 있기 때문이다. 수입은 매우 훌륭한 편이며, 생활 여건도 아주 만족할 만하다고 할 수 있다. 하지만 어느 무엇보다도 진심으로 이 직업을 좋아하고 즐기게 되었다는 점이, 내가 이 직장을 떠나지 못하는 가장 큰 이유라고 할 수 있다.

나는 어린아이들의 밝은 웃음소리를 듣고 또한 그들을 응시하는 부모들의 흐뭇한 표정을 바라보는 것이 매우 즐겁다. 여름이 오면 한가하게 직장에서 벗어나 마음껏 여가 시간의 기쁨을 즐기는 사람들의 모습을 바라보면서 나는 커다란 만족을 얻는다. 또한 겨울이 되면 여름과는 달리 평화스러운 정적이 감도는 공원을 거니는 즐거움 또한 여간 큰 것이 아니다.

생활 여건이라는 측면에서 볼 때에도 이 직장은 무척 마음에 든다. 나의 여러 가지 상황을 고려하면, 지금보다 더 이상 편안하고 안락할 수가 없을 것이다.

내가 살고 있는 곳은 브라이튼 해변가에 위치한 아담한 단층집이다. 주위에는 건실하고 정직한 중산층들이 모여 살고 있다. 나의 집은 직장에서 2킬로미터 정도밖에 떨어져 있지 않다. 그리고 나는 공원 한가운데 작은 오두막을 한 채 갖고 있었다. 때때로 일하는 도중 피곤할 때마다 그곳으로 가서 휴식을 취할 수도 있다. 월급도 매우 높은 편이다. 3년 전에 임금 협상을 하면서, 나의 보수를 정문 입장료에 비례하여 일정 부분을 나누어 가질 수 있도록 만들었다. 그 후 나는 일주일에 백 달러 이상을 집으로 갖고 갈 수 있게 되었다.

나는 검소하고 수수한 취미를 가지고 있으며 또한 술을 많이 마시지 않는 편이기 때문에 수입 중에서 상당히 많은 돈을 저축할 수 있었다. 이제 몇 년만 있으면 나는 느긋한 마음으로 은퇴할 수 있을 것이다. 그 무렵이면 다섯 명의 자녀들도 내 품에서 벗어나 독립할 수 있게 될 것이다.

그렇게 되면 나는 작은 농장을 구입할 예정이었다. 강이나 호수 혹은 바닷가에 있는 농장이라면 더욱 좋을 것이다. 그곳에서 나는 마음이 이끌리는 대로 농사를 짓거나 낚시를 즐기거나 할 생각이다. 주일이 되면 교회에 가고 어쩌면 그 지역의 유지가 될 수도 있을 것이다. 그렇기 때문에 나는 이 직장을 그만두지 않고 열심히 일하고 있다. 다른 사람들은 모두 내가 이 직장에서 일을 아주 잘하고 있다고 말한다.

나는 스티플체이스 파크의 지배인이다. 나는 내 발보다 훨씬 크고 기다란 신발을 신고 화려한 체크 무늬의 넓은 통바지를 입는다. 미국 성조기 무늬가 그려진 조끼와 커다랗고 높은 모자를 쓰고 정문 앞으로 나간다. 그리고 공원으로 들어오는 입장객들에게 환영 인사를 하는 것이다. 짙은 구레나룻과 카이저 수염을 달고 얼굴 가득히 미소를 지으면서 환영 인사를 던지면, 그냥 지나쳤을지도 모르는 많은 사람들이 공원 안으로 몰려들어오는 것이다.

"자, 어서 오십시오. 어서 오세요. 재미와 스릴 만점입니다. 신기하고 재미있는 볼거리도 많습니다. 자, 여러분! 어서 들어오세요. 그리고 정말 즐거운 시간을 보내십시오."

나는 호객을 하기 위해 확성기를 들고 끊임없이 이렇게 소리친다. 나는 정문 앞을 오락가락하면서 데이트를 하고 있는 젊은이들에게 인사를 던진다. 하늘거리는 여름옷을 입은 아름다운 소녀들과, 데이트 상대에게 어떻게 해서든지 잘 보이기 위해 애쓰는 젊은 청년들에게 어서 들어오라고 손짓한다.

어린아이들을 데리고 온 가족들에게는 원하는 것은 무엇이든지 죄다 마련되어 있다고 말한다. 어린아이들은 부모들에게 공원으로 들어갈 수 있도록 해 달라고 졸라서 결국 설득시키고 만다. 가족들이나 데이트하러 온 젊은이들이나 어느 누구든지 가릴 것 없이 나의 모습과 인사말에 현혹되어서 입장권을 사고 공원 안으로 들어간다. 그리고 그들이 지불하는 돈 중에서 50센트마다 나는 1센트의 수당을 받도록 되어 있었던 것이다.

물론 나의 이 일은 여름철에만 가능했다. 4월부터 10월까지 놀이동산이 개장되기 때문이다. 10월이 되면 찬바람이 불어오기 시작하고, 겨울에는 공원 문을 닫는 것이다.

놀이공원이 폐장되면 나는 지배인 복장을 옷장에 걸어두고, 입장객들이 흥미롭게 여기는 웨일즈 가락의 억양을 더 이상 사용하지 않는다. 나는 비록 브루클린에서 태어났지만 웨일즈의 후손이었던 것이다.

하지만 나는 아버지와 조상들이 살았던 웨일즈 지방에는 한 번도 가본 적이 없었다. 나는 평상복을 입고 직장으로 출근한다. 모든 쇼 장비와 놀이기구들은 죄다 철거되어서 창고에 보관되어 있었다. 겨울이 되면 고장난 기계들을 수리하고 매끈하게 기름칠을 한다. 낡거나 고장난 부품들을 새로 교체하고 목재들은 사포로 닦은 다음 페인트칠을 새로 하거나 광을 낸다. 회전목마의 말들을 다시 칠하고 찢어진 안장들을 꿰매는 일을 하기도 한다. 겨울철에는 그런 작업들을 감독하는 것이 나의 일이었다.

기나긴 겨울이 지나고 4월이 돌아오면 모든 것들이 제자리를 찾는다. 따뜻하고 햇빛이 비치는 날이 되면 나는 놀이공원의 문을 활짝 열고 반갑게 손님을 맞이하는 것이다.

그래서 이틀 전에 놀이공원의 소유주 조시 틸리유 씨로부터 직접 편지를 받았을 때, 나는 적잖게 놀랐다. 가장 먼저 이 놀이공원을 구상했던 사람은 조지 틸리유 씨였다. 그는 소문으로만 알려져 있을 뿐, 한 번도 다른 사람들 앞에 나타나지 않았던 기이한 동업자와 함께 이 공원을 건립한 사람이다. 9년 전에 이 놀이공원을 개장하도록 만들었던 것은 틸리유 씨의 야망과 끓어오르는 열정이었다. 놀이공원이 개장한 날부터 틸리유 씨는 아주 큰 부자가 되었다.

이틀 전에 나는 틸리유 씨로부터 한 통의 편지를 전달받았다. 틸리유 씨의 편지는 인편으로 배달되었는데, 매우 다급한 내용이 담겨 있었다. 그 편지에는 다음 날 몇 명의 사람들이 놀이공원을 방문할 예정이라는 내용이 적혀 있었다. 그리고 그 사람들을 위해서 공원 문을 열어놓도록 하라는 것이었다.

또한 틸리유 씨는 놀이기구나 회전목마를 제대로 작동시킬 수 없다는 사실을 잘 알고 있다고 썼다. 하지만 완구점은 반드시 문을 열어놓고 직원을 배치시켜야 하며 또한 거울의 집만은 반드시 가동될 수 있도록 해야 한다고 강조하고 있었다. 편지를 받고 난 후 나는 스티플체이스 파크에서 일했던 날들 중에서 가장 기이하고 이상한 하루를 보내게 되었던 것이다.

완구점과 거울의 집에 반드시 직원을 배치시켜야 한다는 틸리유 씨의 지시를 받고 나는 커다란 어려움에 직면하게 되었다. 그곳을 담당하는 직원들이 지금 휴가를 받아서 먼 곳으로 여행을 가고 없었기 때문이었다.

그 직원들을 손쉽게 다른 사람들로 대체할 수 있는 것도 아니었다. 스티플체이스 파크 완구점의 자랑거리였던 기계 장치를 이용한 장난감들은 미국 전역에서 가장 뛰어난 기술로 제작되었을 뿐만 아니라 매우 복잡했다. 그 장난감들을 이해하고 작동 방법을 어린 손님들에게 설명하는 일에는 거의 전문적인 지식이 필요하다고 해도 과언이 아니었다. 나 역시 그 분야에서 일하는 전문가가 아니었다. 그래서 나는 그저 최선의 해결책을 발견할 수 있게 되기만을 바랄 뿐이었다.

물론 겨울의 놀이공원은 몹시 추웠다. 그래서 손님들이 놀이공원을 방문하기로 예정되어 있었던 그 전날 저녁에 나는 석유난로를 들고 완구점으로 들어갔다. 나는 서둘러 석유난로를 피웠다.

이윽고 새벽 무렵이 되자 완구점은 마치 여름날처럼 따뜻했다. 그런 다음에 나는 선반 위에 덮여 있던 헝겊들을 모두 다 벗겨내었다. 군인과 북치는 사람, 무용수, 곡예사, 다양한 동물 모양을 하고 있는, 춤추고 노래하는 인형들이 모습을 드러내었다.

그것이 내가 한 일의 전부였다. 내가 그 일을 모두 마쳤을 때에는 아침 8시였다. 이제 얼마 있지 않아서 그 일행이 도착할 것이다. 그런데 바로 그 순간 몹시 이상한 일이 벌어졌다.

나는 등 뒤에서 나를 물끄러미 응시하고 있는 한 젊은이를 발견했다. 그가 어떻게 완구점으로 들어왔는지 알 길이 없었다. 나는 그 젊은이에게 빨리 완구점에서 나가라고 말할 생각이었나. 그런네 갑자기 그가 나를 대신해서 자신이 완구점을 운영해 주겠다고 제안했다. 도대체 어떻게 손님들이 방문할 거라는 사실을 알았을까?

하지만 그는 그 점에 대해서는 일절 아무 말도 하지 않았다. 그는 그저 자신이 전에 이곳에서 일한 적이 있으며, 완구들을 작동시키는 방법을 잘 알고 있다고 말했다. 사정이야 어떻게 되었든지 간에 완구점 직원이 없는 상황에서 나는 그의 제안을 받아들이는 것 외에는 달리 방법이 없었다.

사실 그는 완구점 직원으로는 전혀 어울리지 않았다. 완구점 직원들은 모두 무척 성격이 명랑하고 상냥했으며 특히 어린아이들을 좋아했다. 하지만 그는 전혀 그렇지 않아 보였다. 그는 백지장처럼 새하얗고 창백한 얼굴을 가지고 있었으며 머리카락은 칠흑같이 검었다. 그의 두 눈과 코트 역시 검은색이었다.

나는 그에게 이름을 물어보았다. 그는 잠시 침묵을 지키다가 입을 열었다.

"말타입니다."

그래서 나는 그가 완구점에서 떠날 때까지 그를 '말타'라고 불렀다. 물론 한참 뒤에 벌어진 일이기는 했지만, 그가 완구점에서 떠났다고 하는 표현은 적절한 것이 아니었다. 어느 한순간에 그가 홀연히 사라졌다고 하는 것이 올바른 표현이었다.

겨우 완구점을 운영하는 문제가 해결되었다. 하지만 아직도 거울의 집에 대한 문제가 남아 있었다. 거울의 집은 완구점과는 달리 놀이공원에서 가장 신기한 곳이었다. 게다가 그곳에 있는 장치들을 어떻게 작동시키는지 전혀 모르고 있었다. 근무 시간이 아닐 때, 나는 가끔씩 거울의 집으로 들어가본 적이 있었다. 하지만 아무리 관찰해도 작동 원리를 이해할 수가 없었다. 누가 거울의 집을 설계했는지는 모르지만, 그 사람은 분명히 천재일 것이다.

모든 입장객들은 거울의 집을 한 바퀴 빙 돌고 나오도록 되어 있었다. 그들이 미로를 따라 걸어다니는 동안 거울로 된 방들은 계속 모양이 바뀌도록 설계되어 있었다. 그리고 입장객들은 그들이 볼 수 없었던 것들을 보았다고 생각하고 또한 분명히 그곳에 있었던 것들을 보지 못했다고 생각하곤 했다. 거울의 집은 그저 거울로 만들어진 집이 아니라 착각과 환상을 불러일으키는 집이었던 것이다.

훗날 어쩌면 이 일기를 읽게 되는 사람이 있을 수도 있다. 그리고 그 사람이 옛날에 존재했던 코니아일랜드에 대해서 흥미를 가지고 있을 수도 있다. 그 사람을 위해서 나는 거울의 집에 대해 잠시 설명을 하려고 한다.

외부에서 바라보면, 그 거울의 집은 정사각형 모양의 단층 건물에 불과했다. 건물에는 문이 한 개밖에 없어서 사람들은 그 문을 통해 안으로 들어가거나 나오도록 설계되어 있었다.

일단 건물 안으로 들어가면 입장객은 왼쪽과 오른쪽에 기다란 복도가 있는 것을 발견하게 된다. 입장객이 어떤 방향으로 걸어가든지 아무런 상관이 없었다. 복도의 양쪽 벽은 모두 거울로 만들어져 있었으며, 통로의 넓이는 정확히 1미터였다.

하지만 무엇보다도 중요한 것은 바로 다음과 같은 사실이다. 서로 연결되어 있는 여러 개의 거울들이 벽을 형성하고 있었다. 거울의 크기는 폭이 2미터, 높이가 1.8미터였으며 수직으로 세워져 있었다. 거울은 모두 중앙에 수직의 축을 가지고 있었다. 그래서 원격 조정으로 한 개의 거울을 돌리면 그 반쪽이 통로를 완전히 봉쇄하도록 되어 있었다. 그와 동시에 건물의 중심부로 들어가는 새로운 통로가 나타났던 것이다.

그렇게 되면 입장객은 이 새로운 통로를 따라 들어갈 수밖에 없다. 그리고 입장객이 알지 못하는 사이에 거울들이 회전하면서 더욱더 많은 통로가 생기게 된다. 또한 거울로 이루어진 작은 방들이 나타났다가 사라지고 또다시 나타났다가 사라지는 과정이 한없이 반복되는 것이다.

하지만 시간이 흐를수록 상황은 더욱 심각하게 변한다. 입장객이 중심부를 향해 접근할수록 모든 것들이 혼란스럽게 변하는 것이다. 입장객이 서 있는 바닥에는 지름이 2미터가량 되는 디스크가 설치되어 있었다. 그 디스크가 회전할 때마다 사방에 있는 거울들이 저절로 빙빙 돌아가는 것처럼 보이는 것이다. 디스크 위에 서 있는 입장객은 그 자리에서 90도, 180도 혹은 270도로 회전하게 된다.

하지만 입장객은 자신은 가만히 서 있는데 주위에 있는 거울만 회전하고 있다고 생각하게 된다. 디스크가 회전하는 동안 그 입장객의 눈앞에는 다른 사람들이 갑자기 나타났다가 사라지기도 하고 또한 작은 방들이 생겼다가 다시 사라지기도 한다.

가끔씩 입장객이 다른 사람에게 말을 걸기도 한다. 그 입장객은 갑자기 눈앞에 나타난 사람에게 말을 하고 있다고 생각하지만, 사실 그는 자신의 뒤에 있거나 혹은 옆에 있는 사람의 영상에게 말을 하고 있는 것이다.

남편과 아내, 연인들은 갑자기 서로 격리되었다가 다시 만나기도 하고 또한 전혀 모르는 낯선 사람과 마주치기도 한다. 여러 명의 젊은 쌍들이 한꺼번에 거울의 집으로 들어갈 때마다 언제나 깜짝 놀라서 지르는 비명과 웃음소리들이 왁자지껄하게 울려 퍼지곤 했다.

거울의 집에서 일하는 직원이 이러한 모든 것들을 조종했다. 오직 그 직원만이 거울의 집이 어떻게 작동되는지 알고 있었던 것이다. 거울의 집 출입문 위에 설치되어 있는 높은 부스 안에 앉아서 고개를 들면 거울로 만들어진 천장을 바라볼 수 있게 된다. 그 직원은 각진 거울을 통해서 거울의 집 전체를 한눈에 조망할 수 있었다. 그래서 여러 개의 스위치를 작동하는 과정을 통해 통로와 방들을 만들거나 사라지도록 하면서 입장객들이 착각을 불러일으킬 수 있도록 유도했던 것이다.

지금 나에게 당면한 문제는 거울의 집을 조종하는 방법을 알아내는 것이었다. 틸리유 씨는 이제 곧 놀이공원을 방문하게 될 일행 중에서 숙녀에겐 어떤 일이 있더라도 반드시 거울의 집을 관람시켜야 한다고 지시했다. 그런데 거울의 집 직원은 때마침 휴가를 떠나고 없었으며, 연락도 되지 않고 있었던 것이다.

나는 거울의 집을 조종하는 방법을 파악하기 위해 열심히 노력했다. 어떻게 해서든지 그 숙녀에게 즐거움을 선사하기 위해 거울의 집을 작동시켜야만 했던 것이다. 그래서 나는 밤새도록 건물 안에서 석유등을 밝힌 채 각종 스위치들을 시험해 보았다.

드디어 나는 거울의 집을 작동할 수 있을 것이라는 자신감이 생겼다. 그 숙녀 손님이 거울의 집으로 들어가서 길을 잃고 방황한다고 하더라도 이내 무사히 밖으로 나오도록 도와줄 수 있을 것 같았다. 거울의 집 안에 있는 방들과 천장 사이에는 약간의 공간이 있었기 때문에 사람들의 목소리를 선명하게 들을 수 있었다. 만약 숙녀에게 무슨 일이 생기더라도 나는 당장 사태를 파악할 수 있었다.

어제 아침 9시였다. 나는 할 수 있는 한 최선을 다하면서 모든 준비를 마쳤다. 이윽고 나는 틸리유 씨의 특별 손님들을 맞이하기 위해 공원 앞에서 기다리고 있었다.

그들은 10시가 되기 조금 전에 도착했다. 서프가에는 교통량이 거의 없었다. 그래서 루나 파크와 드림랜드의 입구를 지나서 스티플체이스 파크를 향해 다가오는 마차를 보았을 때, 나는 직감적으로 그 안에 손님들이 타고 있다는 사실을 깨달았다. 그 마차는 화려한 외관을 자랑하고 있는 전세 마차였다. 나는 단번에 그 마차를 알아보았다. 그 마차는 브루클린 다리를 건너는 기차를 타고 와서 내리는 손님들을 위해 맨해튼 비치 호텔에서 특별히 배치한 것이었다. 12월에는 그런 마차를 구경하는 것이 그리 흔하지 않은 일이었다.

마차가 가까이 다가오고 있었다. 마부가 말들의 고삐를 잡아당겼다. 나는 확성기를 들고 앞으로 나아갔다.

"어서 오세요, 신사 숙녀 여러분. 여러분을 환영합니다. 이곳이 바로 코니아일랜드의 최초이자 최고의 놀이공원인 스티플체이스 파크입니다."

나는 확성기에 대고 큰 소리로 인사말을 늘어놓았다. 말들은 마치 미친 사람을 바라보듯이 나를 힐끔 쳐다보았다.

마차에서 제일 먼저 내린 사람은 한 젊은이였다. 그는 주로 선정적인 내용을 다루는 삼류 신문인 《뉴욕 아메리칸》지의 기자였다. 그는 매우 기고만장한 표정을 짓고 있었는데, 마차에 타고 있는 손님들에게 뉴욕을 안내하고 있었던 것이 분명했다.

잠시 후 내가 이제까지 보았던 사람들 중에서 가장 아름다운 여인이 마차에서 내렸다. 나는 금방 그녀가 지체 높은 귀족 부인이라는 사실을 알 수 있었다.

"샤니 자작 부인입니다."

기자가 부드러운 목소리로 그녀를 소개했다.

"세계에서 가장 훌륭한 오페라 가수입니다."

기자가 목에 힘을 주면서 말했다. 물론 나는 기자의 소개가 필요하지 않았다. 독학을 하긴 했지만, 나도 어느 정도 교육을 받은 사람이었으며 《뉴욕 타임스》지 정도는 읽고 있었다.

그녀가 누구인지 알게 되자, 나는 곧바로 무엇 때문에 틸리유 씨가 그 손님이 원하는 대로 해주라고 했었는지 이해할 수 있었다. 샤니 자작 부인은 기자의 팔을 살짝 붙잡으면서 땅바닥으로 내려섰다. 땅바닥은 비에 젖어서 미끄러운 상태였다.

나는 확성기를 내려놓은 후에 아주 정중한 태도로 허리를 깊이 숙이면서 인사했다.

"스티플체이스 파크를 방문하신 것을 진심으로 환영합니다."

그녀는 대답을 하는 대신 부드러운 미소를 지었다. 살짝 웃고 있는 그녀의 모습은 단단한 화강암이라도 녹일 수 있을 만큼 눈부셨다. 그녀는 여전히 웃음을 머금으면서 무척 듣기 좋은 프랑스 억양으로 나의 겨울 휴식을 방해해서 미안하다고 말했다.

"아닙니다, 부인. 저는 부인의 충실한 종일 뿐입니다."

나는 그녀의 얼굴을 쳐다보면서 대답했다. 비록 지금 이렇게 우스꽝스러운 복장을 하고 있지만 때와 장소를 가려가면서 말을 할 줄 안다는 것을 그녀에게 보여주고 싶었던 것이다.

부인을 따라서 열두 살이나 열세 살가량 되어 보이는 어린 소년이 마차에서 내렸다. 그 소년 역시 어머니처럼 프랑스인이었지만 영어를 아주 훌륭하게 구사할 줄 알았다. 그 소년은 매우 수려한 외모를 갖추고 있었다.

"피에르, 인사를 드려야지."

부인이 소년을 쳐다보면서 말했다.

"안녕하세요?"

소년이 나를 향해 고개를 들면서 인사했다. 그런데 그 소년은 한 팔로 원숭이 인형을 끌어안고 있었다. 나는 즉시 그 인형이 우리 공원의 완구점에서 판매하는 것이라는 사실을 알아차릴 수 있었다. 뉴욕 시 전체에서 그런 인형을 파는 곳은 스티플체이스 파크의 완구점밖에 없었던 것이다.

그 인형을 보면서 나는 잠시 걱정스러웠다. 혹시 그 인형이 고장이라도 난 것이 아닐까? 그래서 불평을 하기 위해 이곳을 방문한 것이 아닐까?

잠시 후 나는 그 소년이 훌륭한 영어를 구사하는 이유를 알 수가 있었다. 맨 마지막으로 마차에서 성직자의 복장을 입고 챙이 넓은 모자를 쓰고 있는 아일랜드인 신부가 내렸기 때문이었다. 그 신부는 땅딸막하지만 단단한 체격을 가지고 있었다.

"지배인님, 안녕하십니까? 이렇게 추운 날씨에 지배인님을 나오시게 했군요."

마차에서 내린 신부가 나를 쳐다보면서 인사했다.

"아일랜드 사람들에게는 좀 추울지도 모르지만, 저는 그리 추운 줄 모르겠군요."

나는 신부의 얼굴을 바라보면서 약간 빈정대는 말투로 이렇게 대답했다. 나는 개신교를 믿는 사람이었기 때문에 천주교 신부들에 대해 그리 좋은 감정을 갖고 있지 않았던 것이다. 하지만 나의 말이 떨어지자마자 신부는 머리를 뒤로 젖히면서 호탕하게 웃음을 터뜨렸다. 그런 행동을 보면서, 나는 신부가 그리 나쁜 사람은 아니라는 생각을 품게 되었다.

그래서 나는 아주 즐거운 마음으로 네 사람을 안내했다. 우리는 놀이공원 정문으로 들어가서 곧장 완구점을 향해 걸어가기 시작했다. 그들의 목적지가 완구점이라는 사실이 너무나 분명했기 때문이었다.

완구점 내부는 따뜻하고 쾌적했다. 밤새도록 난로를 틀어놓은 보람이 있었던 것이다. 완구점에서 대기하고 있던 말타가 그들을 맞이했다. 피에르는 즉시 다양한 종류의 인형들이 진열되어 있는 곳으로 걸어갔다. 기계가 내장되어 있는 무용수, 군인, 광대, 동물 인형들이 선반을 가득 메우고 있었다. 그 인형들은 스티플체이스 파크의 커다란 자랑거리였다. 스티플체이스 파크를 제외하면 뉴욕 시 어느 곳에서도 찾아볼 수 없는 것들이었다. 아니, 미국 전역 어느 곳을 가더라도 그런 인형들은 찾아볼 수 없을 것이다.

피에르는 선반들 사이를 깡충깡충 뛰어다니면서 인형들을 모두 구경할 수 있게 해 달라고 부탁했다. 하지만 소년의 어머니는 단 한 가지 인형에 대해서만 관심을 보였다. 그것은 바로 음악을 연주하는 원숭이 인형이었다. 원숭이 인형들은 완구점 뒤쪽에 위치한 선반에 놓여 있었다.

"원숭이 인형들이 음악을 연주하게 해주세요."

그녀가 말타를 응시하면서 부탁했다.

"전부 다 말씀하시는 건가요?"

말타가 의아스러운 듯한 표정을 지으면서 질문을 던졌다.

"하나씩 차례대로 틀어주세요."

샤니 자작 부인이 단호한 목소리로 말했다. 말타는 자작 부인의 지시에 따라 원숭이 인형들의 태엽을 감고 하나씩 음악을 틀기 시작했다. 원숭이 인형들은 음악에 맞추어 부지런히 심벌즈를 두들겼다. 그 인형들은 한결같이 〈양키 두들 댄디〉라는 곡을 연주하고 있었다.

그 순간 나는 몹시 궁금한 생각이 들었다. 도대체 자작 부인이 원하는 것은 무엇일까? 지금 가지고 있는 원숭이 인형을 다른 것으로 교체하고 싶은 것일까? 하지만 원숭이 인형들은 모두 똑같은 음악만을 연주하고 있지 않은가?

마침내 모든 원숭이 인형들이 연주를 마쳤다. 자작 부인이 아들을 향해 가만히 고개를 끄덕였다. 그러자 피에르는 주머니 속에서 드라이버가 달려 있는 조그마한 주머니칼을 꺼내들었다. 말타와 나는 깜짝 놀라면서 그 소년의 행동을 멍하니 바라보고 있었다.

소년은 첫 번째 원숭이 인형을 감싸고 있던 옷을 들치더니 드라이버를 사용해서 등판을 제거했다. 그리고 작은 손을 원숭이 인형 속으로 들이밀었다. 소년은 동전 크기만한 디스크를 꺼내더니 위아래를 바꾸어서 다시 끼워 넣었다.

나는 이마를 찌푸리면서 말타의 얼굴을 바라보았다. 말타도 역시 이마를 잔뜩 찌푸린 채, 도대체 무슨 영문인지 알 수 없다는 듯이 나의 얼굴을 쳐다보고 있었다.

잠시 후 그 인형은 이번에는 〈딕시의 노래〉라는 곡을 연주하기 시작했다. 디스크의 한쪽 면은 북군의 노래가, 다른 한쪽 면에는 남군의 노래가 내장되어 있었던 것이다. 소년은 다시 디스크를 원래 상태로 돌려놓았다. 그런 다음 두 번째 인형을 꺼내서 똑같은 일을 반복했다. 이번에도 결과는 역시 마찬가지였다. 열 개의 인형을 시험하고 나자, 자작 부인은 아들에게 이제 그만하라고 손짓했다.

말타는 인형들을 모두 제자리에 올려놓기 시작했다. 나는 말타가 몹시 당황스러운 표정을 짓는 것을 보았다. 말타도 원숭이 인형 안에 두 개의 곡이 내장되어 있다는 사실을 모르고 있었던 것이 분명했다.

"그가 여기 왔었던 거야."

자작 부인의 얼굴이 마치 백지장처럼 창백하게 질려 있었다. 그녀는 나지막한 목소리로 혼잣말을 중얼거렸다.

"그런데 누가 이 원숭이 인형들을 고안하고 만들었죠?"

이번에는 자작 부인이 나를 쳐다보면서 질문했다.

"잘 모르겠습니다."

나는 어깨를 으쓱거리면서 전혀 모르는 일이라고 대답했다.

"그 인형들은 모두 뉴저지 주에 있는 작은 공장에서 만든 것들입니다. 특허를 받고 만든 것들이죠. 하지만 누가 그 인형들을 고안했는지에 대해서는 저도 잘 모릅니다."

그런데 말타가 자작 부인의 얼굴을 뚫어지게 쳐다보면서 대답했다.

"혹시 이상한 남자를 보신 적이 있나요? 커다란 모자를 쓰고 얼굴을 가면으로 가리고 있는 남자입니다."

자작 부인이 말타와 나의 얼굴을 번갈아가면서 쳐다보았다. 자작 부인이 질문을 던지는 순간, 내 옆에 서 있던 말타의 몸이 갑자기 막대기처럼 딱딱하게 굳어졌다. 나는 말타가 몹시 긴장하고 있다는 것을 느낄 수 있었다.

나는 고개를 돌려서 말타를 힐끗 쳐다보았다. 하지만 말타의 얼굴은 돌처럼 차갑게 굳어 있었으며, 아무런 표정도 읽을 수 없었다. 나는 자작 부인을 쳐다보면서 좌우로 머리를 흔들었다. 그리고 놀이공원에는 광대나 괴물, 할로윈 가면 등을 비롯해서 수많은 가면들이 진열되어 있다고 설명했다.

"그런 가면이 아니에요. 얼굴을 가리기 위해서 언제나 가면을 쓰고 있는 남자에 대해 묻고 있는 기예요. 그런 남자를 보신 적이 있나요?"

자작 부인이 다시 한 번 질문을 던졌다.

"그런 사람은 없습니다."

나는 머리를 가로저으면서 대답했다. 그러자 자작 부인은 깊은 한숨을 내쉬면서 몸을 돌렸다. 그녀는 다른 장난감들을 구경하면서 완구점 내부를 천천히 걸어다니기 시작했다.

그 순간 말타가 피에르를 쳐다보면서 가까이 다가오라고 손짓했다. 피에르는 이내 말타가 서 있는 곳으로 다가왔다. 말타는 일부러 자작 부인이 있는 곳의 반대 방향으로 피에르를 안내했다.

"너에게 군인 장난감들을 보여주고 싶구나."

말타가 피에르를 쳐다보면서 말했다. 하지만 나는 이 차갑고 냉정한 말타라는 젊은이가 의심스러웠다. 그래서 장난감들이 놓여 있는 선반에 몸을 가리고 말타에게 들키지 않도록 조심하면서 살며시 뒤를 따라갔다.

정체불명의 이 젊은이는 나지막한 목소리로 소년에게 이것저것 캐묻고 있었다. 무엇인가에 대해 알아보려고 하는 것 같았다. 그런데 소년은 아무런 의심도 하지 않고 천진난만하게 그의 질문에 대답을 하고 있었다. 나는 그 광경을 지켜보면서 깜짝 놀라고 말았다. 또한 말타에 대해 불쑥 화가 치밀어오르는 것을 느꼈다.

"왜 너의 엄마는 뉴욕까지 오셨니?"

말타가 소년의 곁으로 바짝 다가서면서 물었다.

"오페라 공연을 하기 위해서 오셨어요."

"그렇구나. 그렇다면 어머니가 뉴욕을 방문하신 일에 또 다른 이유는 없는 것일까? 혹시 누군가를 만나기 위해 오신 게 아닐까?"

"아뇨."

소년은 의아스러운 듯이 말타를 쳐다보면서 대답했다. 말타는 여전히 차가운 표정을 짓고 있었다.

"어머니가 왜 저렇게 음악을 연주하는 원숭이 인형들에 대해 관심을 갖고 있는지 너는 혹시 알고 있니?"

"아저씨, 엄마는 한 개의 원숭이 인형에 대해서만 관심이 있는 거예요. 그리고 음악도 한 곡조만 관심이 있죠. 지금 엄마가 들고 계신 저 원숭이 인형 말이에요. 여기에 진열되어 있는 원숭이 인형들 중에서 엄마가 찾고 계신 곡조를 연주하는 것은 하나도 없어요."

"그렇구나. 너의 아빠는 어디 계시니? 여기에 같이 안 오셨니?"

"아뇨. 아빠는 아직 프랑스에 계세요. 처리해야 할 일들이 있으시거든요. 하지만 아빠도 내일 이곳에 도착하실 거예요."

"좋겠구나, 아빠가 오셔서……. 그런데 그분이 정말 너의 아빠가 맞니?"

말타가 소년의 얼굴을 쏘아보면서 질문을 던졌다.

"그럼요. 아빠와 엄마는 결혼하셨고, 제가 두 분의 아들인걸요."

소년은 말타가 무슨 말을 하고 있는지 이해할 수 없다는 듯한 표정을 지었다. 나는 말타의 무례한 인행을 더 이상 참을 수 없었다. 말타는 너무나 뻔뻔스럽고 모욕적인 행동을 하고 있었던 것이다.

나는 말타의 행동을 제지하기 위해 앞으로 나서려고 했다. 바로 그 순간 참으로 이상한 일이 벌어졌다. 갑자기 완구점의 출입문이 활짝 열리면서 추운 바닷바람이 불어닥쳤다. 나는 고개를 들고 출입문을 바라보았다. 어떤 신부가 버티고 서 있는 모습이 보였다.

나중에 알게 된 사실이지만, 그의 이름은 킬포일 신부였다. 피에르와 말타는 장난감들이 진열되어 있는 선반을 빙 돌아서 킬포일 신부 앞에 나타났다. 킬포일 신부와 말타는 9미터 정도 떨어진 거리에서 서로의 얼굴을 마주 바라보았다. 그들은 눈길이 마주치자 서로를 뚫어질 듯이 쏘아보았다.

킬포일 신부는 얼른 오른손을 들어서 이마와 가슴에 성호를 그리기 시작했다. 나는 개신교 신자였기 때문에 신부를 따라서 성호를 그리지는 않았다. 하지만 나는 가톨릭에서 성호를 그리는 것이 하나님의 보호를 구하는 행동이라는 사실을 잘 알고 있었다.

"이리 와라, 피에르."

킬포일 신부는 성호를 그린 후에 소년을 부르면서 손을 앞으로 내밀었다. 하지만 킬포일 신부의 두 눈은 여전히 말타에게 고정되어 있었다.

신부와 말타!

두 사람 사이에서 무언의 싸움이 일어나고 있는 것이 분명했다. 그리고 두 사람의 눈길이 마주치자 그곳에는 바다에서 불어오는 바람보다 더욱 냉랭하고 싸늘한 기운이 감돌기 시작했다.

나는 한 시간 전의 즐거운 분위기를 다시 되살리기 위해 억지로 명랑한 목소리로 말했다.

"부인, 스티플체이스 파크에서 가장 자랑스럽고 또한 가장 재미있는 것을 소개하겠습니다. 그것은 바로 거울의 집입니다. 정말 신기합니다. 제가 보여드리도록 하겠습니다. 이제부터 저를 따라오도록 하시지요. 금방 기분이 좋아지실 것입니다. 아드님은 그냥 이곳에서 기다리도록 해도 됩니다. 피에르 군은 다른 장난감을 구경하면서 한참 동안 시간을 보낼 수 있을 것입니다. 아드님은 장난감에 온통 정신이 팔려 있는 것 같으니까요. 사실 이곳에 오는 어린아이들이 거의 다 그렇긴 합니다만……."

자작 부인은 어떻게 하는 것이 좋을지 마음을 결정하지 못하는 것 같았다. 틸리유 씨는 편지에서 반드시 자작 부인을 데리고 거울의 집으로 가도록 하라고 강조했다. 나는 마음속으로 그 사실을 떠올리면서 혹시라도 그 지시를 어기게 되면 어쩌나 은근히 걱정하였다. 그 이유가 무엇인지는 도저히 알 길이 없었다.

자작 부인은 마치 도움을 청하듯 신부를 바라보았다.

"그렇게 하세요. 세상에는 신기한 것들이 많으니까 한번 보시는 것도 좋을 겁니다. 피에르는 제가 데리고 있을 테니까 걱정하지 마세요. 시간은 충분합니다. 리허설은 점심식사 후로 예정되어 있으니까요."

신부는 천천히 고개를 끄덕이면서 자작 부인에게 말했다. 그러자 자작 부인도 나를 바라보면서 고개를 끄덕였다. 자작 부인은 이내 나를 따라나섰다. 완구점에서 벌어졌던 일은 몹시 기이했다. 어린 소년과 엄마가 함께 어떤 원숭이 인형도 연주하지 않는 곡을 찾아서 돌아다니는 것은 누가 보더라도 이상하게 여길 만했다. 하지만 그 다음에 일어난 사건에 비하면 그리 이상하다고 할 수도 없었다. 그것은 바로 내가 이제까지 일어난 일을 이렇게까지 상세하고 정확하게 이야기하고 있는 이유였기 때문이다.

자작 부인과 나는 출입구를 통해 거울의 집으로 들어갔다. 그 출입구는 거울의 집으로 들어갈 수 있는 유일한 문이었다. 자작 부인은 복도의 왼쪽과 오른쪽을 번갈아가면서 쳐다보았다. 나는 그녀에게 어느 쪽으로 갈 것인지 선택하라고 손짓했다. 자작 부인은 어깨를 으쓱거리면서 환하게 웃었다.

잠시 후에 자작 부인은 오른쪽으로 몸을 돌렸다. 나는 재빨리 조종실로 올라가서 천장의 거울을 힐끗 올려다보았다. 그녀가 통로를 따라 천천히 걸어가고 있는 모습이 보였다. 그녀는 이미 오른쪽 통로를 절반가량 지나가고 있었다.

나는 스위치 한 개를 움직였다. 그것은 거울을 회전시켜서 그녀가 거울의 집 중심부를 향해 나아가도록 유도하기 위한 것이었다. 그런데 아무 일도 일어나지 않았다. 나는 다시 한 번 스위치를 움직여서 거울이 움직이도록 시도했다.

하지만 여전히 거울은 움직이지 않았다. 조종 장치가 전혀 작동하지 않고 있었던 것이다. 나는 그녀가 여전히 외곽의 통로를 따라 움직이고 있는 것을 볼 수 있었다. 그런데 갑자기 이상한 일이 벌어졌다. 거울이 저절로 회전하기 시작했던 것이다.

거울이 회전하자 부인이 걸어가던 길이 딱 막히게 되었다. 그녀는 다른 길을 찾아서 이동하기 시작했다. 결국 그녀는 거울의 집 중심부를 향해 나아가게 되었다. 그것은 정말 이상한 일이었다. 나는 아무것도 움직인 게 없었는데, 분명히 거울이 저절로 회전을 한 것이다.

"거울을 조종하는 장치가 고장난 거야!"

나는 몹시 당황할 수밖에 없었다. 나의 머릿속에서 자작 부인의 안전을 지켜야만 한다는 생각이 떠올랐다. 그녀가 거울의 집에 갇히지 않고 무사히 밖으로 나갈 수 있도록 해야만 하는 것이다.

나는 출입문을 향해 곧장 나아갈 수 있는 통로를 만들기 위해서 부지런히 스위치를 움직였다. 하지만 아무리 스위치를 움직여도 제대로 작동되는 거울이 없었다. 그 대신에 미로 속에서 거울들이 제멋대로 움직이고 있었다. 마치 거울들이 살아서 움직이고 있거나 아니면 다른 누군가에 의해 조종되고 있는 것만 같았다.

점점 더 많은 거울들이 회전하면서 자작 부인의 영상이 20개로 늘어났다. 이제 나는 더 이상 어느 것이 진짜 부인의 모습이고 어느 것이 거울에 비친 영상인지 구별할 수 없게 되고 말았다.

갑자기 자작 부인이 걸음을 딱 멈추었다. 그녀는 거울의 집 중심부에 있는 작은 방에 갇히고 말았던 것이다. 그런데 그 방의 한쪽 벽에서 다른 사람이 움직이고 있었다. 나는 기다란 코트가 펄럭이는 모습을 언뜻 볼 수 있었다. 순식간에 그 코트 자락은 20개의 영상으로 불어났다. 그런 다음에 곧바로 어디론가 사라지고 말았다. 한 가지 분명한 것은 그 코트 자락이 자작 부인의 것이 아니라는 점이었다. 자작 부인의 코트는 자주색이었는데, 거울에 비친 코트는 검은색이었던 것이다.

갑자기 자작 부인이 두 눈을 휘둥그레 떴다. 그녀는 흠칫 놀라면서 손으로 얼른 자신의 입을 가렸다. 그녀는 거울을 등지고 서 있는 어떤 존재를 뚫어지게 바라보고 있었다. 하지만 나는 그 존재를 볼 수 없었다. 그 존재는 천장의 거울에 비치지 않는 단 하나의 지점에 서 있었던 것이다.

"결국 당신이었군요."

마침내 자작 부인이 입을 열면서 나지막한 목소리로 말했다. 그 순간 나는 한 가지 놀라운 사실을 깨달았다. 또 다른 누군가가 거울의 집으로 들어왔을 뿐만 아니라 나의 눈에 뜨이지 않은 채, 미로를 헤치고 중심부까지 접근했던 것이다.

하지만 그것은 도저히 있을 수 없는 일이었다. 절대로 불가능한 일이었다. 나는 주위를 둘러보다가 천장에 설치되어 있는 거울의 기울어진 각도가 지난밤 사이에 바뀌었다는 사실을 점차 깨닫게 되었다. 그래서 그 거울은 거울의 집 내부의 절반만을 비추고 있었던 것이다. 다른 쪽 절반은 거울에 전혀 비추어지지 않았다.

나는 거울에 비친 자작 부인의 모습은 얼마든지 볼 수 있었다. 그러나 그녀와 이야기를 나누고 있는 유령의 모습은 전혀 볼 수 없었다. 그녀와 마주보고 있는 사람의 모습은 보이지 않았지만, 그들이 나누고 있던 이야기는 들을 수 있었다. 나는 지금 그 당시를 회고하면서 그들의 이야기를 여기에 정확하게 기록하려고 한다.

지금 어떤 사람이 거울의 집으로 침입했다. 부유하고 유명하고 재능이 뛰어나고 무척 고상한 이 프랑스 여인이 그 사람을 바라보면서 몸을 떨고 있었다. 나는 그녀의 두려움을 생생하게 느낄 수 있었다. 하지만 나는, 그녀가 두려움에 떨고 있으면서도 다른 한편으로는 그 사람에게 이끌리고 있다는 느낌을 받았다.

나중에 나는 두 사람의 대화 내용을 정리해 보았다. 내가 들었던 대화의 내용을 고려할 때, 자작 부인은 그녀의 과거에서 온 사람과 만났던 것이 분명했다. 과거에 자작 부인을 그물망 안에 가두어놓고 있었던 그 누군가였다. 그 그물의 정체는 무엇일까? 그것은 바로 두려움의 그물이었다.

나는 그것을 느낄 수 있었다. 그것은 또한 사랑의 그물이었던가? 어쩌면 그럴지도 모르는 일이었다. 아주 먼 과거에 있었던 사랑의 그물일지도 몰랐다. 게다가 그 그물은 경외심까지 담고 있었다. 그가 누구인지 모르지만, 그가 과거에 어떤 존재였는지 모르지만, 그녀는 아직도 여전히 그의 힘과 존재에 대해 경외심을 가지고 있었던 것이다.

나는 그녀가 가늘게 몸을 떠는 것을 보았다. 하지만 그가 위협을 하거나 협박을 하고 있었던 것은 아니었다. 나는 그들이 나누었던 대화를 여기에 기록해 두고자 한다.

그: 물론이오. 다른 사람일 것이라고 생각했소?

그녀: 아니에요. 원숭이 인형을 본 후에는 아니었어요. 또다시 〈가장 무도회〉를 듣게 되다니……. 그 동안 오랜 세월이 흘렀군요.

그: 그렇소. 13년이라는 길고 긴 세월이오. 그 동안 나를 생각했던 적이 있었소?

그녀: 물론이에요. 당신은 나의 음악적 스승이었던걸요. 하지만

나는 당신이······.

그: 내가 죽었다고 생각했소? 아니오. 크리스틴, 내 사랑. 나는
죽지 않았소.

그녀: 내 사랑? 그렇다면 당신은 아직도?

그: 언제나 그리고 영원히, 내 생명이 다할 때까지 나는 당신을
사랑할 거요. 크리스틴, 내 마음속에서 당신은 여전히 나의 사람이
오. 나는 당신을 유명한 가수로 만들어주었지만 당신을 가질 수는
없었소.

그녀: 당신이 홀연히 사라졌을 때, 나는 당신이 영원히 떠나버
린 것이라고 생각했어요. 그리고 나는 라울과 결혼했어요.

그: 나도 알고 있소. 나는 당신의 걸음, 당신의 움직임, 당신의
성공······. 그 모든 것을 전부 다 알고 있었소.

그녀: 에릭, 무척 견디기 힘들었겠군요?

그: 너무나 힘들었소. 하지만 나의 인생길은 언제나 힘든 것이
었소. 당신은 아마 상상도 하지 못할 거요.

그녀: 당신이 나를 이곳으로 오게 했나요? 오페라 극장······. 그
것도 당신의 소유인가요?

그: 그렇소. 모두 나의 것이오. 그리고 나에게는 더 많은 재산이
있소. 프랑스의 절반이라도 사들일 수 있는 막대한 재산이 내 수중
에 있단 말이오.

그녀: 오, 에릭! 도대체 왜 그런 일을 했나요? 나를 그냥 가만히

내버려둘 수는 없었나요? 나에게 원하는 게 뭐죠?

그: 나와 함께 있어 주시오.

그녀: 그럴 수는 없어요.

그: 오, 크리스틴! 제발 나와 함께 있어 주시오. 벌써 수많은 시간이 흘렀고 모든 것들이 바뀌었소. 나는 당신에게 전세계의 모든 오페라 극장을 줄 수도 있소. 당신이 요구하는 것은 무엇이든지 다 들어줄 수 있단 말이오.

그녀: 에릭, 그럴 수는 없어요. 나는 라울을 사랑해요. 제발 그 사실을 받아들여 주세요. 당신이 나를 위해서 했던 그 모든 것들을 나는 하나도 빠짐없이 기억하고 있어요. 그리고 진심으로 감사하고 있어요. 하지만 나의 마음은 이미 다른 사람의 것이에요. 그것은 영원히 바꿀 수 없어요. 그것을 이해할 수 없나요? 받아들일 수 없나요?

오랫동안 무거운 침묵이 흘렀다. 거절당한 연인이 슬픔을 극복하기 위해 애쓰고 있는 것 같았다.

한참 후에 그가 침묵을 깨고 다시 말을 이어나갔다. 그의 목소리는 가늘게 떨리고 있었다.

그: 좋소. 그래야만 한다면 그 사실을 담담하게 받아들이도록 하겠소. 내 마음은 이루 헤아릴 수조차 없을 정도로 많은 상처를 받았으며, 숱한 고통에 시달리고 있었소. 나는 그런 상황에 익숙하

기 때문에 얼마든지 참을 수 있소. 하지만…… 당신에게 한 가지 부탁이 있소. 나에게 아들을 돌려주시오.

그녀: 아들?

그: 그렇소. 나의 아들이오.

그녀: 당신의…… 아들이라구요?

그: 물론이오. 나의 아들, 아니 우리의 아들 피에르 말이오.

그의 말이 끝나자 순식간에 자작 부인의 얼굴에서 핏기가 모두 사라졌다. 자작 부인의 얼굴이 마치 백지장처럼 창백하게 질렸다. 몇십 개의 거울에 그녀의 영상이 고스란히 비추어졌다. 나는 그녀의 창백한 얼굴을 똑똑히 볼 수 있었다. 그녀는 두 손을 들고 얼굴을 가렸다.

갑자기 그녀의 몸이 흔들리기 시작했다. 나는 그녀가 기절이라도 하지 않을까 몹시 두려웠다. 나는 비명을 지르려고 했지만 목소리가 목에 잠겨서 제대로 나오지 않았다. 나는 지금 내가 도저히 이해할 수 없는 무엇인가를 목격하고 있는 무력한 방관자에 불과했던 것이다.

마침내 부인이 얼굴을 가리고 있던 손을 내렸다. 그리고 아주 작은 목소리로 속삭였다.

그녀: 그 말을 누구에게 들으셨나요?

그: 마담 지리로부터 들었소.

그녀: 이런! 도대체 왜 그녀는 당신에게 그 말을 했을까요?

그: 그녀는 죽어가고 있었소. 그녀는 지난 수십 년 동안 은밀하게 간직하고 있었던 비밀을 나에게 알려주고 싶었던 거요.

그녀: 마담 지리가 거짓말을 한 거예요.

그: 아니오. 어두운 골목에서 비극적인 총격 사건이 일어났을 때, 그녀가 직접 라울을 돌보았소.

그녀: 라울은 선량하고 친절한 사람이에요. 그는 나를 사랑했어요. 그리고 피에르를 마치 친자식처럼 키웠어요. 하지만 피에르는 그 사실을 전혀 모르고 있어요.

그: 라울은 알고 있소. 당신도 알고, 나도 알고 있소. 그러니까 나에게 아들을 돌려주시오.

그녀: 에릭, 그럴 수는 없어요. 적어도 지금은 아니에요. 피에르는 곧 열세 살이 될 거예요. 앞으로 5년만 더 있으면 성인이 될 거구요. 그 시기가 되면 내가 직접 피에르에게 모든 것을 말해 주겠어요. 오, 에릭! 내가 약속하겠어요. 피에르의 열다섯 번째 생일에 죄다 말해 주겠어요. 하지만 아직은 아니에요. 그 아이는 진실을 받아들이지 못할 거예요. 피에르는 아직도 엄마를 필요로 하는 어린아이에 불과해요. 나중에 어른이 되어서 모든 사실을 이해할 수 있게 되면, 진실을 말해 주겠어요. 그런 다음에 그 아이가 직접 선택하도록 할 거예요.

그: 크리스틴, 꼭 약속해 주겠소? 내가 5년만 기다린다면…….

그녀: 당신은 아들을 가지게 될 거예요. 5년 후에 말이에요. 만약 당신이 그 아이의 마음을 얻을 수만 있다면 그 아이는 당신의 아들이 될 거예요.

그: 그렇다면 기다리겠소. 나는 이미 오랜 세월을 기다림 속에서 살아왔소. 다른 아버지들이 아들을 품에 안을 때마다 느끼게 되는 사랑, 그 행복을 조금이라도 맛보기 위해 너무나 오랫동안 기다려왔단 말이오. 그 세월에 비하면 5년은 아무것도 아니오. 크리스틴, 나는 얼마든지 기다리도록 하겠소.

그녀: 고마워요, 에릭. 사흘 후에 나는 다시 한 번 당신을 위해서 노래를 부르겠어요. 그 자리에 계실 거죠?

그: 물론이오. 아마도 나는 당신이 생각하는 것보다 훨씬 가까운 곳에 있을 거요.

그녀: 그래요. 나도 당신만을 위해서 노래하겠어요. 오래 전에 노래했던 것과는 정말 다를 거예요.

바로 그 순간이었다. 나는 거울의 집에서 마담과 유령 이외에 다른 무엇인가가 움직이는 것을 보았다. 나는 너무나 놀란 나머지 거의 조종석에서 떨어질 뻔했다. 무슨 방법을 썼는지 모르겠지만, 또 다른 한 남자가 거울의 집으로 몰래 침입했던 것이다.

나는 그가 어떤 통로를 사용해서 거울의 집으로 들어왔는지 알 수 없었다. 하지만 한 가지 확실한 것은 그가 출입구를 통해서 들어오지 않았다는 사실이었다. 그 출입구는 바로 내가 앉아 있는 조종석 밑에 있었으며, 내가 그 자리에 있는 동안 출입구를 통해서 들어온 사람은 마담 이외에는 아무도 없었기 때문이었다.

그 남자는 거울의 집을 설계한 사람만이 알고 있는 비밀 출입구를 이용해서 살짝 들어왔던 것이 분명했다. 처음에 나는 마담과 이야기를 나누고 있는 남자의 영상이 거울에 비친 것이라고 생각했다. 하지만 마담과 이야기를 나누고 있는 남자는 펄럭이는 망토를 입고 있었다. 이 형체는 검은색 옷을 입고 있긴 했지만 망토를 입고 있지 않았다.

제2의 남자는 거울의 집 중심부로 이어지는 통로에서 몸을 숨기고 있었다. 그는 두 개의 거울 사이로 나 있는 아주 미세한 틈에 귀를 붙인 채 잔뜩 몸을 웅크리고 있었다. 그 틈 너머로 중심부에 있는 거울의 방이 있었다. 그리고 그 방에는 프랑스 자작 부인과 정체를 알 수 없는 남자가 이야기를 나누고 있었다. 그 남자는 과거에 자작 부인의 연인이었던 것이다.

문득 제2의 남자가 자신을 내려다보고 있는 나의 시선을 의식한 것 같았다. 그가 갑자기 빙글 돌아서면서 주위를 둘러보고 난 후에 눈을 위쪽으로 돌렸다. 비스듬한 각도로 천장에 매달려 있는 관찰용 거울에 그의 모습이 비쳤다. 그와 동시에 나의 모습도 그에게 비쳐지고 말았다. 그의 머리카락은 그가 입고 있는 코트처럼 새까만 색이었다. 하지만 그의 얼굴은 그가 입고 있는 셔츠처럼 창백할 정도로 새하얗다. 나는 그의 정체를 깨닫게 되었다. 그는 바로 다름 아닌 말타였던 것이다. 불타는 듯한 그의 두 눈동자가 일순간 나를 무섭게 쏘아보았다.

그런 다음에 그는 쏜살같이 거울의 집에서 나갔다. 다른 사람들은 모두 길을 잃고 헤매는 복잡한 미로 속에서 그는 전혀 어렵지 않게 길을 찾았던 것이다. 나는 그를 제지하기 위해 서둘러 조종실에서 내려왔다.

나는 거울의 집 밖으로 나온 후에 말타의 뒤를 쫓아서 건물 주위를 빙 돌아갔다. 말타는 벌써 저만치 앞서가고 있었다. 이미 비밀 출입구를 빠져 나와서 공원의 정문을 향해 재빨리 달려가고 있었던 것이다. 나는 지배인의 우스꽝스러운 복장과 기다란 신발을 신고 있었기 때문에 말타의 뒤를 쫓아서 달려간다는 것은 거의 불가능한 일이었다.

그래서 나는 그저 멍하니 말타의 모습을 지켜보는 수밖에 다른 도리가 없었다. 정문 앞에는 또 다른 마차가 대기하고 있었다. 그것은 지붕이 모두 덮여 있는 사륜마차였다. 말타는 날쌔게 마차 안으로 뛰어들어가더니 재빨리 문을 닫았다. 마차는 즉시 놀이공원에서 떠났다. 말타가 타고 있던 마차는 개인 소유의 마차임이 분명했다. 그런 종류의 마차는 코니아일랜드에서 빌릴 수가 없었기 때문이었다.

하지만 말타는 사륜마차에 오르기 전에 두 사람의 곁을 지나가야만 했다. 한 사람은 신문사에서 근무하는 기자였다. 그 젊은 기자는 거울의 집과 가까운 곳에 서 있었다. 검은 코트를 입고 있던 말타는 그 기자의 옆을 달려가면서 외마디 소리를 질렀다.

그러나 나는 그 말을 알아들을 수 없었다. 그 소리는 이내 바닷바람 소리에 실려가 버리고 말았던 것이다. 그렇지만 그 기자는 들었던 것이 분명했다. 그 소리를 듣자 기자는 깜짝 놀란 표정으로 말타를 바라보았다. 하지만 기자는 말타의 행동을 제지하기 위한 어떤 시도도 하지 않았다.

놀이공원의 정문을 향해 달려가던 말타가 스치듯 지나간 또 다른 사람은 바로 신부였다. 정문과 아주 가까운 곳에 그 신부가 서 있었던 것이다. 신부는 이미 피에르를 마차에 태운 후 자작 부인을 찾으려고 다시 공원 안으로 걸어 들어오고 있던 중이었다.

나는 재빨리 도망을 치던 말타가 일순간 죽은 듯 그 자리에 우뚝 멈추어 서는 것을 보았다. 말타는 무서운 눈빛으로 신부를 쏘아보고 있었다. 그 신부 역시 말타를 뚫어지게 응시하고 있었다. 말타는 고개를 돌리더니 다시 마차를 향해 뛰어갔다.

이제 나는 완전히 혼란의 소용돌이에 빠지고 말았다. 처음에는 자작 부인과 아들이 어떤 인형도 연주하지 않는 곡조를 찾아서 완구점에 진열되어 있던 원숭이 인형들을 모조리 조사했다. 사실 그것만으로도 너무나 이상한 일이었다. 그런데 말타라는 이상한 남자가 나타나서 추호도 의심하지 않는 순진한 소년에게 야릇한 질문을 던졌다. 그리고 말타와 가톨릭 신부 사이에서 기묘한 증오감과 저항감이 감돌았다.

그런데 더욱 이상한 일이 거울의 집에서 연속적으로 발생했다. 거울을 조종하는 스위치들이 모두 작동이 안 되는 놀라운 사건이 벌어졌던 것이다. 더욱이 나는 유명한 오페라 여가수와, 과거에 그녀를 사랑했으며 또한 그녀의 아들의 아버지인 사람이 나누었던 비밀 이야기들을 모두 엿듣고 말았다. 그리고 몰래 두 사람의 대화를 엿듣고 있던 말타까지 발견했던 것이다.

시간이 갈수록 더욱더 이해하기 어려운 일들이 꼬리에 꼬리를 물고 일어났다. 나는 너무 많은 것들을 한꺼번에 듣고 보았던 것이다. 몹시 당황한 나머지 나는 아직까지도 거울의 집 미로 속에 갇혀 있는 샤니 자작 부인에 대해 까맣게 잊어버리고 말았다.

잠시 후 나는 겨우 샤니 자작 부인이 아직까지도 거울의 집에 갇혀 있다는 사실을 떠올릴 수 있었다. 나는 그녀를 꺼내주기 위해 서둘러 거울의 집으로 들어갔다. 그녀는 여전히 거울의 방에 머무르고 있었다. 나는 조바심을 내면서 조종 장치의 스위치를 눌렀다.

그런데 신기하게도 조종 장치는 모두 아무런 일도 없었다는 듯 작동되기 시작했다. 곧이어 자작 부인은 거울의 집에서 밖으로 나올 수 있었다. 그녀의 얼굴은 몹시 창백하게 질려 있었으며 침울한 표정을 짓고 있었다.

하지만 자작 부인은 나에게 감사하다는 인사를 잊지 않았다. 그녀는 나를 향해 두둑한 액수의 팁을 내밀면서 정중한 태도로 말했다.

"고맙습니다."

이윽고 자작 부인은 기자와 신부와 아들과 함께 다시 마차에 올라탔다. 나는 공원의 정문까지 그녀의 일행을 배웅했다. 하지만 내가 가장 놀랐던 것은 거울의 집으로 돌아오고 난 다음이었다. 내가 거울의 집에 도착했을 때, 입구에 낯선 남자가 우뚝 서 있었던 것이다.

의문의 남자!

점차 사라지는 마차의 뒷모습을 망연자실 지켜보고 있었던 남자가 건물 구석에 서 있었다. 조금 전까지 거울의 집에서 자작 부인과 함께 대화를 나누었던 그 남자가 분명했다. 마차 속에는 그 남자의 아들이 타고 있었던 것이다. 바람에 흩날리는 검은 코트만 보아도 알 수 있었다.

분명히 그는 거울의 집 속에서 일어났던 그 신비로운 사건의 주인공이었다. 하지만 무엇보다도 심장이 멎어버릴 정도로 나를 놀라게 만들었던 것은 바로 그의 얼굴이었다.

그의 얼굴은 심하게 일그러져 있었으며 매우 끔찍했다. 얼굴의 4분의 3 정도가 창백한 가면에 가려져 있었다. 그런데 가면 뒤에 박혀 있는 두 개의 눈동자는 극심한 분노로 활활 타오르고 있었다.

그것은 모든 것을 거부당한 남자의 눈빛이었다. 자신의 의지가 꺾이는 것을 좀처럼 용납하지 못하는 위험스러운 남자의 모습이었다. 그는 내가 가까이 다가오는 소리를 듣지 못한 것 같았다. 그 남자는 나지막한 목소리로 혼자 중얼거렸다.

"5년……. 5년이라! 절대로 안 돼. 그 아이는 나의 아들이야. 나는 반드시 그 아이를 차지하고 말 거야."

그 남자는 이렇게 말한 후에 휙 돌아서더니 거울의 집 뒤쪽에 있는 울타리 사이로 사라지고 말았다. 나중에 나는 서프가 방향으로 나 있는 울타리에서 말뚝 세 개가 없어진 것을 발견했다. 이 이상한 사건이 일어나고 난 후 나는 그 남자와 말타의 모습을 두 번 다시 볼 수 없었다.

나는 이제부터 어떻게 하는 것이 좋을지 곰곰이 생각을 정리하기 시작했다. 조금 전에 그 남자는 분명히 아들이 자신에게 돌아오게 되는 5년이라는 시간을 기다릴 의사가 전혀 없다고 중얼거렸다. 그 사실을 샤니 자작 부인에게 알려주어야 할 것인가? 아니, 어쩌면 분노가 가라앉고 나면 그 남자도 침착한 마음을 되찾을 수 있지 않을까?

나는 이 문제에 대해 가벼운 마음으로 접근하는 것이 좋겠다고 판단했다. 내가 우연히 듣게 되었던 것은 한 집안의 가정 문제에 불과했으며, 언젠가는 저절로 해결될 일이라는 생각이 들었던 것이다. 그래서 나는 혼자 그 사실을 알고 있기로 결심했다.

하지만 나는 켈트 사람이었다. 어제 이 자리에서 그 사건을 목격한 후 나는 이유를 알 수 없는 불길한 예감에 휩싸이고 말았던 것이다.

13
조셉 킬포일 신부의 기도

1906년 12월 2일
뉴욕 성 패트릭 성당

"신이여! 부디 자비를 베푸소서. 주여! 긍휼을 내려주소서. 저는 헤아릴 수조차 없을 정도로 수없이 당신께 기도드렸습니다. 기억조차 못할 정도로 수많은 시간을 당신께 기도했습니다. 해가 쨍쨍 비칠 때에도, 한밤중의 어둠 속에서도 애타게 당신을 찾았습니다. 하나님의 고귀한 성전에서도 당신을 불렀으며, 저의 작은방에서도 당신을 간구했습니다. 때때로 저는 당신께서 저의 기도에 응답해주시리라고 생각했습니다. 어느 한순간 정말로 당신의 음성을 듣고 당신의 인도하시는 손길을 느끼는 것처럼 여겨질 때도 있었습니다. 그것은 모두 저의 어리석은 망상에 불과했을까요? 우리는 진실로 기도를 하면서 당신과 교제를 나누는 것입니까? 그렇지 않으면 우리는 그냥 우리 자신의 공허한 목소리를 듣고 있을 뿐입니까? 주여! 만약 제가 의심을 품었다면 부디 용서해 주십시오. 저는 진실한 믿음을 갖기 위해 지금까지 줄곧 노력하고 있었습니다. 주여! 이제 제 말을 들어주소서. 이렇게 당신께 애원합니다. 저는 지금 너무나 당황하고 있으며, 두려움에 몸을 떨고 있습니다. 저는 학자가 아닙니다. 그저 아일랜드 시골의 한 소년에 불과했을 뿐입니다. 제 말에 귀를 기울이시고 저를 도와주소서."

"조셉아, 내가 여기 있느니라. 네 마음의 평안을 깨뜨리는 것이 무엇이냐?"

"주여, 제가 이토록 깊이 놀라고 두려움에 떠는 것은 이번이 처음입니다. 진정으로 두렵습니다. 하지만 제가 무엇 때문에 이리도 두려운 것인지 제 자신도 잘 알 수가 없습니다."

"두려움이라? 그것은 나도 개인적으로 잘 알고 있는 것이다."

"주여! 당신께서도 알고 계신다구요? 아닙니다. 그럴 리가 없습니다."

"그것은 사실이다. 그들이 높은 십자가 위에 내 손목을 묶었을 때, 내가 무엇을 느꼈을 거라고 생각하느냐?"

"당신께서도 두려움을 느끼실 수 있다고는 전혀 상상조차 하지 못했습니다."

"조셉아, 그 당시에는 나도 인간이었느니라. 인간의 모든 약점과 허물을 지니고 있는 나약한 존재였느니라. 그것이 이 모든 것의 본질이니라. 인간은 위기에 처했을 때, 커다란 두려움을 느낄 수 있느니라. 그래서 그들이 나에게 철과 납조각들이 잔뜩 박혀 있는 가죽 채찍을 보여주면서 앞으로 어떠한 형벌을 가할 것인가를 말했을 때, 나도 두려움과 공포에 울고 말았단다."

"주여! 저는 결코 그런 생각을 해본 적이 없었습니다. 그런 기록을 어디에서도 보지 못했나이다."

"그런데 너는 무엇 때문에 그리도 두려워하고 있느냐?"

"저는 이 거대한 도시 안에서 무슨 일인가 벌어지고 있다는 것을 느낄 수 있습니다. 그런데 그것을 도저히 이해할 수가 없습니다."

"너의 두려움을 알 것 같구나. 이해할 수 있는 것에 대한 두려움은 비록 견디기 힘들다고 해도 그 한계가 있다. 하지만 그렇지 않은 것에 대한 두려움은 더욱 견디기 어려운 것이다. 나에게 구하는 것이 무엇이냐?"

"주여! 저는 지금 당신의 용기와 힘이 필요합니다."

"사랑하는 조셉아, 너는 이미 용기와 힘을 가지고 있느니라. 네가 나에게 맹세를 하고 신부가 되었을 때, 너는 이미 그것들을 물려받았느니라."

"주여! 그렇다면 저는 그것들을 가질 가치가 없는 사람입니다. 저는 지금 어떤 용기도 낼 수가 없습니다. 제 자신이 너무나 무기력하게 느껴지나이다. 당신께서는 멀린가 출신의 시골 소년을 종으로 받아들이셨습니다. 하지만 너무나 허약하고 형편없는 그릇을 고르신 것이 아닐까 몹시 두렵기만 합니다."

"아니다. 내가 너를 선택한 것이 아니라, 네가 나를 선택한 것이니라. 하지만 그것은 하등의 문제가 되지 않는다. 내가 선택한 그릇이 깨어진 적이 있었느냐? 그래서 나를 실망시켰던 적이 있었느냐?"

"글쎄요……. 물론 저는 죄를 지은 일이 있습니다."

"그것은 당연한 일이다. 어느 누가 과연 죄를 짓지 않는단 말이냐? 너는 크리스틴 드 샤니에 대해 욕정을 품었었느니라."

"주여! 그녀는 너무나 아름다운 여인입니다. 그리고 저 또한 한 남자일 뿐입니다."

"나도 잘 알고 있느니라. 나도 한때 남자였었느니라. 그것은 매우 힘든 일이다. 그래서 너는 고해를 하고 용서를 받았느냐?"

"네, 그렇습니다."

"생각은 그저 생각일 뿐이다. 너는 그 이상은 아무것도 하지 않았느냐?"

"그렇습니다, 주여! 그저 마음속에서 떠오른 생각에 지나지 않았나이다."

"그렇다면 상관없다. 어쩌면 나의 시골 소년에게 조금은 더 믿음을 가져도 될 것 같구나. 이제부터 네가 품고 있는 설명할 길이 없는 두려움에 대해 말해 보거라."

"이 도시에 한 남자가 살고 있습니다. 몹시 이상한 남자입니다.

우리가 뉴욕에 도착하던 날, 저는 무심코 부두에서 위를 올려다보았습니다. 그러다가 창고의 지붕 위에서 우리를 뚫어지게 응시하고 있는 한 형체를 발견했습니다. 그는 얼굴 전체에 가면을 쓰고 있었습니다. 어제 크리스틴과 피에르와 저는 어떤 기자의 안내를 받으면서 코니아일랜드를 방문했습니다. 크리스틴은 놀이동산에 있는 기구들 중에서 거울의 집이라는 곳에 들어갔습니다. 그리고 어젯밤이었습니다. 그녀는 저에게 고해성사를 부탁했습니다. 그리고 한 가지 비밀을 고백했습니다……."

"나는 너의 머릿속을 훤히 들여다보고 있느니라. 너는 어떤 말이라도 나에게 털어놓을 수 있느니라. 어서 말해 보아라."

"그녀는 거울의 집에서 한 남자를 만났다고 했습니다. 크리스틴은 그 남자의 외모에 대해 묘사했습니다. 그 남자는 제가 부두에서 우연히 목격했던 남자와 동일한 사람이 분명했습니다. 그녀가 오래 전에 파리에서 알았던 그 기형적인 남자 말입니다. 얼굴이 끔찍할 정도로 일그러진 남자……. 그런데 그는 이제 뉴욕에서 무척 부유하고 막강한 힘을 가지게 되었다고 합니다."

"나도 그를 알고 있다. 그의 이름은 에릭이다. 그의 인생은 그리 순탄한 것이 아니었다. 지금 그는 나 아닌 또 다른 신을 숭배하고 있다."

"이 세상에서 당신 이외의 다른 신이란 없나이다, 주여!"

"그것이 올바른 생각이다. 하지만 어리석은 사람들이 숭배하는 수

많은 다른 신들이 있느니라. 그것들은 모두 인간이 만든 신이니라."

"아! 그렇다면 그가 숭배하는 신이란?"

"에릭은 마몬의 종이다. 탐욕과 황금의 신 마몬……."

"오, 주여! 저는 진실로 그를 당신의 품으로 다시 데려오고 싶나이다."

"정말로 갸륵한 일이로다. 그런데 그 이유는 무엇이냐?"

"그는 일반 사람들이 꿈도 꿀 수 없을 만큼 엄청난 부를 축적하고 있는 것 같았습니다."

"조셉아. 너는 영혼을 구제하는 일을 하고 있느니라. 너의 일은 황금과는 전혀 상관 없는 일이다. 그의 재산을 좇고 싶은 욕심이 있느냐?"

"주여! 그것은 저를 위한 일이 아닙니다. 다른 것을 위한 일입니다."

"그 다른 것이 무엇이냐?"

"여기에 있는 동안 저는 밤마다 이 도시의 남동쪽 지역을 돌아다녔습니다. 제가 지금 기도하고 있는 이 성당에서 얼마 떨어지지 않은 곳이지요. 그곳은 아주 끔찍한 곳이었습니다. 지구상의 불지옥이라고나 할까요. 처절한 가난과 불결함과 더러움과 악취와 절망이 그곳을 가득 채우고 있었습니다. 그 속에서 모든 죄악과 범죄가 생겨나고 있습니다. 어린 소년들과 소녀들이 매춘에 이용되고 있으며……."

"조셉아. 지금 너의 말은 나를 책망하는 것처럼 들리는구나. 내가 마치 그런 것들을 허용하기라도 한 것처럼……. 그런 것이냐?"

"주여! 제가 어떻게 감히 당신을 책망할 수 있겠나이까?"

"오, 너는 진실로 나의 신실하고 겸손한 종이로다. 조셉아, 하지만 그런 일들은 이 세상에서 날마다 일어나고 있다."

"저는 그것을 이해할 수가 없습니다."

"내가 설명을 해주겠노라. 나는 인간을 결코 완벽하게 해주겠다고 보장한 일이 없다. 단지 완벽하게 될 수 있는 기회만을 주었을 뿐이다. 그것이 모든 것의 이치이니라. 인간은 선택권과 기회를 동시에 가지고 있느니라. 하지만 나는 절대로 인간에게 강요하지 않는다. 나는 인간에게 부여한 선택의 자유를 신성한 것으로 남겨놓았느니라. 어떤 사람들은 내가 정해놓은 길을 그대로 따라오는 것을 선택하느니라. 하지만 지금 이곳에 있는 대부분의 사람들은 쾌락을 좇고 있느니라. 그것은 바로 자신의 즐거움과 이익을 위하여 다른 사람들에게 고통을 주는 것을 의미하느니라. 물론 이것은 잘 알려진 일이다. 하지만 그리 쉽게 고쳐지지는 않을 것이다."

"하지만 주여! 어째서 인간은 더 나은 존재가 될 수 없는 것인가요?"

"조셉아, 보아라. 만약 내가 다시 지상으로 내려와서 인간의 이마에 손을 올려놓는다면, 그래서 인간을 완벽한 존재로 만든다면 앞으로 이 세상에서 펼쳐지게 될 삶은 어떤 것이 되겠느냐? 당연히 모든 슬픔이 사라질 것이다. 하지만 기쁨 또한 없을 것이니라.

눈물도 없지만 웃음도 없을 것이다. 실패도 없고 성공도 없을 것이다. 무례함도 없지만 또한 예절도 없을 것이다. 편협함도 없지만 관용 또한 없을 것이다. 절망도 환희도 없을 것이다. 죄도 없지만 또한 회개함도 없을 것이다. 만약 그렇게 함으로써 이 땅 위에 아무런 특색도 없고 오직 축복만이 있는 낙원을 세운다면 또한 천국의 왕국 역시 불필요하게 될 것이다. 나는 그런 것을 이루고자 하는 것이 아니다. 그래서 인간은 내가 고향으로 부를 때까지 선택권을 가져야만 하는 것이니라."

"주여! 저도 그렇게 생각합니다. 하지만 아직도 저는 에릭이란 남자와 그의 어마어마한 부를 좀더 나은 일에 쓰이도록 하고 싶습니다."

"어쩌면 너는 그렇게 할 수도 있을 것이다."

"그렇게 할 수 있는 열쇠가 분명히 있을 것만 같습니다."

"물론 모든 일은 언제나 열쇠를 가지고 있는 법이니라."

"주여! 그런데 지금 저의 눈에는 그것이 보이지 않습니다."

"너는 이미 나의 말을 들었느니라. 그 안에서 아무것도 얻지 못했느냐?"

"주여! 얻지 못했나이다. 부디 바라옵건대, 저를 도와주시옵소서."

"조셉아, 네가 찾고 있는 열쇠는 바로 사랑이니라. 언제나 사랑만이 모든 것의 열쇠이니라."

"하지만 그는 크리스틴 드 샤니를 사랑하고 있습니다."

"그래서?"

"그녀가 결혼의 신성한 언약을 깨뜨리는 것을 가만히 지켜보아야만 하는 것입니까?"

"나는 그렇게 말하지 않았다."

"주여! 저는 전혀 이해가 되지 않습니다."

"조셉아, 너는 금방 이해하게 될 것이다. 반드시 그렇게 될 것이니라. 때로는 인내가 필요할 때도 있는 법이니라. 그런데 에릭이라는 남자가 너를 두렵게 하느냐?"

"주여! 아닙니다. 저는 두 번이나 그의 모습을 보았습니다. 한 번은 창고 지붕 위에 서 있는 그를 보았으며, 또 한 번은 나중에 거울의 집에서 도망치는 그를 보았습니다. 그런데 그의 모습 속에는 또 다른 무엇인가가 깃들어 있었습니다. 분노와 절망과 고통……. 그의 영혼 속에서 그런 것들이 느껴졌습니다. 하지만 사악한 것은 없었습니다. 사악한 존재는 다른 사람이었습니다."

"그 사람에 대해서 말해 보아라."

"코니아일랜드 놀이공원에 도착했을 때, 크리스틴과 피에르는 공원 지배인과 함께 곧장 완구점으로 들어갔습니다. 그 당시에 저는 완구점으로 들어가지 않고 잠시 바닷가를 산책하고 있었습니다. 산책을 마치고 완구점으로 들어갔을 때, 피에르는 어떤 젊은이와 함께 있었습니다. 그 젊은이는 피에르를 데리고 완구점 안을 이리저리 돌아다녔습니다. 그런데 그가 피에르의 귀에 대고 나지막한 목소리로 무엇인가 속삭이고 있는 것이 보였습니다. 그의 얼굴은 시체처럼 파리했으며, 눈과 머리카락은 온통 새까맸습니다. 게다가 입고 있던 코트까지도 검은색이었습니다. 나는 그가 완구점의 책임자라고 생각했지요. 하지만 지배인도 그 남자를 그날 아침에 처음 보았다고 나중에 제게 말해 주었습니다."

"조셉아, 그가 마음에 들지 않았느냐?"

"주여! 그가 제 마음에 들거나 안 들거나 하는 것은 별로 큰 문제가 아닙니다. 그에게는 차가운 겨울 바다보다도 더 싸늘한 냉기가 감돌고 있었나이다. 이것이 비단 아일랜드인의 지나친 상상력에서 나온 것일까요? 저는 그의 몸에서 이루 말할 수조차 없을 정도로 사악한 기운을 느낄 수 있었습니다. 그래서 그를 보자 저는 자신도 모르는 사이에 거의 본능적으로 성호를 긋게 되었나이다. 저는 얼른 피에르를 불렀습니다. 그리고 그 젊은이의 손아귀에서 피에르를 데리고 나왔습니다. 그는 그런 저를 어두운 증오의 눈빛으로 날카롭게 쏘아보았습니다. 그날 처음으로 그를 보았을 때 벌어진 일입니다."

"그렇다면 두 번째는 언제인가?"

"먼저 피에르를 마차에 태워놓고 다시 공원으로 돌아오고 있을 때였습니다. 그를 처음 본 후 30분가량 지난 다음이었습니다. 크리스틴은 거울의 집을 구경하기 위해 지배인과 함께 들어가 있었습니다. 갑자기 그 거울의 집 측면에 달려 있는 작은 문이 열리면서 그가 밖으로 뛰쳐나왔습니다. 그는 근처에 서 있던 신문기자를 지나치더니 제가 있는 곳으로 재빨리 달려왔습니다. 그는 공원 정문 앞에서 미리 대기하고 있던 작은 마차에 올라타기 위해 달려오다가 저를 스치듯이 지나가게 되었습니다. 그는 저의 모습을 보자 다시 그 자리에 멈추어 서더니 저를 쏘아보았습니다. 처음 그와 마주쳤을 때와 똑같은 상황이었나이다. 워낙 추운 날씨이기도 했지만 그와 마주치자, 마치 기온이 10도는 더 떨어지는 것만 같았습니다. 저는 부르르 몸을 떨었습니다. 주여! 그가 누구입니까? 그가 원하는 것은 도대체 무엇일까요?"

"조셉아, 너는 다리우스를 말하고 있구나. 너는 다리우스도 올바른 길로 이끌기를 소망하고 있느냐?"

"제가 그를 회개하도록 만들 수는 없을 것 같습니다."

"네 말이 옳다. 다리우스는 이미 자신의 영혼을 마몬에게 팔아버렸다. 다리우스는 황금의 신 마몬의 영원한 종이다. 에릭을 마몬의 성전으로 데리고 간 사람도 바로 다리우스였다. 하지만 다리우스에게는 사랑이 없다. 그것이 에릭과 다리우스의 차이점이니라."

"하지만 주여! 다리우스는 황금을 사랑합니다. 그의 영혼에도 일말의 사랑이 있습니다."

"아니다. 그것은 사랑이 아니라 숭배이니라. 사랑과 숭배는 전혀 다르다. 에릭 역시 황금을 숭배하지만, 그의 영혼에는 사랑이 남아 있다. 그는 한때 고통받는 영혼 깊숙한 곳에서 우러나오는 사랑을 알았었느니라. 그리고 다시 사랑할 수 있을 것이니라."

"그렇다면 제가 그를 회개시킬 수 있는 방법이 있을까요?"

"사랑하는 조셉아! 자기 자신에 대한 사랑을 제외하고 순수한 사랑을 할 수 있는 사람 중에서 죄를 용서받을 수 없는 사람은 아무도 없느니라."

"하지만 주여! 에릭이란 남자도 다리우스처럼 황금을 사랑합니다. 황금과 자기 자신 그리고 다른 남자의 아내를 사랑하고 있습니다. 주여, 저는 도무지 이해할 수가 없습니다."

"조셉아, 네가 잘못 생각하고 있구나. 에릭은 황금을 소중하게 여기고 있다. 그 반면에 그는 자기 자신을 철저히 증오한다. 그리고 그는 자신이 가질 수 없는 여인이라는 사실을 잘 알고 있으면서도 그녀를 깊이 사랑하고 있는 것이다. 조셉아, 이제 내가 가야만 할 것 같구나."

"주여! 저와 함께해 주세요. 조금만 더 머물러주십시오."

"그럴 수 없다. 발칸 지역에서 사악한 전쟁이 벌어지고 있다. 오늘 밤에 수많은 영혼들이 나의 품으로 올 것이니라."

"그렇다면 주께서 말씀하신 그 열쇠는 도대체 어디에서 찾을 수 있을까요? 황금과 에릭 자신과 가질 수 없는 여인, 그것들 외에 그 열쇠란 어디에 있나요?"

"조셉아, 내가 너에게 말하노라. 또 다른 더욱 위대한 사랑을 찾아보아라."

14
게이로드 스프리그스의 평론

1906년 12월 4일

《뉴욕 타임스》

이미 우리에게 널리 알려진 새로운 맨해튼 오페라 하우스가 어젯밤에 드디어 개장했다. 그것은 완전한 승리라고밖에는 달리 표현할 수 없는 거대한 행사였다. 오스카 해머스타인 씨가 새로운 오페라 하우스의 소유주라고 알려져 있다.

　만약 우리의 소중한 국가에서 또다시 내전이 일어난다면, 그것은 오페라 극장의 좌석을 차지하기 위한 전투의 형태로 나타날 것이 분명하다. 어젯밤에 우리의 목전에서 펼쳐진 장관으로 인해 뉴욕 시 전체가 마구 요동쳤던 것이다.

　뉴욕에서 명성을 떨치고 있는 금융계와 문화계의 귀족들이 박스

좌석을 얻기 위해, 혹은 그것이 여의치 못할 때에는 심지어 일등석의 좌석이라도 얻기 위해 얼마나 많은 돈을 지불했는가에 대해서는 그저 막연한 추측밖에 할 수 없다. 당연히 그 돈은 공식적인 입장료를 훨씬 뛰어넘는 막대한 금액이었을 것이라는 사실은 분명하다.

새로운 맨해튼 오페라 하우스는 메트로폴리탄 극장의 반대쪽에 자리잡고 있다. 맨해튼 오페라 하우스는 매우 호화로운 건물이다. 맨해튼 오페라 하우스에는 값비싼 장식품들이 즐비하며, 메트로폴리탄의 복닥거리고 붐비는, 비좁은 로비를 창피스럽게 만들 정도로 넓고 우아한 로비를 갖추고 있다.

어제 무대의 커튼이 올라가기 30분 선이었나. 극장 로비에서 대기하고 있던 나는 매우 놀라운 광경을 목격했다. 미국 전역에서 전설적인 인물로 널리 알려진 유명 인사들이 마치 학교에 등교하는 학생들처럼 극장 안으로 일제히 몰려들어오는 광경을 지켜보았던 것이다. 그중에서도 아주 운.좋은 극소수의 인사들만이 개인 박스 좌석으로 들어갈 수 있었다.

멜론, 밴더빌트, 록펠러, 굴드, 휘트니, 피어폰트 모건 등을 비롯해서 이름만 대면 알 수 있는 가문의 사람들이 우르르 맨해튼 오페라 하우스로 몰려들었다. 그런데 한 사람이 로비에서 그들을 반갑게 맞이하고 있었다. 모든 역경을 물리치고 맨해튼 오페라 하우스를 건설할 정도의 끝없는 추진력과 넘치는 열정을 가지고 있는 그 남자는 바로 담배 산업의 갑부 오스카 해머스타인 씨였다.

오스카 해머스타인 씨는 거대한 부를 축적한 것으로 알려져 있다. 그러나 해머스타인 씨가 벌이고 있는 사업의 이면에는 그보다 훨씬 더 많은 부를 가지고 있는 거물이 있다는 소문이 끊이지 않았다. 하지만 신비한 유령 같은 그 재력가를 실제로 본 사람은 아무도 없었다. 그리고 그런 사람이 실제로 존재한다고 해도 그의 존재를 입증할 수 있을 만한 증거는 그 어디에도 없었다.

맨해튼 오페라 하우스의 널찍하고 화려한 정문과 로비는, 그것을 바라보는 사람들로 하여금 도저히 경탄하지 않을 수 없도록 만들었다. 강당 내부는 예상외로 규모가 작지만 매우 안락했으며 황금색과 주홍색과 자줏빛의 장식품들로 가득 차 있어서 품위가 있으면서도 화려한 분위기를 연출하고 있었다.

그렇다면 우리 모두가 이곳에 모여서 듣고자 했던 새로운 오페라와 노래는 어떠했나? 그것은 모두 지난 30년 동안 내가 한 번도 들어보지 못했던 높은 예술적인 경지에 오른 작품이었으며, 관람객들의 심금을 울릴 만큼 뛰어났다.

나의 이 치졸한 칼럼을 읽고 있는 독자들은 모두 기억하고 있을 것이다. 불과 7주 전에 해머스타인 씨가 개관 기념 공연 작품으로 내정되어 있었던 벨리니의 대작 〈푸리타니〉의 공연을 전격적으로 취소했다는 사실을……

그 대신 그는 이름도 알려지지 않은(아직까지도 그 이름이 알려지지 않은) 미국 작곡가의 완전히 새롭고 현대적인 오페라를 소개하는 위험을 무릅쓰기로 결정했던 것이다. 얼마나 커다란 도박이란 말인가! 그것이 과연 그만한 결실을 가지고 왔던가? 물론이다. 100퍼센트를 상회하는, 아니, 상상을 초월하는 놀라운 결실을 맺었던 것이다.

우선 〈실로의 천사〉 배역에는 파리에서 온 아름답고 우아한 크리스틴 드 샤니 자작 부인이 출연했다. 그녀는 뛰어난 미모뿐만 아니라 천상의 목소리를 갖추고 있었다. 어젯밤에 그녀는 자질을 유감없이 발휘했다. 지금까지 내가 보았던 훌륭한 가수들의 존재가 완전히 그 빛을 잃을 만큼이나 그녀의 노래는 뛰어났다. 나는 어젯밤에, 지난 30년 세월을 통틀어 전세계에서 가장 뛰어난 가수의 노래를 들었던 것이다.

둘째로, 작품 자체가 훌륭한 걸작이었다. 구성이 간단하면서도 심금을 울리는 그 작품을 보고 관객 중 눈물을 흘리지 않은 사람은 단 한 사람도 없었다. 오페라의 이야기는 바로 우리의 역사라고 할 수 있다. 불과 40여 년 전에 일어났던 남북전쟁을 배경으로 삼고 있었던 것이다. 미국인이라면 남쪽이나 북쪽을 불문하고 모두 공감할 수 있는 감동적인 이야기였다.

제1막에서 우리는 코네티컷 주의 멋지고 용감한 변호사 마일즈 레이건을 만나게 된다. 그는 버지니아 주의 부유한 농장주의 딸인 아름다운 유지니 들러루와 깊은 사랑에 빠지고 만다. 레이건 배역에는 지금 한창 인기를 끌고 있는 테너 가수 데이비드 멜로즈가 맡았다. 마일즈와 유지니는 반지를 주고받으면서 서로에게 영원히 변하지 않는 굳은 사랑을 맹세한다. 남부 미녀인 유지니 들러루의 역할을 맡았던 크리스틴 드 샤니의 연기는 매우 훌륭했다. 사랑하는 사람의 청혼을 받고 즐거워하는 순수한 소녀의 마음을 그린 〈영원히 반지와 함께〉라는 아리아에서, 그녀는 그 기쁨을, 객석을 가득 메운 관객 모두에게 고스란히 전달했던 것이다.

유지니의 이웃 농장 주인인 조수아 하워드의 배역은 알레산드로 곤찌가 맡아서 훌륭하게 소화했다. 조수아 역시 유지니에게 사랑을 고백하면서 청혼하지만 거절당하고 만다. 조수아는 남부의 신사답게 그녀의 거절과 마음의 상처를 받아들이고 꿋꿋하게 이겨나간다.

제1막의 마지막 부분에 이르면 서서히 전운이 감돌기 시작한다. 드디어 포트 섬 터에서 처음으로 총성이 울려 퍼졌던 것이다. 마침내 남군과 북군이 전쟁에 돌입했다. 사랑하는 젊은 연인들은 눈물을 흘리면서 이별을 할 수밖에 없었다. 레이건은 코네티컷으로 돌아가서 북군에 가담한 후에 남군과 맞서 싸워야만 한다고 유지니에게 말한다. 유지니 들러루 역시 자신은 남군의 명분에 철저하게 동조하는 가족들과 함께 남아야 한다는 사실을 잘 알고 있다. 제1막은 사랑하는 두 사람이 과연 서로 다시 만날 수 있을 것인지 전혀 가늠할 수 없는 상황에서 부르는 가슴 아픈 이중창으로 끝난다. 두 사람은 이별을 슬퍼하면서 애절한 노래를 부른다.

그 후 2년이라는 세월이 흐르고 제2막이 시작된다. 유지니 들러루는 실로에서 피비린내나는 전투가 벌어지고 난 후 병원 간호사로 자원한다. 그녀는 병원으로 실려 오는 모든 부상병들을 헌신적으로 간호하는 감동적인 모습을 보여준다. 그녀는 환자가 어느 쪽 군복을 입었는지 전혀 상관하지 않았다. 온실의 화초처럼 곱게 살아왔던 남부 처녀 유지니는 이제 전쟁터의 병원에서 처절한 고통과 더러움을 모두 목격하게 된다. 그녀는 전쟁의 처절한 아픔과 비극을 전달하기 위해 〈젊은이들은 왜 죽어가야만 하나?〉라는 아리아를 부르면서 우리의 심금을 울렸다.

유지니의 이웃이자 구애자였던 조수아 하워드 대령은 병원이 위치한 지역을 장악하고 있는 연대를 지휘하게 되었다. 그는 다시 유지니에게 구애한다. 하워드 대령은 그녀에게 북군에 가담한 약혼자를 잊어버리고 이제 자신을 받아달라고 설득한다. 그의 끈질긴 구애에 드디어 유지니의 마음이 흔들리기 시작한다.

이제 막 유지니가 하워드 대령의 청혼을 받아들이기로 결심하려던 순간 새로운 부상병 한 명이 병원에 도착한다. 그는 북군 장교였다. 얼굴 앞에서 화약고가 터지는 바람에 심각한 부상을 입고 병원으로 실려 왔던 것이다. 그의 얼굴은 붕대로 칭칭 감겨져 있었다. 결코 이전의 모습으로 돌아갈 수 없을 정도로 치명적인 상처를 입은 것이 분명했다.

북군 장교는 의식을 잃어버린 상태였지만, 유지니는 그의 손가락에 끼워져 있는 반지를 즉시 알아본다. 그 반지는 그녀가 2년 전 마일즈 레이건과 주고받았던 반지였던 것이다. 비운의 북군 장교는 정말로 레이건 대위였다. 그는 의식을 회복하자마자 약혼녀를 알아보지만, 자신이 의식을 잃고 있는 동안 유지니가 자신의 정체를 파악했다는 사실은 알지 못한다. 그 순간 정말로 아이러니컬한 장면이 우리의 눈앞에 펼쳐진다. 하워드 대령이 병실로 들어와서 또다시 유지니 들러루에게 구애했던 것이다.

하워드 대령은 유지니에게 그녀가 사랑했던 레이건 대위는 이제 전쟁터에서 전사한 것이 분명하다고 말한다. 하지만 유지니와 관객들은 레이건 대위가 미처 1미터도 떨어지지 않은 병상에 드러누워서 이 모든 광경을 지켜보고 있다는 사실을 잘 알고 있었다.

마침내 레이건 대위는 비록 자신이 붕대에 감긴 채 침대에 드러누워 있지만, 그래도 유지니가 자신이 누구인지 알고 있다는 사실을 깨닫는다. 그리고 처음으로 거울을 본 레이건 대위는 한때 미남이었던 자신의 얼굴이 이제 완전히 망가져 있다는 사실을 알게 된다. 그는 병실을 지키던 군인으로부터 권총을 빼앗은 후 자살을 시도한다. 하지만 남군과 두 명의 북군 환자들이 그를 제지하면서 제2막이 끝나게 된다.

제3막은 이 작품의 클라이맥스답게 몹시 감동적이었다. 오페라를 관람하는 사람들로 하여금 눈시울을 적시게 했기 때문이다. 유지니의 약혼자였던 레이건 대위는 남군을 두려움에 떨게 했던 '레이건의 침입자들'로 널리 알려진 연대의 지휘관이었다. 그런데 하워드 대령이 그 사실을 알게 되었던 것이다. 레이건은 부하들을 이끌고 몰래 매복해 있다가 갑자기 남군을 공격해서 치명적인 피해를 입힌 작전을 수행했었다. 그래서 하워드 대령은 레이건이 잡히기만 하면 임시 군법회의에 회부되고 즉시 총살형을 받게 될 것이라는 사실을 공표한다. 하지만 하워드 대령은 여전히 병원에 있는 북군 부상병 가운데 한 명이 레이건이라는 사실을 모르고 있었다.

이제 유지니 들러루는 심각한 딜레마에 빠지게 된다. 사랑하는 사람을 위해 비밀을 혼자 간직해야 하는가? 하지만 그것은 자신이 소속되어 있는 남군을 배신하는 행동이었다. 그렇다면 아직도 사랑하고 있는 사람의 존재를 폭로해야 하는가?

그런데 잠시 동안 남군과 북군 사이에서 휴전이 선포되고, 영구적으로 전투력을 상실한 것으로 여겨지는 포로들의 교환이 이루어지게 된다. 얼굴이 완전히 망가진 레이건도 포로 교환 대상에 포함된다. 마침내 부상당한 남군을 가득 실은 마차가 도착한다. 그 마차는 남군 부상병들을 내려놓고 그 대신 남군의 손안에 있는 북군 포로들을 데리고 갈 예정이었다.

이 시점에서 나는 막간에 무대 뒤에서 벌어졌던 놀라운 사건을 설명해야만 한다. 레이건 배역을 맡은 멜로즈가 아픈 목을 달래기 위해 목에 뿌리는 기침약을 뿌렸던 것 같았다(나에게 이 소식을 전해주었던 정보통은 이것이 확실한 사실이라고 말했다). 그런데 그 기침약에 모종의 약이 섞여 있었던 것으로 추측된다. 기침약을 뿌리고 난 후 곧바로 멜로즈는 마치 개구리처럼 꽥꽥거리는 소리를 냈다.

무대의 커튼이 올라가고, 이제 곧 공연이 다시 시작되려는 순간 이었다. 이 오페라가 커다란 난관에 봉착한 것이다. 바로 그 순간 임시 대역 배우 한 명이 그 역할에 꼭 맞는 분장을 하고 나타났다. 그의 얼굴은 붕대로 모두 감겨져 있었다. 그는 적절한 순간에 나타 나서 멜로즈의 빈자리를 채워주었다.

일반적으로 이런 일이 벌어졌을 때, 관객들은 적잖이 실망하게 된다. 하지만 그 순간 오페라의 신들이 모두 손을 잡고 해머스타인 씨에게 미소를 짓고 있었던 것이 분명했다. 프로그램에 이름조차 올라가 있지 않았으며, 나에게도 이름이 알려지지 않았던 임시 대 역 배우가 위대한 오페라 가수인 꼰찌 못지않은 음성으로 노래를 불렀던 것이다.

미스 들러루는 레이건 대위가 두 번 다시 전투에 참가할 수 없을 것이므로 붕대에 감겨 있는 남자의 신분을 알릴 필요가 없다고 결 심한다. 북군 부상병들을 싣고 떠날 마차가 다 준비되었을 때, 하워 드 대령은 '레이건의 침입자들'을 이끌던 지휘관이 어디선가 부상 을 입었으며 남군의 영토에 남아 있을 것이라는 사실을 알게 된다.

레이건을 체포하면 막대한 금액을 보상하겠다는 공고문이 여기 저기에 나붙었다. 북군 포로들은 모두 레이건의 얼굴 초상과 비교 된 후에 북쪽으로 떠날 수 있었다. 하지만 그런 조치들은 아무런 성과도 얻을 수 없었다. 지금 레이건 대위에게는 비교할 얼굴조차 없었던 것이다.

북쪽으로 호송될 군사들은 다음 날 새벽 무렵에 떠날 예정이었다. 관객들은 이 작품에서 가장 멋지고 아름다운 막간의 음악을 들을 수 있게 된다. 곤찌가 열연하고 있었던 하워드 대위는 전투에 참가하고 있는 동안 내내 열세 살 정도밖에 되어 보이지 않는 한 어린 부관의 시중을 받는다. 그 무렵까지 소년은 한 마디의 대사나 노래도 하지 않았다.

그러나 북군들이 바이올린을 켜도록 유도하자, 그 소년은 조용히 악기를 들고 아름다운 곡조를 연주한다. 그러자 부상병 중 한 사람이 소년에게 그 곡을 노래할 수 있는지 물었다. 소년은 대답 대신 가만히 악기를 내려놓고 달콤하고 명확한 음성으로 우리에게 아리아를 선사했다. 너무나 아름다운 그의 음성에 그 자리에 있던 거의 모든 관객들은 목이 메일 정도로 커다란 감명을 받았다. 그래서 나는 프로그램을 들고 그의 이름을 찾아보았다.

세상에!

그 소년은 다름 아니라 오페라의 여신의 아들인 피에르 드 샤니였다. 그는 어머니의 재능을 그대로 이어받았던 것이다.

비애 넘치는 이별의 장면에서 미스 들러루와 북군 약혼자는 가슴 아픈 이별을 노래했다. 그 이전까지 크리스틴 드 샤니는 이미 천사의 목소리라고밖에 달리 표현할 수 없을 만큼 순수하고 아름다운 목소리로 노래를 불렀다. 그런데 이제 그녀의 목소리는 내가 이전에 결코 들어본 적이 없는 더욱 고귀한 아름다움의 경지에 도달한 것 같았다.

마침내 그녀가 〈우리는 결코 다시 만나지 못할까요?〉라는 아리아를 부르기 시작했다. 그녀는 마치 심장을 토해내듯이 노래했다. 그리고 멜로즈의 대역으로 무대에 오른 임시 배우가 〈이 반지를 다시 가져가시오〉라는 노래를 부르면서 그녀가 준 반지를 되돌려주었을 때, 나는 뉴욕 숙녀들의 얼굴 위로 하얀 손수건이 일제히 올라가는 것을 목격했다.

어제 저녁의 공연은 그곳에 있었던 사람들의 머리와 가슴 속에 영원히 남아 있을 것이다. 이윽고 크리스틴 드 샤니가 촛불 하나만이 타오르고 있는 어두운 병실에 홀로 남아서 〈오, 잔인한 전쟁이여!〉를 부르기 시작했다. 그것은 오페라의 마지막을 장식하는 감동적인 장면이었다. 그 순간 엄격하기로 정평이 나 있는 지휘자인 캄파니니조차도 눈물을 글썽거렸던 것을 나는 확실히 보았다.

오페라가 끝난 후에도 관객들은 무려 37번이나 기립 박수를 아끼지 않았다. 가수들이 박수를 받기 위해 무대 위로 올라올 때마다 관객들은 모두 일어나 박수를 치면서 환호했던 것이다. 멜로즈의 상황이 몹시 궁금했던 나는 관객석을 떠나서 분장실로 들어갔다. 하지만 멜로즈는 그 자리에 없었다. 불쌍하게도 멜로즈는 눈물을 흘리면서 극장을 나갔다고 했다.

오페라는 대성공이었다. 모든 배역들이 매우 훌륭하게 노래를 불렀으며 캄파니니의 지휘 아래 음악을 연주했던 오케스트라 역시 충분히 기대에 부응했다. 하지만 어젯밤은 누가 뭐라고 하더라도 파리에서 온 크리스틴 드 샤니를 위한 것이었다. 그녀의 빼어난 미모와 신비로운 매력은 이미 월돌프 아스토리아 호텔의 모든 직원들을 그녀의 발앞에 굴복시키고도 남았다. 그리고 어젯밤에 그녀의 마법의 목소리는 맨해튼 오페라 하우스에 앉아서 공연을 관람할 수 있는 행운을 차지했던 관객들을 전부 정복했던 것이다.

크리스틴 드 샤니가 곧 떠나야 한다는 것은 정말 비극이 아닐 수 없었다. 그녀는 앞으로 고작 닷새 동안 더 노래를 하고 나서 크리스마스가 되기 전에 코벤트 가든에서 이미 예정되어 있는 공연 일정을 맞추기 위해 유럽으로 떠날 예정이었던 것이다. 그녀의 배역은 해머스타인 씨가 심혈을 기울여서 섭외한 또 다른 한 명의 여가수인 넬리 멜바가 다음 달 초부터 맡기로 되어 있었다.

넬리 멜바 역시 이 시대의 전설적인 오페라 가수이며, 크리스틴 드 샤니와 마찬가지로 뉴욕에서 처음으로 데뷔 무대를 가지게 될 것이다. 하지만 멜바는 월계관을 빼앗기지 않도록 조심해야만 할 것이다. 어젯밤의 관객들은 어느 누구도 파리에서 온 오페라의 여신을 절대로 잊지 않을 것이기 때문이다.

그렇다면 메트로폴리탄 극장은 어떠한가? 그 극장을 후원하고 있는 거부들이 새로운 걸작품에 대해 즐거움을 느끼면서도 서로에게 날카로운 시선을 주고받는 것을 나는 느낄 수가 있었다. 이제부터 어떻게 해야 하나? 그들은 마치 이렇게 서로 묻고 있는 것 같았다. 맨해튼 오페라 하우스의 객석이 메트로폴리탄 극장보다 작은 것은 분명하다. 하지만 맨해튼 오페라 하우스에는 제반 관리 시설이 훨씬 더 잘 갖추어져 있으며 널찍한 무대와 최신 기술 그리고 훌륭한 세트 등을 구비하고 있다. 만약 해머스타인 씨가 오페라 관객들에게 어젯밤과 같은 높은 수준의 작품을 계속 제공하는 한, 메트로폴리탄 극장은 대책을 강구하지 않을 수가 없을 것이다.

에이미 폰테인의 칼럼

1906년 12월 4일

《뉴욕 월드》의 사회면 칼럼

파티가 열린다. 여기저기에서 수많은 종류의 파티가 열린다. 하지만 〈실로의 천사〉 공연이 성공적으로 끝나고 난 후에 맨해튼 오페라 하우스에서 열린 파티야말로 금세기 최고의 파티라고 해도 과언이 아닐 것이다.

《뉴욕 월드》지의 독자들을 대신하기 위해, 나는 한 해 동안 무려 1천 번 이상의 각종 사교 행사에 참여한다. 그러나 어젯밤에 보았던 것처럼 한지붕 밑에서 그렇게 많은 유명 인사들이 한자리에 모인 것은 결코 본 적이 없었다고 자신있게 말할 수 있다.

관객들의 열렬한 박수갈채를 받으면서, 이루 헤아릴 수도 없을 만큼 여러 번 오페라 가수들이 무대를 오르내리면서 인사를 하고 난 후에 드디어 무대의 커튼이 내려졌다. 화려한 옷차림의 관객들이 34번가의 출구를 통해 극장에서 나가기 시작했다. 극장의 출구 앞에는 수많은 마차들이 거리를 가득 메우고 있었다. 이 관객들은 파티에 참석할 수 있는 행운을 가지지 못한 사람들이었다. 파티에 초대받은 관객들은 무대의 커튼이 다시 올라갈 때까지 자리를 지키고 있었다.

이윽고 커튼이 올라가자 그들은 오케스트라석 위에 급히 마련된 다리를 건너서 무대 위로 올라갔다. 파티에 초대받았지만 공연을 보지 못했던 사람들도 문을 통해 파티장으로 들어왔다.

어젯밤에 벌어진 성대한 파티를 주관했던 사람은 담배 산업의 거물이자 새로운 맨해튼 오페라 하우스를 설계한 오스카 해머스타인 씨였다. 또한 그는 맨해튼 오페라 하우스의 건축자이자 소유자이기도 하다. 그는 무대 중앙에 선 채, 객석에서 무대 위로 올라오는 손님들과 일일이 개인적으로 인사를 나누었다. 손님들 중에서 가장 눈에 뜨이는 사람은 《뉴욕 월드》지의 소유주인 조셉 퓰리처 씨였다.

파티는 바로 무대 위에서 열렸다. 무대 자체가 근사한 파티 장소가 되어주었던 것이다. 해머스타인 씨가 오페라의 무대 장치였던 남부 농장 저택을 그대로 무대 위에 올려놓았기 때문에 파티의 손님인 우리는 저택의 벽을 둘러보면서 흥겨운 시간을 보낼 수 있었다. 무대 인부들이 재빨리 고풍스러운 앤티크 식탁들을 설치했다. 이내 다양한 음식과 음료들이 식탁을 가득 채웠다. 그리고 술을 제공하는 바도 설치되었다. 여섯 명의 바텐더들이 손님들의 갈증을 해소시키기 위해 바쁘게 움직였다.

조지 맥클레런 시장도 파티에 참석했다. 그는 록펠러와 밴더빌트 가문의 사람들과 어울리면서 흥을 돋우었다. 그 동안 파티장에는 사람들이 늘어만 갔다. 이 파티의 주인공은 크리스틴 드 샤니 자작 부인이었다. 조금 전에 그녀는 파티가 열리고 있는 바로 그 무대 위에서 훌륭한 성공을 거두었던 것이다. 파티는 그녀의 성공을 축하하기 위한 것이었다.

뉴욕 시의 저명한 인사들도 그녀를 만나지 못해서 안달이었다. 파티가 시작되고 있을 때, 그녀는 분장실에서 휴식을 취하고 있었다. 그런데 축하 메시지와 화환들이 끝없이 분장실로 밀려들어오기 시작했다. 분장실에 더 이상 보관할 자리가 없어지자, 화환들은 그녀의 요청에 따라 벨레부 병원으로 보내지기도 했다. 축하 메시지와 화환들 이외에도 뉴욕에서 가장 훌륭한 가문에서 보낸 수많은 초대장이 그녀에게 배달되었다.

점점 늘어만 가는 손님들 사이를 헤치고 다니면서 나는 《뉴욕 월드》지의 독자들에게 기삿거리를 제공할 수 있는 사람들을 찾아 다녔다. 그리고 두 명의 젊은 배우인 D. W. 그리피스와 더글러스 페어뱅크스를 만나서 흥미로운 대화를 나누게 되었다.

그리피스는 보스톤에서 연극 활동을 시작한 새내기 배우였다. 그는 뉴잉글랜드 지역을 떠나서 기후가 좋은 로스앤젤레스 지역으로 갈 거라고 말했다. 그곳에서 그는 바이오그래프(영화 산업 초기에 사용되었던 영화 촬영기 혹은 영사기—역주)라고 불리는 새로운 형태의 산업에 관심을 가지게 되었다고 나에게 말해 주었다. 그것은 기다란 셀룰로이드 필름 위에 영상들을 입혀서 마치 움직이는 것처럼 보이도록 만든 장치였다.

페어뱅크스는 자신이 만약 브로드웨이에서 스타가 된다면, 그리고 바이오그래프가 정말로 사업다운 사업으로 발전된다면, 그 후 자신의 동료를 따라 할리우드로 진출할 생각이라고 농담조로 말했다.

바로 그 순간이었다. 키가 큰 해병대 군인 한 명이 무대의 저택 현관문을 열고 들어섰다. 그는 커다란 목소리로 외쳤다.

"신사 숙녀 여러분! 미합중국 대통령께서 오셨습니다."

나는 도저히 그 말을 믿을 수가 없었다. 하지만 그것은 엄연한 사실이었다. 군인의 말이 끝나자마자, 곧바로 테디 루스벨트 대통령이 파티장으로 들어섰던 것이다. 루스벨트 대통령은 오똑한 코 위에 자신의 트레이드마크인 안경을 걸치고 있었다.

미국의 대통령이 정말로 얼굴 가득 환한 미소를 지으면서 그 자리에 모인 사람들과 악수를 나누며 입장하고 있었다. 대통령은 이 파티에 혼자 참석하지 않았다. 그는 언제나 우리 사회에서 가장 화려한 인물들을 대동하고 다니는 것으로 평판이 나 있었던 것이다.

잠시 후 나는 과거에 세계 헤비급 챔피언 벨트를 보유했던 밥 피츠시몬스의 커다란 손에 나의 작고 가녀린 손을 잡히고 말았다. 그가 있는 곳에서 고작 1미터도 채 떨어지지 않는 곳에 역시 전직 세계 챔피언이었던 톰 샤키와 현재 세계 챔피언인 토미 번즈가 나란히 서 있는 모습이 보였다. 나는 이 거대한 체구의 사람들 틈바구니에서 마치 난쟁이가 된 듯한 느낌이었다.

마침내 저택의 문이 다시 한 번 열리면서 우리의 주인공이자 스타인 크리스틴 드 샤니 자작 부인이 모습을 드러내었다. 그녀는 미국 대통령을 포함한 손님들의 열광적인 박수갈채를 받으면서 계단을 내려오기 시작했다.

오스카 해머스타인 씨는 재빨리 대통령에게 그녀를 소개했다. 중세 시대의 기사들이 했던 것처럼 루스벨트 대통령은 샤니 자작 부인의 자그마한 손을 잡고 살짝 입맞춤을 했다. 그들을 둘러싸고 있던 관중들 사이에서 탄성이 터져 나왔다. 그런 다음 대통령은 해머스타인 씨의 소개를 받으면서 테너 가수인 곤찌와 나머지 배우들과 인사를 나누었다.

공식적인 인사가 끝나자 우리의 짓궂은 대통령은 사랑스러운 프랑스 귀족 부인의 팔을 잡고 파티장을 돌아다니면서 자신이 알고 있는 사람들에게 일일이 소개를 시켰다. 나는 그 광경을 취재하기 위해 대통령과 마담 샤니의 뒤를 따라다녔다.

나는 루스벨트 대통령이 자신의 질녀의 새신랑에게 마담 샤니를 소개하는 소리를 들었다. 나는 기회를 엿보다가 그 멋지게 생긴 젊은이와 몇 마디 이야기를 나눌 수 있었다. 그는 이제 막 하버드 대학을 졸업하고 콜럼비아 대학 법대에서 계속 공부를 하고 있었다. 물론 나는 그에게 우리의 유명한 대통령처럼 정치를 할 생각이 없는지 물어보았다. 그는 신중한 태도로 언젠가 때가 되면 그럴 수도 있다는 가능성을 언뜻 내비쳤다.

우리는 마음껏 음식을 먹고 술을 마셨다. 시간이 흐르면서 파티는 더욱 흥겹게 무르익었다. 파티장 한쪽 구석자리에 피아노가 놓여 있는 것이 보였다. 그런데 그 피아노 앞에 앉아 있던 어떤 젊은이가, 방금 무대 위에서 불렸던 오페라의 클래식 음악과는 전혀 대조적인 매우 가볍고 대중적인 우리 시대의 음악을 연주하고 있는 것을 발견했다. 그는 러시아에서 이민을 온 젊은이였다. 아직도 러시아의 어조가 강하게 섞여 있는 영어를 구사하면서, 그는 나에게 지금 연주하고 있는 곡들 중에서 여러 곡을 자신이 직접 작곡했다고 말했다. 그의 소원은 유명한 작곡가가 되는 것이었다. 행운을 빕니다, 어빙 베를린 씨!

그런데 그 파티에 많은 사람들이 축하의 말을 건네고 싶어하던 한 사람이 빠져 있었다. 유명 인사들이 모두 그 사람을 기다리고 있었던 것이다. 그 사람은 바로 비극적인 레이건 대위의 배역을 맡았던 데이비드 멜로즈 대신 무대에 올랐던 임시 배우였다. 처음에 사람들은 그가 파티에 참석하지 않았던 것은 그의 얼굴 전체를 뒤덮고 있는 화장을 지우기가 상당히 어려웠기 때문일 것이라고 생각했다. 그를 제외한 나머지 배우들은 모두 남군의 회색 군복이나 북군의 청색 군복을 입고 자유롭게 파티를 즐기고 있었다. 그리고 병원에서 부상당한 병사의 역할을 맡았던 배우들도 재빨리 붕대를 풀어헤치고 목발도 던져버리고 파티에 참석했다. 하지만 아직도 신비에 싸인 그 테너 가수만이 파티에 참석하지 않고 있었던 것이다.

드디어 그 배우가 나타났다. 그는 농장 저택의 현관에 우뚝 서 있었다. 하지만 그는 우리가 마음껏 파티를 즐기고 있는 무대로 오려고 하지 않았다. 그는 여전히 저택의 계단 위에 가만히 서 있었던 것이다. 그는 아주 짧은 시간 동안 파티 장소에 머물렀다. 매우 뛰어난 재능을 가지고 있는 가수가 그토록 내성적인 사람이란 말인가?

그는 너무나 잠깐 동안 모습을 나타냈기 때문에 현관 밑에 있던 많은 사람들은 전혀 그를 볼 수 없었다. 하지만 그의 존재를 확실하게 느낄 수밖에 없었던 단 한 사람이 있었다. 그 사람은 바로 피에르였다.

그 가수가 문을 열고 들어섰을 때, 나는 아직도 두꺼운 화장을 지우지 않고 있었던 그의 모습을 보았다. 또한 오페라 공연 도중에 그랬던 것처럼, 그의 얼굴 전체는 붕대로 감겨져 있었다. 그의 두 눈과 턱선만이 겨우 드러나 있을 정도였다. 그는 크리스틴 드 샤니의 아들이며 노래를 부르면서 우리를 매혹시켰던 피에르의 어깨

위에 한쪽 손을 얹고 있었다. 그는 소년의 귀에 대고 나지막한 목소리로 무엇인가 속삭였다. 이내 소년은 이해했다는 듯이 고개를 끄덕였다.

잠시 후 크리스틴 드 샤니도 이야기를 나누고 있는 두 사람의 모습을 보았다. 그 순간 나는 그녀의 얼굴에 두려움의 어두운 그림자가 스치고 지나가는 것을 느꼈다. 그 남자의 눈빛이 가면 뒤에서 차갑게 반짝이고 있었다. 그 남자의 얼굴에서 좀처럼 눈길을 돌리지 못하는 그녀의 얼굴은 핏기라곤 전혀 찾아볼 수 없을 정도로 창백했다. 그리고 북군의 제복을 입은 그 테너 가수 옆에 서 있는 사람이 자신의 아들이라는 사실을 알아차리자, 흠칫 놀라면서 한 손으로 입을 가리고 말았다. 그런 다음에 그 이상한 남자가 서 있는 곳을 향해 계단을 뛰어 올라가기 시작했다. 그 동안에도 음악은 계속 연주되고 있었으며, 웃고 떠들면서 담소하는 사람들의 목소리가 무대 위를 시끌벅적하게 채우고 있었다.

나는 마담과 그 남자가 잠시 동안 진지한 태도로 대화를 나누는 것을 목격했다. 크리스틴 드 샤니는 아들의 어깨에 놓여 있던 테너 가수의 손을 밀어내었다. 그런 다음 어린 소년에게 밑으로 내려가 있으라고 손짓했다. 소년은 고개를 끄덕이면서 음료수를 마시기 위해 계단을 내려갔다.

소년이 계단에서 내려가는 것을 보고 비로소 오페라의 여신은 아름다운 얼굴에 미소를 짓기 시작했다. 마치 커다란 위험에서 겨우 벗어난 후에 안도의 한숨을 내쉬는 것만 같았다. 그는 마담에게 무슨 말을 했을까? 일생에서 가장 뛰어난 공연을 한 것에 대해 그녀에게 찬사의 말을 했던 것일까? 하지만 그녀는 그가 소년과 함께 있는 모습을 보면서 마치 두려움에 질린 듯한 표정을 보였다.

드디어 나는 그 남자가 마담에게 종이쪽지를 슬그머니 건네는 것을 보았다. 그녀는 쪽지를 받아들더니 재빨리 옷깃 속에 숨겼다. 그 후 남자는 조금 전에 들어왔던 농장 저택의 문을 통해서 어디론가 사라졌다. 프리마돈나도 즉시 계단을 내려가서 파티에 합류했다.

그런데 나 이외에는 어느 누구도 그 이상한 장면을 목격한 사람이 없는 것 같았다. 자정이 훨씬 지난 후에 파티가 서서히 막을 내리기 시작했다. 파티에 참석했던 사람들은 지치고 피곤했지만 매우 즐거운 마음으로 마차에 올랐다. 그들은 행복한 표정을 지으면서 호텔이나 집을 향해 출발했다. 나도 역시 친애하는 독자들에게 맨해튼 오페라 하우스에서 어떤 일이 일어났는지 제일 먼저 알려주기 위해 서둘러 《뉴욕 월드》지의 사무실로 돌아갔다.

찰스 블룸 교수의 강의

1947년 3월 뉴욕
콜럼비아 대학 신문방송학과

신사 숙녀 여러분! 위대한 언론인이 되기를 열망하여 이 자리에
모인 미국의 젊은이 여러분! 여러분과 만나게 되어서 정말 반갑습
니다. 강의를 시작하기 전에, 먼저 나를 소개하겠습니다. 내 이름
은 찰스 블룸입니다. 나는 50여 년에 걸친 세월 동안 주로 이 도시
에서 활동했던 신문기자였습니다.

　나는 19세기에서 20세기로 넘어갈 무렵 《뉴욕 아메리칸》지에
입사했습니다. 처음에는 잡다한 원고 심부름을 하면서 언론과 인
연을 맺었습니다. 1903년에 나는 편집부의 일반 기자로 승진할 수
있게 되었으며, 날마다 뉴스거리가 될 수 있는 사건들을 취재하기

위해 이 도시의 곳곳을 누비고 다녔습니다.

　오랜 세월 동안 나는 수많은 사건들을 목격하고 이야기들을 듣고 뉴스를 취재했습니다. 나는 영웅적인 사건들, 기억할 만한 기념비적인 사건들 그리고 우리나라와 세계의 역사를 단숨에 바꾸어놓았던 사건들을 목격했습니다. 물론 그중에는 단순히 비극적인 사건에 지나지 않는 것들도 있었습니다.

　찰스 린드버그가 대서양을 횡단하기 위해 고독한 여정을 시작할 때, 나는 역사의 현장에서 기사를 작성했습니다. 그리고 세계적인 영웅이 귀환하는 것을 환영하기 위해 그 자리에 다시 서 있기도 했습니다. 나는 프랭클린 루스벨트 대통령의 취임식을 취재했으며, 또한 2년 전에 그가 세상을 떠났을 때에도 서거 뉴스를 보도했습니다. 나는 제1차 세계대전이 벌어졌을 때, 유럽을 방문하지는 못했지만 플랑드르(현재의 벨기에 서부, 네덜란드 남서부, 프랑스 북부를 포함한 지역. 북해와 닿아 있는 곳이다—역주)의 전쟁터로 떠나는 병사들을 전송했었습니다.

　《뉴욕 아메리칸》지에서 근무하는 동안 나는 데이몬 런연이라는 동료와 절친한 사이가 되었습니다. 나는 《뉴욕 아메리칸》지에서 근무하다가 《헤럴드 트리뷴》으로 직장을 옮겼으며 나중에 《타임스》지로 다시 한 번 자리를 옮겼습니다.

　나는 살인, 자살, 마피아들의 전쟁, 시장 선거, 전쟁의 발발과 전쟁 종식 협약 그리고 유명 인사들과 하층민들을 취재했습니다. 나는 높은 지위와 권력을 가진 사람들뿐만 아니라 가난하고 헐벗은 사람들과 더불어 삶을 함께 나누었습니다. 위대하고 선량한 사람들의 업적뿐만 아니라 비천하고 사악한 사람들에 대한 기사도 썼습니다. 결코 잠들지 않고 결코 죽지 않는 이 거대한 도시 안에서 벌어졌던 모든 일들을 기록한 것입니다.

나는 제2차 세계대전 동안 미국이 제작한 B-17 비행기를 타고 독일 상공을 날아서 유럽으로 파견되었습니다. 물론 독일 상공을 날아가는 일이 몹시 두려웠던 것은 사실입니다. 2년 전에는 독일이 항복하는 것을 목격했고 1945년 여름에는 포츠담 협약을 취재했습니다. 그리고 그것이 나의 마지막 임무가 되었습니다.

이제는 역사적인 명소가 되어버린 포츠담에서 나는 영국의 윈스턴 처칠 수상을 만날 수 있었습니다. 하지만 회담이 진행되고 있던 도중 윈스턴 처칠은 수상직에서 물러나게 되었으며, 클레멘트 애틀리가 그 자리를 물려받았습니다. 물론 미국의 트루먼 대통령과 스탈린도 회담에 참석하고 있었습니다. 하지만 나는 그리 머지않아 스탈린은 우리의 동지가 아니라 적으로 돌변할 것이라는 예상을 하고 있었습니다.

이윽고 유럽에서 돌아오자 나는 그만 은퇴할 때가 되었다는 생각이 들었습니다. 신문사에서 쫓겨나기 전에 미리 물러나자는 결정을 했던 것입니다. 그리고 친절하게도 콜럼비아 대학 신문 방송학과의 학과장님으로부터 겸임 교수로 재직하지 않겠느냐는 제안을 받게 되었습니다. 그래서 나는 실제로 현장을 누비면서 어렵게 체득한 것들을 조금이라도 여러분에게 나누어주고자 합니다.

좋은 언론인이 되기 위한 자질은 무엇입니까? 누가 이런 질문을 던진다면, 나는 네 가지 사항을 말할 것입니다. 첫 번째, 여러분은 언제나 단순한 관점에서 사건을 목격하고 보고하는 일에 그치지 말라는 것입니다. 거기에서 한 걸음 더 앞으로 나아가야 합니다. 모든 것들을 이해하기 위해 노력해야 하는 것입니다. 여러분이 만나고 있는 사람들과 여러분이 보고 있는 사건들의 본질을 이해하기 위해 노력해야 합니다.

옛 속담에 이런 말이 있습니다. "모든 것을 이해하는 것은 그것을 용서하는 것이다!" 사람은 누구나 다 단점을 가지고 있으며 불완전한 존재이기 때문에 모든 것을 전부 이해할 수는 없습니다. 하지만 그렇게 하려고 노력할 수는 있습니다. 어떠한 사건이 일어났을 때, 비록 그 현장에는 없었지만 그 사건에 대해서 알고 싶어하는 사람들에게 사실 그대로 전달하기 위해 노력하는 것이 기자의 사명입니다. 그리고 후대의 사람들은 기자들이 역사의 증인이라고 기록할 것입니다.

우리는 정치가나 공무원, 은행가, 재벌, 장성 등을 비롯한 고위직에 있는 사람들보다 더욱 많은 것들을 보고 듣게 됩니다. 그 사람들은 자신들이 종사하는 분리된 세계의 테두리 속에 갇혀 있지만 기자들은 어디든지 가지 않는 곳이 없기 때문입니다.

만약 우리가 보고 듣는 것들을 제대로 이해하지 못한다면 우리는 우리에게 주어진 사명을 다하지 못하게 될 것입니다. 그렇게 될 때, 우리는 단지 단순한 사실들과 숫자들을 나열하는 일에 그치게 되며 진실보다는 언제나 우리의 귀에 들려오는 거짓들을 더욱 믿게 됩니다. 결국 사람들에게 그릇된 보도를 하게 되는 것입니다.

두 번째, 절대로 배우는 것을 멈추어서는 안 됩니다. 배우는 과정은 결코 끝나지 않는 것입니다. 잠시도 쉬지 않고 도토리를 주워 모으는 다람쥐를 보십시오. 우리는 다람쥐의 근면한 행동을 그대로 본받아야 합니다.

여러분이 듣고 보게 되는 작은 정보들과 견해들을 모아서 소중하게 보관하십시오. 아무리 하찮은 정보라고 할지라도 언제 그것이 정말로 설명하기 어려운 의문점들을 해결하는 열쇠가 될 것인지는 아무도 모르는 일입니다.

세 번째, 기삿거리에 대한 예민한 후각을 계발해야 합니다. 이것은 일종의 육감이라고 할 수 있습니다. 그것은 어떤 것이 올바르지 않다는 생각이 들거나 혹은 아무도 눈으로 볼 수는 없지만 무엇인가 이상한 일이 일어나고 있다는 인식을 가지는 것입니다.

물론 여러분은 이러한 후각을 계발시키지 않는다고 해도 얼마든지 유능할 수 있으며 또한 양심적인 기자가 될 수도 있습니다. 비록 후각이 없더라도 열심히 노력하면 좋은 기자라는 평가를 받을 수 있는 것입니다. 하지만 후각이 없다면 여러분은 전혀 의심하지 않는 사이에 중요한 기삿거리를 놓치게 될 것입니다. 공식적인 브리핑 석상에 참석해도 여러분은 상대방이 말하고 싶어하는 것만을 듣게 될 것입니다. 그래서 그것이 진실이든 거짓이든 상관없이 그들이 전해주는 것만을 그대로 보도하게 될 것입니다.

물론 여러분은 그렇게 해도 일을 한 것이기 때문에 월급을 받아서 집으로 가져갈 수 있습니다. 하지만 오직 기자들만이 가질 수 있는 날카로운 후각이 없다면 굉장한 스캔들을 파헤치지는 못할 것입니다. 우연히 듣게 된 한 마디 말이나 조작된 숫자들이나 정당하지 않은 무죄 방면이나 갑자기 기각된 범죄 혐의 등 여러분의 동료들이 전혀 수복하지 않는 것늘 속에서 놀라운 진실을 파헤칠 수 있습니다. 만약 여러분의 후각이 무엇인가 이상한 점이 있다는 사실을 발견할 수 없다면, 특종을 발견한 흥분에 잔뜩 들떠서 술집으로 들어가 동료들에게 떠벌이는 기쁨도 누릴 수 없게 되는 것입니다.

특종을 발견했을 때의 흥분과 긴장!

그것은 다른 어떤 직업에서도 맛볼 수 없는 것입니다. 특종을 혼자 독차지하고 경쟁 언론사의 코를 완전히 납작하게 눌러놓았을 때의 기분은 마치 자동차 경주에서 승리했을 때의 기분과 같다고 할 수 있습니다.

우리와 같은 언론인들은 결코 다른 사람들로부터 사랑받을 수 없는 운명을 가지고 있습니다. 그런 점에서 보면 형사들과 마찬가지라고 할 수 있습니다. 하지만 우리가 이 직업을 선택하기로 작정

한 이상, 그것을 현실로 받아들여야만 합니다. 권력과 지위와 명성을 가진 사람들이 우리를 외면하거나 싫어할지도 모르지만, 그들에게 있어서 우리는 절대적으로 필요한 존재이기도 합니다.

유명한 영화배우들은 리무진에 올라탈 때 귀찮은 표정을 지으면서 우리를 밀어낼지도 모릅니다. 하지만 언론에서 그 영화배우나 그가 출연한 영화에 대해 기사를 실어주지 않거나 두세 달 동안 그의 동정에 대해 아무런 기사도 게재하지 않는다면 금방 그 영화배우의 매니저가 제발 관심을 가져달라고 우리에게 통사정할 것은 너무나 뻔한 일입니다.

정치가들도 권력의 자리에 앉아있을 때에는 함부로 우리를 매도할지도 모릅니다. 하지만 그가 선거에 출마했을 때 혹은 자신에게 유리한 방향으로 여론을 움직여야 하는 일이 있을 때, 우리가 철저하게 외면하고 있으면 아마도 그 정치가는 제발 자신에 대한 기사를 실어달라고 애원할 것입니다.

그들은 우리 기자들을 경멸하면서 야릇한 쾌감을 얻습니다. 하지만 우습게도 그들은 우리를 절대적으로 필요로 하고 있습니다. 우리 기자들만이 제공할 수 있는 광고 효과를 기반으로 삼아서 생명을 연장하는 것입니다. 스포츠팬들은 스포츠 스타들의 실적을 알고 싶어합니다. 그리고 스포츠 스타들은 그들의 실적이 보도되기를 원합니다. 사교계의 주인공들은 잡상인이나 드나드는 문으로 우리를 출입시키지만, 만약 우리가 그들이 여는 자선 파티나 사회적인 업적들을 기사화하지 않는다면 몹시 근심할 것입니다.

저널리즘은 권력의 한 형태입니다. 권력을 잘못 사용하면 반드시 폭정으로 이어지게 됩니다. 그와 반대로 권력을 조심스럽게 잘 사용한다면 사회의 필수적인 요소가 되며 또한 어떠한 사회도 그것 없이는 살아남거나 발전할 수 없게 되는 것입니다.

이러한 맥락에서 우리가 반드시 지켜야만 하는 네 번째 규칙을 말씀드리겠습니다. 우리는 절대로 지위와 명성과 권력을 가진 사람들과 동등하다고 생각해서는 안 되며 또한 그런 척해서도 안 됩니다. 민주주의에서 우리 기자들이 해야 할 일은 조사하고 파헤치고 검사하고 폭로하고 의문을 가지고 수사하는 것입니다. 우리가 들은 것들이 진실이라는 것을 입증할 수 있을 때까지 그것에 대해 일단 의심을 품어야만 하는 것입니다. 우리는 커다란 힘을 가지고 있습니다. 그렇기 때문에 우리는 온갖 종류의 사기와 협잡으로 둘러싸여 있습니다. 금융계, 경제계, 연예계 그리고 무엇보다도 정치계의 사기꾼들은 모두 우리 주위로 몰려들게 마련입니다.

여러분의 주인은 반드시 진실과 독자들이어야만 합니다. 다른 어떤 것도 여러분을 지배해서는 안 됩니다. 누군가에게 아첨을 하거나 협박당해서 굴복하거나 위축되어서는 안 됩니다. 동전을 내고 신문을 구입해서 읽는 독자들은 상원의원들만큼이나 여러분의 노력과 존경을 받을 권리가 있으며 또한 진실을 알 권리가 있다는 사실을 잊어버리지 마십시오. 권력과 맞설 때에는 언제나 회의적인 태도를 취하십시오. 그렇게 하는 것이 우리가 마땅히 해야 할 일인 것입니다.

자, 벌써 시간이 늦었군요. 여러분도 공부하는 것에 지쳐 있을 것이 분명합니다. 그렇기 때문에 이제부터 남은 시간은 여러분에게 한 가지 재미있는 이야기를 하면서 채우도록 하겠습니다. 물론 내가 이 이야기의 영웅은 아닙니다. 오히려 그 반대라고 할 수 있지요.

이 이야기는 나의 눈앞에서 벌어지고 있었음에도 불구하고 나는 그 사실을 전혀 알아차리지 못했었습니다. 아마도 그 당시에는 내가 너무나 젊었고 경솔했기 때문이었을 것입니다. 나는 그것을 두 눈으로 똑똑히 보고 있었으면서도 제대로 그 상황을 이해하지 못했던 것입니다.

그리고 이 이야기는 내가 이제까지 기사로 싣지 않았던 유일한 것이기도 합니다. 그 사건이 발생했을 때, 경찰은 이 비극의 중요한 골격을 언론에게 공개했습니다. 자료 보관소에도 그 기록이 보관되어 있지만, 결국 이 사건은 기사화되지 못했습니다.

하지만 나는 실제로 그 사건의 현장에 있었습니다. 모든 것을 나의 두 눈으로 직접 지켜보았던 것입니다. 하지만 나는 마땅히 알았어야만 하는 것들을 알아차리지 못했었습니다. 그렇기 때문에 내가 이 사건을 기사화하지 않았을지도 모릅니다. 하지만 거기에는 또 다른 한 가지 이유가 있었습니다. 만약 그 사건이 세상에 알려지게 되면, 그 일과 밀접한 관련이 있는 주인공들이 파멸하게 될지도 몰랐기 때문입니다.

나는 그들이 파멸의 길로 빠지는 것을 원하지 않았습니다. 물론 이 세상에는 마땅히 파멸해야만 하는 사람들도 있습니다. 나는 그런 사람들을 실제로 만나보기도 했었습니다. 나치의 장성들이나 마피아 보스들, 부패한 노동 운동가들이나 타락한 정치가들이 바로 그런 자들입니다. 하지만 대부분의 사람들에게 있어서 파멸이란 지나친 형벌입니다. 그리고 어떤 사람들의 인생은 그 자체가 이미 너무나 비극적이어서 그들의 불행을 폭로하게 되면 그 고통이 두 배, 아니 세 배로 커지게 됩니다.

기사 하나를 만들기 위해 그들에게 그렇게 커다란 고통을 안겨주어서야 되겠습니까? 그 당시에 나는 랜돌프 허스트의 선정적인 싸구려 잡지사에서 일하고 있었습니다. 만약 편집장이 이 사건을 그냥 묻어버린 사실을 알았다면 아마도 그 자리에서 나를 해고했을 것입니다.

하지만 내가 지켜보았던 것은 너무나 슬픈 이야기였기 때문에 차마 기사로 만들지 못하고 그대로 묻어버리고 말았습니다. 이제 40년이라는 세월이 흘렀습니다. 이제 더 이상 그 이야기는 그렇게 슬프거나 이제 와서 밝혀진다고 하더라도 크게 문제가 되지 않을 것입니다.

1906년 겨울이었습니다. 그 당시 나의 나이는 스물네 살이었습니다. 나는 《아메리칸》지의 기자라는 직업을 사랑하고 있었으며 또한 그 사실에 대해 커다란 긍지를 가지고 있는 어린아이에 불과했습니다. 지금 그 시절의 내 모습을 되돌아보면 자신이 얼마나 뻔뻔하고 경솔하게 행동했었는지 깜짝 놀라게 됩니다. 나는 오만으로 가득 차서 무모하게 행동한 적이 많았으며, 세상사를 제대로 이해하지 못했습니다.

그해 12월이었습니다. 세계에서 가장 유명한 오페라 가수였던 크리스틴 드 샤니 자작 부인이 뉴욕을 방문했습니다. 그녀는 얼마 전에 건립된 맨해튼 오페라 하우스의 개관 기념 공연의 주인공을 맡기 위해 왔습니다. 하지만 그 극장은 애석하게도 3년 만에 문을 닫고 말았지요.

그 무렵 크리스틴 드 샤니 자작 부인의 나이는 서른세 살이었습니다. 그녀는 눈부시도록 아름답고 매혹적인 가수였습니다. 그녀의 일행 중에는 열두 살이 된 그녀의 아들 피에르와 하녀 그리고 피에르의 가정교사였던 조셉 킬포일 신부님이 있었습니다. 그외에도 두 명의 남자 비서들이 함께 동행했었습니다.

그녀는 12월 3일에 예정되어 있던 맨해튼 오페라 하우스 개관 기념 공연이 열리기 엿새 전에 뉴욕에 도착했습니다. 처음에 그녀는 남편과 동행하지 않았습니다. 노르망디 지방에 영지를 소유하고 있었던 그녀의 남편은 다급한 일을 처리하기 위해 그곳에 남았던 것입니다. 샤니 자작은 나중에 다른 배를 타고 뉴욕에 왔습니다.

크리스틴 드 샤니 자작 부인이 뉴욕에 도착했다는 사실은 단번에 모든 사람들의 주목을 끌었습니다. 결국 오페라에 대해 전혀 아는 것이 없었던 나도 관심을 갖지 않을 수 없었습니다. 그 당시까지만 해도 그녀만한 명성을 가진 오페라 가수가 공연을 위해 대서양을 건너 뉴욕을 방문한 일은 한 번도 없었기 때문입니다. 그녀는 장안의 커다란 화젯거리였습니다. 운도 따라주었지만 나의 뻔뻔한 태도 덕분에 나는 마담 샤니를 안내하는 여행 가이드가 될 수 있었습니다. 나는 뉴욕을 두루 돌아다니면서 마담 샤니에게 여기저기를 구경시켜 주었습니다.

그것은 기자라면 어느 누구나 꿈꾸던 일이었습니다. 마담 샤니는 줄곧 너무나 심하게 언론에 시달리고 있었습니다. 그렇기 때문에 마담 샤니를 뉴욕으로 초빙한 오스카 해머스타인 씨는 화려한 개막 공연이 열릴 때까지 모든 기자들이 그녀에게 접근할 수 없도록 철저히 가로막고 있었습니다.

하지만 나는 그녀가 묵고 있던 월돌프 아스토리아 호텔의 스위트룸까지 올라갈 수 있었습니다. 그녀의 일정과 약속들을 모두 내 마음대로 조정할 수 있었던 것입니다. 그 덕분에 나는 《아메리칸》지에서 인정받고 크게 도약할 수 있었습니다.

그런데 그녀와 우리 주위에 무엇인가 기묘하고 신비스러운 일들이 벌어지고 있었습니다. 단지 내가 그 사실을 눈치채지 못하고 있었을 뿐입니다. 그 이상한 사건은 기이하고 정체를 알 수 없는 한 인물과 밀접한 관계가 있었습니다. 그 인물은 자기 마음대로 모습을 드러내기도 하고 홀쩍 사라지기도 할 수 있는 것 같았습니다. 하지만 그가 이 모든 일의 배후에서 매우 중요한 역할을 하고 있었던 것은 분명했습니다.

나는 아주 우연한 기회에 프랑스의 파리에서 온 변호사를 만나게 되었습니다. 그 변호사는 누군가에게 전달해야만 하는 편지를 갖고 있었습니다. 나는 그 변호사와 함께 뉴욕에서 손꼽히는 대기업의 본사를 방문했습니다. 그 편지를 전달하는 일을 돕게 되었던 것입니다.

그곳에 있는 회의실에서 나는 회사의 배후에 도사리고 있는 사람의 모습을 언뜻 바라보게 되었습니다. 그 편지는 그 사람 앞으로 온 것이었습니다. 그 남자는 벽의 비밀 구멍을 통해 나를 뚫어지게 응시하고 있었습니다. 그는 자신의 얼굴을 가면으로 가리고 있었습니다. 하지만 나는 그의 얼굴이 몹시 끔찍하다는 사실을 알아차릴 수 있었습니다. 나는 그 일에 대해서 입을 굳게 다물고 말았습니다. 물론 어느 누구도 나의 말을 믿는 사람이 없었기 때문이기도 했습니다.

그 후 대략 한 달이라는 시간이 흘렀습니다. 맨해튼 오페라 하우스의 개관 기념 공연에 출연하기로 예정되어 있었던 여주인공의 출연이 돌연 취소되었습니다. 그 대신 프랑스에서 오페라의 여신이라고 알려진 여가수가 초빙되었던 것입니다.

그와 동시에 오스카 해머스타인 씨의 배후에는 그보다 훨씬 큰 재력을 가진 비밀스러운 후원자가 있다는 소문이 떠돌기 시작했습니다. 바로 그 베일에 싸인 후원자가 해머스타인 씨에게 주인공 배역의 여가수를 바꾸도록 지시했다는 것입니다. 그 당시에 나는 두 사건 사이의 연관성을 알아차렸어야만 했습니다. 하지만 나는 애석하게도 전혀 그것을 눈치채지 못했던 것입니다.

그 여가수가 허드슨 강의 부두에 도착하던 날이었습니다. 그 이상한 유령이 또다시 모습을 드러내었습니다. 이번에 그 유령을 직접 목격했던 것은 내가 아니라 나의 직장 동료였습니다. 그 동료가 나에게 묘사했던 괴기스러운 인물의 모습은 내가 그 회의실에서 보았던 인물과 일치했습니다. 가면을 쓴 고독한 분위기의 한 남자가 창고 꼭대기에 서서 이제 막 뉴욕에 도착한 프리마돈나를 물끄러미 지켜보고 있었던 것이지요.

이번에도 나는 전혀 연관성을 알아차지 못했습니다. 어느 정도 시간이 흐른 후, 오스카 해머스타인 씨를 배후에서 조종하고 프리마돈나를 뉴욕으로 불러온 사람이 바로 그 유령 같은 존재였다는 사실이 명백하게 밝혀졌습니다. 하지만 그 이유가 도대체 무엇이었을까요? 결과적으로 나는 그 이유를 알아낼 수 있었습니다. 그러나 때는 이미 너무 늦었습니다.

내가 이전에 말했던 것처럼, 나는 개인적으로 그 숙녀를 만나게 되었습니다. 그녀는 나에게 호감을 갖고 있었던 것 같았습니다. 그래서 그녀는 나와의 단독 인터뷰를 위해 묵고 있던 스위트룸으로 나를 초대해 주었지요. 그런데 그곳에서 그녀의 아들이 이름을 밝히지 않은 사람이 보낸 선물을 받았습니다. 그가 선물로 받은 것은 원숭이 인형의 모습을 한 뮤직 박스였습니다. 그 인형에서 흘러나온 곡조를 듣자, 샤니 자작 부인은 마치 번개에 맞은 듯한 모습이었습니다. 그녀는 완전히 정신나간 사람처럼 속삭였습니다.

"저 음악은 '가장 무도회' 야. 벌써 12년 전의 일인데……. 아무래도 그가 이곳에 있나 봐."

샤니 자작 부인은 나지막한 목소리로 중얼거렸습니다. 그런데 그 당시까지만 해도 나에게는 아직도 번쩍 하고 떠오르는 것이 없었습니다. 나는 너무나 어리석었던 것입니다. 샤니 자작 부인은 필사적으로 원숭이 인형의 출처를 추적하기 위해 노력했습니다.

나는 그 인형이 코니아일랜드에 있는 한 놀이공원의 완구점에서 팔고' 있는 장난감이라고 추정했습니다. 그리고 이틀 후에 우리는 그곳을 방문하게 되었습니다. 나는 그녀의 일행을 안내하기로 했었습니다. 그런데 다시 한 번 그곳에서 몹시 이상한 일이 벌어졌습니다. 그럼에도 불구하고 나는 바보같이 여전히 아무것도 느끼지 못했습니다.

코니아일랜드를 방문했던 사람들은 나를 포함해서 프리마돈나와 그녀의 아들인 피에르 그리고 피에르의 가정교사인 조셉 킬포일 신부님이었습니다. 나는 장난감에는 전혀 관심이 없었기 때문에 샤니 자작 부인과 피에르의 안내를 공원 지배인에게 부탁했습니다. 그 지배인은 공원을 관리하고 있던 사람이었습니다.

나는 아예 완구점에는 들어갈 생각조차 하지 않았습니다. 그것은 나의 실수였습니다. 나는 프리마돈나 일행과 더불어 완구점으로 들어갔어야만 했습니다. 나중에 알게 된 일이었지만, 완구점 안에서 피에르와 마담을 안내했던 사람은 다리우스라고 하는 매우 사악하고 불길한 사람이었기 때문입니다.

그런데 다리우스는 나와 안면이 있는 사람이었습니다. 나는 7주일가량 전에 다리우스를 만난 적이 있었던 것입니다. 파리에서 온 편지를 배달하기 위해 찾아갔던 그 회의실에서 보았던 사람이었습니다. 다리우스는 장난감에 대해 전문가인 척하면서 안내를 자청했습니다. 그런데 다리우스는 아주 은밀한 태도로 피에르에게 아버지에 대한 것들을 캐묻고 있었습니다.

한편 나는 바닷가에서 조셉 킬포일 신부님과 함께 산책을 하고 있었습니다. 그 동안 어린 소년과 그의 어머니는 완구점에서 장난감들을 구경하고 있었습니다. 완구점의 진열대에는 어린 소년에게 배달되었던 원숭이 인형과 똑같은 것들이 아주 많았습니다. 하지만 그중에서 어느 것도 내가 마담의 호텔 방에서 들었던 곡조와 똑같은 곡을 연주하는 인형은 없었습니다.

이윽고 완구점에서 나온 마담은 지배인과 함께 거울의 집이라고 불리는 곳을 구경하기 위해 들어갔습니다. 이번에도 나는 들어가지 않았습니다. 물론 그들이 나에게 함께 가자는 말도 하지 않았지요. 나는 거울의 집 밖에서 기다리고 있었습니다. 마침내 나는 일행이 코니아일랜드를 떠나서 맨해튼으로 돌아갈 준비가 되었는지 알아보기 위해 공원 정문으로 걸어갔습니다.

그러다가 나는 조셉 킬포일 신부를 만나게 되었습니다. 그 신부는 피에르를 데리고 입구에서 대기하고 있던 마차를 향해 걸어가고 있었습니다. 그 마차는 우리가 코니아일랜드의 기차역에서 임대한 것이었습니다. 나는 그 임대 마차 주위에 또 다른 마차가 서 있는 것을 보았습니다. 그것은 참으로 이상한 일이었습니다. 겨울철이 되면 코니아일랜드 공원은 사람들의 발길이 완전히 끊어지기 때문이었습니다.

내가 그 마차를 유심히 바라보고 있을 무렵이었습니다. 한 사람이 몹시 허둥거리면서 내가 있는 곳으로 달려오고 있었습니다. 무슨 일인지 그 사람은 공포와 충격에 휩싸인 듯한 표정을 짓고 있었습니다. 그 사람은 바로 다리우스였습니다. 그 공원을 소유하고 있는 회사의 최고 책임자였던 것입니다. 물론 그의 실질적인 보스는 가면을 쓰고 있는 신비스러운 남자인 것 같았지만 말입니다.

처음에 나는 다리우스가 나를 향해 달려오고 있다고 생각했습니다. 하지만 다리우스는 마치 내가 그 자리에 있다는 것이 조금도 안중에 없다는 듯 쏜살같이 나를 지나치면서 달려가버렸습니다.

다리우스는 거울의 집에서 방금 나온 것 같았습니다.

그 순간 나는 다리우스가 무엇인가 외치는 소리를 들었습니다. 물론 다리우스가 나에게 외친 것은 아니었습니다. 다리우스가 마치 바닷바람을 향해 외치는 것처럼 느껴졌습니다. 나는 도저히 그 말을 이해할 수 없었습니다. 다리우스가 외친 것은 영어가 아니었습니다. 하지만 나는 어떤 소리를 들었을 때 그 의미를 알지 못해도 그 소리는 잘 알아듣는 편이었기 때문에 얼른 연필을 꺼내서 내가 들었던 소리를 적어두었습니다.

훗날 나는 코니아일랜드로 돌아가서 다시 공원 지배인을 만났습니다. 나는 공원 지배인과 이야기를 나누었습니다. 하지만 그 비극을 막기에는 이미 너무나 늦어버리고 말았습니다.

어쨌거나 공원 지배인은 자신이 쓰고 있던 일기를 보여주었습니다. 공원 지배인은 그 일기에, 내가 바닷가를 산책하는 동안 거울의 집에서 일어났던 일들을 모두 다 기록해 놓았더군요. 내가 그 기록을 읽어보기만 했다면, 그 당시에 나의 주위에서 어떤 일이 일어나고 있었는지 그리고 나중에 일어날 비극적인 일을 막기 위해서 무엇을 해야 하는지 알 수 있었을 것입니다. 하지만 나는 공원 지배인의 일기 내용을 전혀 읽어보지 않았습니다. 그리고 다리우스가 내뱉었던 세 마디의 라틴어도 이해하지 못했던 것입니다.

그 무렵 대부분의 사람들은 주로 정장 차림을 하고 다녔습니다. 어쩌면 지금 이 자리에 참석한 젊은이들은 약간 이상하게 생각할

지도 모릅니다. 여러분은 지금 아주 자유로운 복장을 하고 있으니까요. 그 당시에 젊은 남자들은 항상 어두운 색상의 양복을 입어야만 했습니다. 가끔씩 조끼를 입기도 했으며 언제나 빳빳하게 풀을 먹인 하얀 칼라와 커프스를 착용했습니다. 그런데 한 가지 난처한 문제는 월급이 적은 젊은이들이 세탁비를 감당하기 힘들다는 점이었습니다. 그래서 우리는 주로 떼었다 붙였다 하는 하얀색 셀룰로이드 칼라와 커프스를 이용했습니다. 밤이면 그것을 떼어낸 후 젖은 수건으로 깨끗하게 닦아두었습니다. 이렇게 하면 셔츠를 세탁하지 않고도 며칠을 입을 수 있었습니다. 물론 칼라와 커프스는 언제나 깨끗한 상태로 유지되었습니다. 다리우스가 지나가면서 외친 말을, 나는 재빨리 커프스에 옮겨 적었습니다.

나를 스치고 달려가는 다리우스의 모습은 마치 혼이 나간 사람처럼 보였습니다. 내가 회의실에서 만났던 냉혹한 인상의 사업가와는 완전히 딴판이었습니다. 검은 눈을 커다랗게 뜨고 오직 정면만을 응시하고 있었습니다. 안색은 마치 시체처럼 창백하게 질려 있었습니다. 새까만 머리카락은 바람에 불려서 이리저리 흩날리고 있었습니다.

나는 그 자리에 멈추어 재빨리 달려가는 다리우스의 모습을 지켜보았습니다. 다리우스가 놀이공원의 정문에 이르렀을 때, 조셉 킬포일 신부님과 마주치게 되었습니다. 신부님은 방금 피에르를 마차에 태워놓고 샤니 자작 부인을 찾기 위해 다시 돌아오는 중이었습니다.

다리우스는 신부님의 모습을 보자 그 자리에 우뚝 멈추어 섰습니다. 두 남자는 잠시 동안 서로를 강렬한 눈빛으로 쏘아보고 있었습니다. 11월의 매서운 겨울바람이 불고 있었지만, 나는 두 사람 사이에서 흐르고 있는 팽팽한 긴장감을 생생하게 느낄 수 있었습니다. 두 사람은 마치 결투를 앞두고 있는 두 마리의 투견과도 같았습니다.

그런 다음에 다리우스는 황급히 몸을 움직이더니 마차를 향해 달려갔습니다. 다리우스는 마차에 올라타고 이내 사라져버렸습니다. 내가 있는 곳을 향해 천천히 나가오고 있는 킬포일 신부님의 얼굴은 몹시 진지했습니다. 킬포일 신부님은 깊은 생각에 잠겨 있는 것 같았습니다.

그 순간 샤니 자작 부인이 창백한 얼굴로 비틀거리며 거울의 집에서 나왔습니다. 나는 그 어떤 드라마보다도 더 극적인 사건의 중심에 서 있었던 것입니다. 그런데 애석하게도 나는 목격한 것들을 하나도 이해하지 못했습니다.

우리는 마차를 타고 코니아일랜드의 기차역으로 갔습니다. 그런 다음에 다시 맨해튼으로 가는 기차를 탔습니다. 모든 사람들이 무거운 침묵을 지키고 있었습니다. 완구점에 대해 신나게 재잘거리고 있는 피에르를 제외하고는……

내가 사건의 실마리를 잡았던 것은 사흘이 지난 다음이었습니다. 맨해튼 오페라 하우스 개관 기념 공연은 대성공을 거두었습니다. 새로운 오페라의 이름은 좀처럼 기억나지 않습니다. 결국 나는 오페라광이 아니었던 것입니다. 마담 샤니는 마치 하늘에서 내려온 천사처럼 아름다운 노래를 불렀습니다. 그녀의 노래를 들으면서 관객들은 뜨거운 눈물을 흘렸습니다. 막이 내린 후에 관객들은 눈시울을 적시면서 극장을 나섰습니다.

마침내 공연이 끝나고 성대한 파티가 무대 위에서 열렸습니다. 뉴욕 사교계를 주름잡고 있던 갑부들과 유명 인사들은 모두 그 파티장에 참석한 것 같았습니다. 게다가 테디 루스벨트 대통령까지 직접 그 자리에 모습을 드러냈지요. 그리고 여러 명의 유명한 권투 선수들도 있었습니다. 그들은 모두 젊고 아름다운 오페라 스타의 얼굴을 보고 한 마디라도 그녀와 인사를 나누고 싶다는 기대를 품고 있었던 것입니다.

오페라는 미국의 남북전쟁을 배경으로 하고 있었습니다. 주 세트는 웅장한 버지니아의 농장 저택이었습니다. 그 저택의 현관 옆으로는 무대를 향해 내려오는 계단이 설치되어 있었습니다. 파티가 한창 무르익을 때, 한 남자가 현관문을 열고 나타났습니다.

나는 즉시 그 남자를 알아보았습니다. 아니, 알아보았다고 생각했었지요. 그 남자는 여전히 자신이 맡았던 역할인 북군 대위의 제복을 입고 있었습니다. 그 대위는 극중에서 심한 상처를 입었기 때문에 얼굴 전체에 가면을 쓰고 있었습니다. 오페라의 마지막 장면에서 샤니 자작 부인과 정열적인 이중창을 불렀던 바로 그 남자였습니다. 그 장면에서 대위는 그녀에게 그들의 약혼반지를 되돌려 주었습니다.

그런데 한 가지 이상한 점이 있었습니다. 오페라가 이미 막을 내렸음에도 불구하고 그 배우는 아직까지도 가면을 쓰고 있었던 것입니다. 마침내 나는 그 이유를 깨달았습니다. 그 사람은 바로 유령이었던 것입니다!

뉴욕 시를 지배하고 있는 인물. 막대한 부를 소유하고 있는 인물. 신비에 싸인 정체 불명의 인물. 엄청난 재력을 이용해서 맨해튼 오페라 하우스를 건설한 인물. 바로 그 인물이 프랑스의 귀족 부인을 미국으로 초대해서 노래를 부르도록 만들었던 것입니다.

그렇지만 왜? 도대체 왜 그는 그런 일을 했을까요?

나는 그 이유를 훨씬 나중에 알게 되었습니다. 그리고 내가 그 이유를 깨달았을 때에는 이미 너무 늦어버렸습니다. 그 당시 나는 샤니 자작과 이야기를 나누고 있었습니다. 샤니 자작은 무척 매력적인 남자였습니다. 그는 진심으로 아내의 성공을 몹시 자랑스러워하고 있었습니다. 그리고 미국 대통령을 만났다는 사실에 대해 매우 흥분하고 있었지요. 샤니 자작과 이야기를 나누는 동안 나는 그의 어깨 너머로 자작 부인이 현관으로 이어지는 계단을 따라 올라가는 모습을 보았습니다.

이윽고 자작 부인이 가면을 쓴 배우와 이야기를 나누기 시작했습니다. 나는 이미 그 배우가 유령이라는 사실을 알고 있었습니다. 다른 어느 누구도 그 남자 이외에는 유령일 수가 없었던 것입니다. 그 유령은 아름다운 자작 부인에게 알 수 없는 힘을 행사하고 있는 것처럼 보였습니다. 그때까지도 나는 두 사람이 12년 전에 파리에서 서로 잘 알던 사이였으며, 그들 사이에서 너무나 많은 일들이 일어났었다는 사실을 깨닫지 못하고 있었습니다.

그런데 헤어지기 직전에 그 남자는 자작 부인의 손에 작은 종이 쪽지를 건네주었습니다. 그녀는 그 쪽지를 얼른 옷깃에 감추었습니다. 그런 다음에 그 남자는 다시 여느 때처럼 바람같이 떠나버리고 말았습니다. 순식간에 그 자리에서 사라졌던 것입니다.

그 파티장에는 우리의 경쟁 신문인 《뉴욕 월드》지에서 나온 칼럼니스트가 있었습니다. 칼럼니스트는 다음 날 신문에 그 사건에 대한 기사를 쓰면서, 자신 이외에는 아무도 그 장면을 본 사람이 없었다고 밝혔습니다. 하지만 사실은 그렇지 않았습니다. 나도 그 장면을 목격했던 것입니다. 게다가 나는 그 칼럼니스트보다 더욱 많은 것들을 알고 있었습니다.

파티가 열리고 있는 동안 나는 자작 부인으로부터 잠시도 눈을 떼지 않았습니다. 잠시 후 그녀는 사람들이 모여 있는 파티장에서 살며시 벗어났습니다. 그녀는 유령이 건네주었던 쪽지를 꺼내서 읽었습니다. 그 내용을 모두 읽고 나서 그녀는 재빨리 사방을 둘러보았습니다. 그녀는 이내 그 쪽지를 구겨서 빈 병과 더러운 냅킨들로 가득 차 있는 쓰레기통에 던져버렸습니다.

그녀가 떠난 후 나는 쓰레기통 속에서 그 쪽지를 끄집어냈습니다. 여러분이 궁금하게 여길지도 모른다고 생각했기 때문에, 나는 지금 이 자리에 그 쪽지를 가지고 나왔습니다. 자, 이 쪽지가 바로 그것입니다. 나는 그 쪽지를 얼른 주머니 속에 집어 넣었습니다. 그 쪽지는 일주일 동안 나의 아파트 경대 위에서 뒹굴고 있었습니다. 어느 정도 시간이 흐른 후 나는 나의 목전에서 벌어졌던 사건들을 기념하기 위해 그 쪽지를 보관하기로 결정했습니다.

아이를 딱 한 번만 보게 해주시오. 내가 마지막으로 작별 인사를 할 수 있도록 해주시오. 제발 부탁이오. 당신이 떠나는 날 새벽에 배터리 파크에서 만납시다.

에릭

그 쪽지에는 이렇게 적혀 있었습니다. 쪽지를 읽고 난 후 나는 비로소 지금까지 일어났던 사건들을 어느 정도 꿰맞출 수 있었습니다. 에릭이라는 남자는 12년 전 파리에서 비밀리에 그녀를 사랑하고 있었던 것입니다. 짝사랑의 상처를 안은 채, 미국으로 이주한 그 남자는 막대한 부와 권력을 소유하게 되었습니다. 그리고 그 남자는 사랑하는 여인을 미국으로 초대한 후에 자신의 오페라 극장에서 공연하도록 만들었던 것입니다.

정말 감동적인 이야기가 아닙니까? 하지만 나는 그런 사연을 대수롭지 않게 여겼습니다. 그런 류의 이야기는 로맨스 소설을 쓰는 여류 소설가에게나 어울리는 것이었습니다. 나처럼 뉴욕 거리에서 험난한 일을 하는 기자가 다룰 만한 이야기는 아니라고 생각했던 것입니다.

하지만 아직까지도 여러 가지 의혹들이 남아 있었습니다. 왜 그 남자는 가면을 쓰고 있는 것일까요? 어째서 그 남자는 다른 사람들처럼 당당하게 앞으로 나서서 그녀를 만날 수 없는 것일까요? 여전히 나는 그 의문에 대한 해답을 찾을 수가 없었습니다. 그리고 나는 해답을 찾기 위해 노력하지도 않았지요. 그것은 커다란 실수였습니다.

어쨌거나 샤니 자작 부인은 엿새 동안 맨해튼 오페라 하우스에서 공연했습니다. 그럴 때마다 샤니 자작 부인은 오페라 하우스를 감동의 물결로 가득 차게 만들었지요. 12월 8일은 그녀의 마지막 공연이 있는 날이었습니다. 또 다른 오페라계의 프리마돈나인 넬리 멜바가 12월 12일 뉴욕에 도착할 예정이었습니다. 프랑스의 귀족 크리스틴 드 샤니 부인에 대한 경쟁자는 넬리 멜바가 유일한 존재였지요.

샤니 자작 부인과 그녀의 남편과 아들 그리고 수행원들은 영국의 사우스앰튼으로 가는 파리 시(City of Paris) 호에 승선하기로 예정되어 있었습니다. 그곳에 있는 코벤트 가든에서 다른 공연에 참석할 일정이 짜여져 있었던 것입니다.

그들은 12월 10일 미국을 떠나기로 되어 있었습니다. 마담 샤니는 나에게 많은 호의를 베풀어주었습니다. 나는 그녀를 배웅하기 위해 직접 부두까지 나갈 생각이었습니다. 마담 샤니의 일행이 뉴욕에서 머무르는 동안 나는 그들과 친분을 나누게 되었습니다. 그래서 그들도 나를 거의 한가족처럼 여기고 있었던 것입니다.

샤니 자작 부인은 영국으로 떠나기 전에 자신의 특별 선실로 나를 초대하겠다고 말했습니다. 나는 개인적으로 그녀와 작별 인사를 나누면서 《뉴욕 아메리칸》지를 위해 마지막으로 단독 인터뷰를 가질 예정이었습니다. 그런 다음에 나는 다시 일상으로 돌아가서 살인 사건이나 정치 비화 등을 취재하게 될 것입니다.

12월 9일 밤이었습니다. 내일이 되면 프리마돈나 일행은 뉴욕을 떠나게 될 것입니다. 나는 거의 잠을 이루지 못했습니다. 그 이유는 나도 잘 알 수가 없었습니다. 하지만 여러분도 아무런 이유도 없이 잠을 이루지 못하는 밤이 있을 것입니다. 그렇게 잠을 설치는 밤이면 어느 순간 더 이상 잠들려고 노력하는 것이 아무런 소용도 없다는 것을 깨닫게 되는 법이지요. 차라리 일어나버리는 것이 더욱 낫다는 생각이 들게 되는 것입니다.

그래서 나는 새벽 5시에 자리에서 일어났습니다. 세수를 하고 난 후에 다시 면도를 했습니다. 그리고 내가 가지고 있는 옷들 중에서 가장 좋은 양복을 골라 입었습니다. 빳빳한 칼라를 양복에 붙이고 넥타이를 매었습니다.

나는 경대 위에 놓여 있던 여섯 개의 하얀 플라스틱 커프스 중에서 아무것이나 두 개를 골라서 소매 끝에 부착했습니다. 이른 시각에 일어났기 때문에 월돌프 아스토리아 호텔로 가서 마담 샤니 가족들과 함께 아침식사를 하는 것이 좋겠다고 생각했습니다.

택시비를 절약하기 위해서 나는 호텔까지 걸어가기로 했습니다. 그런데 내가 호텔에 도착했을 때에도 시간은 겨우 7시 10분 전이었습니다. 거리는 아직도 어두웠지만 식당에는 킬포일 신부님이 커피를 시켜놓고 혼자 앉아 계셨습니다. 신부님은 아주 반갑게 맞아주면서 식탁으로 다가와서 앉으라고 손짓을 했습니다.

"아, 블룸 씨! 이제 우리가 이 훌륭한 도시를 떠나야 할 때가 되었군요. 우리를 배웅해 주실 거죠? 그래요. 그렇게 해주실 줄 알았습니다. 따뜻한 죽과 토스트를 드시면 하루를 든든하게 시작하실 수 있을 겁니다. 이봐요, 웨이터!"

우리가 아침식사를 하고 있을 때 샤니 자작이 식당으로 들어왔습니다. 식탁에 동석한 샤니 자작은 신부님과 프랑스어로 몇 마디를 주고받았습니다. 하지만 나는 그들의 말을 이해할 수가 없었습니다.

나는 샤니 자작 부인과 피에르도 우리와 함께 아침식사를 하게 되는지 물어보았습니다.

"조금 전에 자작 부인께서 피에르의 방으로 들어가셨답니다. 피에르를 준비시킨 후에 곧 이곳으로 오실 겁니다."

킬포일 신부님이 나를 쳐다보면서 말했습니다. 물론 그것은 방금 샤니 자작으로부터 프랑스어로 전해들은 내용이었을 것입니다. 하지만 나는 그 이상의 것을 알고 있었습니다. 물론 그것을 알고 있다는 내색을 하지 않았지만 말입니다. 그것은 사적인 일이었기 때문에 내가 참견할 일이 아니라고 생각했던 것입니다. 게다가 샤니 자작 부인이 아무도 모르게 호텔에서 나간 후 그녀의 후원자에게 작별 인사를 하려고 했다고 하더라도 그것은 나와는 아무런 상관이 없는 일이기도 했습니다. 나는 8시경이 되면 샤니 자작 부인이 마차를 타고 호텔에 도착해서 여느 때처럼 매력적인 미소와 매너로 우리를 반겨줄 것이라고 기대하고 있었습니다.

그래서 나는 그들과 함께 식탁에 앉아서 담소를 나누었습니다. 나는 신부님에게 뉴욕에서 좋은 시간을 보냈는지 물었습니다. 물론 대화를 이끌기 위해서 물었던 것이었지요.

"아주 잘 지냈습니다. 뉴욕은 무척 아름다운 도시입니다. 저는 이 도시를 사랑하게 될 것 같군요. 특히 아일랜드 동포들이 많아서 더욱 좋았습니다."

신부님이 차분한 목소리로 대답했습니다. 나는 다시 코니아일랜드에 대해서는 어떻게 생각하는지 질문을 던졌습니다. 그러자 신부님은 갑자기 심각한 표정을 지었습니다.

"그곳은 참으로 이상한 곳이었습니다. 또한 이상한 사람들도 많았어요."

잠시 동안 침묵을 지키면서 생각에 잠겨 있던 신부님이 대답했습니다.

"공원 지배인을 말하는 것인가요?"

나는 궁금한 듯이 물었습니다.

"지배인이 아닙니다. 다른 사람들의 태도가 이상했어요."

신부님은 약간 머뭇거리면서 대답했습니다.

"아! 신부님은 다리우스를 말씀하시는 건가요?"

나는 아무런 눈치도 없이 계속 실수를 저지르고 말았습니다. 신부님은 깜짝 놀라는 눈치였습니다.

"블룸 씨가 어떻게 그 사람을 아시죠?"

신부님이 푸른 눈을 동그랗게 뜨고 날카로운 시선을 나에게 던지면서 물었습니다.

"저도 그 사람을 만난 적이 있었습니다."

나는 어리둥절한 표정을 지으면서 대답했습니다.

"언제 어디에서 그를 만났는지 말씀해 주세요."

이렇게 말하는 신부님의 어조는 부탁하는 것이라기보다는 거의 명령에 가까운 것이었습니다. 편지를 전달했던 사건이 전혀 해가 되지 않는다고 생각했기 때문에 나는 나와 프랑스 변호사인 뒤푸르 사이에 일어났던 일과 뉴욕에서 가장 높은 고층 빌딩의 꼭대기에 있는 회의실을 방문했던 일에 대해 자세히 설명했습니다. 나는 킬포일 신부님이 소년의 가정교사였을 뿐만 아니라 자작과 자작 부인의 고해성사를 들어주는 신부라는 사실을 전혀 깨닫지 못하고 있었던 것입니다.

그때 영어를 별로 알아듣지 못해서 지루함을 느끼고 있었던 샤니 자작은 식탁에서 벌떡 일어나더니 방으로 올라갔습니다. 나는 코니아일랜드의 놀이동산에서 벌어졌던 일들도 들려주었습니다. 다리우스가 깜짝 놀란 표정을 지으면서 황급히 나를 스치고 지나갔던 일과 또한 내가 알아들을 수 없었던 세 마디 말을 외쳤던 일도 상세히 설명했습니다. 그리고 다리우스가 킬포일 신부님과 마주쳤을 때 내가 느꼈던 분위기도 덧붙였습니다.

"블룸 씨! 혹시 다리우스가 뭐라고 외쳤는지 기억하십니까?"

이마를 잔뜩 찌푸린 채 침묵을 지키면서 나의 이야기를 듣고만 있던 킬포일 신부님이 질문을 던졌습니다.

"그 말은 외국어 같았습니다. 하지만 내가 들었던 말을 왼쪽 소매에 달려 있던 플라스틱 커프스에 그대로 적어놓았습니다."

그 순간 샤니 자작이 식당으로 다시 돌아왔습니다. 샤니 자작은 몹시 근심스러운 표정을 짓고 있었습니다. 그는 킬포일 신부님을 향해 빠르게 프랑스어로 말했습니다.

"두 사람이 스위트룸에서 사라졌다는군요. 마담과 피에르가 없어졌답니다."

킬포일 신부가 방금 샤니 자작으로부터 전해들은 내용을 나에게 알려주었습니다.

"너무 걱정하지 마십시오. 마담과 피에르는 누군가를 만날 일이 있어서 나가셨을 겁니다."

물론 나는 마담과 피에르가 사라진 이유를 알고 있었습니다. 그래서 나는 그들을 안심시키기 위해 이렇게 말했습니다. 그런데 신부님이 나를 뚫어지게 쳐다보기 시작했습니다. 신부님은 어떻게 해서 내가 그 사실을 아는지 물어볼 생각조차 못하고 있는 것 같았습니다.

"누구를 만나다니? 그게 무슨 말입니까?"

신부님은 나의 얼굴에서 눈을 떼지 않고 이렇게 물었습니다.

"오랜 친구인 에릭에게 작별 인사를 하기 위해서 호텔을 떠나신 것 같습니다."

나는 그저 조금이라도 도움이 될 수 있을 것이라는 생각에 이렇게 말했습니다. 신부님은 나를 계속 쳐다보면서 샤니 자작이 돌아오기 전에 우리가 무슨 이야기를 나누고 있었는지 기억하기 위해 애를 쓰는 것 같았습니다. 그러더니 갑자기 신부님이 나를 향해 다가오더니 왼쪽 팔을 붙잡았습니다. 그런 다음에 팔을 자기 쪽으로 거칠게 잡아당기더니 살짝 방향을 비틀었습니다.

신부님은 나의 커프스 버튼을 조사하기 시작했습니다. 거기에는 세 단어가 적혀 있었습니다. 나의 왼쪽 커프스 위에 연필로 갈겨쓴 단어들이 적혀 있었던 것입니다. 그 커프스는 아마도 경대 위에서 열흘 동안 이리저리 굴러다니고 있었을 것입니다. 그런데 우연히

도 오늘 아침 바로 그 커프스를 집어서 소매 끝에 달고 나왔던 것입니다.

킬포일 신부님은 커프스를 힐끗 쳐다보더니 가톨릭 신부들이 차마 입에 담지 못할 말을 한 마디 내뱉었습니다. 나는 신부들도 그런 단어를 알고 있으리라곤 생각조차 하지 못했습니다.

그런 다음에 신부님은 식탁에서 벌떡 일어나더니 거의 멱살을 잡다시피 하면서 나를 일으켜 세웠습니다.

"도대체 마담이 어디로 간 겁니까? 당신은 알고 있소?"

신부님은 여전히 나의 멱살을 잡은 채 버럭 고함을 질렀습니다.

"배터리 파크로…… 간다고 했습니다……."

나는 간신히 목소리를 쥐어짜면서 대답했습니다. 신부님이 거의 나의 목을 조르다시피 하고 있었기 때문이었습니다. 내 말이 떨어지기가 무섭게 신부님은 당장 호텔 로비를 가로질러서 밖으로 뛰어나갔습니다. 무슨 영문인지 모르고 있었던 자작도 허둥지둥 우리를 따라오고 있었습니다.

호텔 정문에 도착한 신부님은 마차 한 대가 서 있는 것을 발견했습니다. 모자를 쓴 어떤 신사가 이제 막 그 마차에 올라타려던 참이었죠. 신부님은 그 신사의 옷깃을 잡아채더니 다시 마차에서 억지로 끌어내렸습니다. 그런 다음 재빨리 마차에 올라탔습니다. 그 신사는 감히 항의할 생각조차 하지 못하고 있는 것 같았습니다.

"배터리 파크로 빨리 가주시오. 전속력으로!"

신부님은 큰 소리로 마부를 향해 외쳤습니다. 나는 얼른 떠나려는 마차에 올라탄 다음, 뒤따라 달려온 자작을 마차 위로 끌어 올려 주었습니다.

마차가 배터리 파크를 향해 달려가는 동안 내내 킬포일 신부님은 마차 한 구석에 웅크리고 앉아서 자신의 목에 걸려 있는 십자가 목걸이를 두 손으로 꼭 붙들고 있었습니다.

"성모 마리아여! 간절히 비옵니다. 부디 우리가 늦지 않도록 도와주시옵소서."

신부님은 마치 정신이 나간 사람처럼 이런 기도만을 되풀이하고 있었습니다. 어느 한순간 신부님이 기도를 멈추었을 때, 나는 커프스 위에 적어놓았던 단어들을 가리키면서 그것이 무엇을 의미하는지 물어보았습니다. 신부님은 한참 동안이나 나의 얼굴을 물끄러미 바라만 보고 있었습니다.

"델렌다 에스트 필리우스! 그 말은 '반드시 아들을 죽여야만 한다'라는 의미를 담고 있습니다."

신부님은 여전히 나의 얼굴을 뚫어지게 바라보면서 대답했습니다. 나는 그만 할 말을 잃고 침묵을 지킬 수밖에 없었습니다. 생명의 위협을 받고 있었던 사람은 마담 샤니가 아니었던 것입니다. 바로 그녀의 아들인 피에르였던 것입니다.

하지만 아직도 나는 의문에 사로잡혀 있었습니다. 아무리 다리우스가 주인의 재산을 물려받을 욕망에 사로잡혀 있다고 하더라도 어째서 프랑스 자작 부부의 아들을 죽이려고 하는 것일까요?

마차는 텅 비어 있는 브로드웨이의 거리를 따라 동쪽으로 질주했습니다. 마차가 브루클린을 지나가고 있을 때 먼동이 환하게 밝아오기 시작했습니다. 우리는 스테이트가에 있는 공원의 정문에 도착했습니다. 마차가 미처 멈추어 서기도 전에 신부님은 마차에서 훌쩍 뛰어내렸습니다. 신부님은 즉시 공원 안으로 달려갔습니다.

배터리 파크는 지금의 모습과 전혀 달랐습니다. 지금 공원의 잔디밭은 온통 노숙자들과 부랑자들이 차지하고 있지만 그 당시만 해도 배터리 파크는 조용하고 평화로운 곳이었습니다. 공원 안에는 클린턴 성으로부터 뻗어나온 산책로들이 길게 이어져 있었으며, 중간 중간에 돌로 만들어진 벤치들이 나무 그늘 밑에 있었습니다. 그 벤치 중 하나에 우리가 찾고 있던 사람들이 앉아 있었습니다.

배터리 파크의 정문 밖에는 세 대의 마차가 서 있었습니다. 한 대는 월돌프 아스토리아의 마차였습니다. 자작 부인과 피에르가 그 마차를 타고 온 것이었지요. 마부석에 앉아 있던 마부는 추위를 참기 위해 몸을 잔뜩 웅크리고 있었습니다. 두 번째 마차는 샤니 자작 부인이 타고 온 마차와 똑같은 크기였습니다. 그 마차에는 전혀 특이한 점이 없었습니다. 하지만 마차의 스타일이나 상태로 미루어볼 때, 부유한 사람이나 회사가 소유하고 있는 것처럼 보였습니다.

또 다른 한 대의 마차는 다른 마차들과 조금 떨어진 장소에 세워져 있었습니다. 그 마차는 크기가 다소 작은 사륜마차였습니다. 어쩐지 그 마차가 나의 눈에 익었습니다. 그것은 바로 열흘 전에 놀이동산 밖에서 보았던 그 마차였습니다. 다리우스도 이곳에 와 있었던 것입니다. 더 이상 지체할 시간이 없었습니다. 우리 모두는 서둘러 공원으로 들어갔습니다.

우리는 좀더 빨리 그들을 찾기 위해 서로 다른 방향으로 뿔뿔이 흩어졌습니다. 나무들과 덤불들이 우거진 공원은 아직까지도 어둠이 걷히지 않고 있었기 때문에 사람들의 형체를 구별하기가 쉽지 않았습니다. 하지만 몇 분 동안 이리저리 뛰어다니면서 그들을 찾아다닌 끝에, 드디어 나는 어떤 사람들의 목소리를 듣게 되었습니다. 한 목소리는 굵고 음량이 풍부한 남자의 것이었으며, 다른 하나는 아름다운 오페라 가수인 샤니 자작 부인의 음성이 확실했습니다.

나는 신부님과 자작을 찾아서 오던 길을 돌아가야 하는지 아니면 목소리가 들리는 곳으로 다가가야 하는지 몰라서 잠시 망설였습니다. 결국 나는 호기심을 이기지 못하고 그들이 있는 곳으로 살며시 다가갔습니다.

이윽고 나는 덤불이 무성한 곳으로 접근해서 몸을 숨겼습니다. 사실 나는 그들에게 다가가서 나의 존재를 알리고 난 후에 다리우스를 조심하라고 주의를 주어야만 했습니다. 하지만 소년이 그들과 함께 있지 않은 것을 발견하고는 안도의 한숨을 내쉬었습니다.

자작 부인이 호텔에 소년을 두고 온 것이라고 믿었던 것입니다.

그래서 나는 덤불 뒤에 몸을 숨기고 두 사람의 대화를 엿듣게 되었습니다. 두 사람은 커다란 나무 옆에 서 있었습니다. 그들은 아주 나지막한 목소리로 대화를 나누고 있었지만, 내가 몸을 웅크리고 있는 덤불 뒤에서는 손쉽게 그들의 이야기를 엿들을 수 있었습니다.

그 남자는 여전히 가면을 쓰고 있었습니다. 하지만 나는 그 남자를 보자마자 맨해튼 오페라 하우스 개장 공연에서 프리마돈나와 함께 훌륭한 이중창을 불러서 관객들의 눈물을 자아내었던 임시 대역 배우라는 사실을 금방 알아차렸습니다. 내가 그 남자의 목소리를 직접 들었던 것은 그때가 처음이었습니다.

"피에르는?"

가면을 쓴 남자가 나지막한 목소리로 물었습니다.

"아직 마차에 있어요. 잠시만 기다리라고 말했어요. 금방 이곳으로 올 거예요."

샤니 자작 부인이 침착하게 대답했습니다. 그 말을 듣자 나의 가슴이 마구 박동하기 시작했습니다. 지금 이 순간에도 다리우스는 소년을 찾기 위해 사방을 돌아다니고 있을 것입니다. 만약 피에르가 마차 안에 있다면 다리우스가 소년을 발견하게 될 확률은 거의 없었기 때문입니다.

"나에게 원하는 게 뭐죠?"

샤니 자작 부인은 유령에게 다그치듯 물었습니다.

"지금까지 살아오는 동안 나는 줄곧 사람들에게 거부당하고 심한 모욕까지 당했소. 사람들은 언제나 나를 조롱하면서 잔인하게 대했소. 글쎄……. 그것은 당신도 잘 알고 있지 않소? 아주 오래 전에 단 한 번 나는 사랑을 받을 수 있다고 생각했던 적이 있었소. 몹시 짧은 순간이긴 했지만……. 한없이 이어지는 비참한 인생을 보상해 주고도 남을 만큼 크고 따뜻한 사랑을……."

"에릭, 제발 그만 하세요. 그것은 불가능한 일이었어요. 나는 당신이 정말로 유령이라고 생각했었어요. 당신이 눈에 보이지 않는 음악의 천사라고 생각했었던 거예요. 나중에 나는 진실을 알게 되었지요. 당신이 실제로 존재하는 사람이라는 사실을……. 그 후부터 나는 당신을 두려워하게 되었어요. 당신의 힘과 천재성까지도……. 그리고 때때로 당신이 드러내곤 했던 격렬한 분노도 몹시 두려웠어요. 하지만 정말 이상한 일이었어요. 마치 코브라 앞에 서 있는 토끼처럼 당신을 두려워하고 있으면서도 나는 당신에게 이끌리고 있었던 거예요. 아주 강렬하게……. 그 마지막 날 밤에……. 오페라 하우스의 깊고 깊은 지하실, 그 짙은 어둠 속에서 나는 두려움에 질린 채 벌벌 떨고 있었죠. 나는 무서워서 죽을 것만 같았어요. 그래서 거의 정신을 잃고 있었죠. 그 일이…… 바로 그 일이…… 일어났을 때 말이에요. 나중에 당신이 나와 라울을 살려주고 다시 어둠 속으로 사라져버렸죠. 나는 두 번 다시 당신을 만날 수 없을 거라고 생각했어요. 그 당시에 나는 당신이 살아오면서 겪었던 모든 것들을 너무나 잘 이해하고 있었어요. 그래서 당신에 대해 두려움을 느끼고 있었지만, 다른 한편으로는 이 사회에서 소외당한 당신에 대해 한없는 동정과 연민을 느꼈어요. 하지만 그것은 사랑이 아니었어요. 진실한 사랑은……. 당신이 내게 느꼈던 뜨거운 열정 같은 것을 나는 도저히 느낄 수 없었어요. 차라리 당신은 나를 미워하고 증오했어야만 했어요."

"크리스틴, 나는 당신을 절대로 미워할 수가 없소. 당신은 나의 단 하나뿐인 사랑이오. 나는 당신을 진정으로 사랑했소. 그 당시에도……. 그 후에노……. 그리고 앞으로도 나는 당신을 사랑할 거요. 하지만 이제 나는 모든 것을 받아들일 수 있게 되었소. 드디어 마음의 상처가 아물고 더 이상 아픔을 느끼지 않게 된 거요. 그리고……. 이제 나에게는 또 다른 사랑이 있소. 그것은 나의 아들에 대한 사랑이오. 아니, 우리의 아들 말이오. 그런데 피에르에게 나에 대해서 말한 적이 있소?"

"네."

"나에 대해서 뭐라고 말했소?"

"좋은 친구라고 했어요. 미국에서 살고 있는 아주 좋은 친구라고……. 하지만 5년이 지나면 그 아이에게 모든 진실을 말해 줄 거예요. 당신이 그 아이의 생부라는 사실을 알려주고 피에르가 직접 선택하도록 만들겠어요. 라울은 이제까지 아버지로서 할 수 있는 모든 일들을 해주었어요. 하지만 라울이 진짜 아버지가 아니라는 사실을 그 아이가 받아들일 수만 있다면, 피에르는 당신에게 갈 거예요. 그리고 나는 그 아이를 축복해 줄 거구요."

나는 그 말을 듣고 그곳에서 한 걸음도 움직일 수가 없을 정도로 깜짝 놀랐습니다. 이제까지 별로 나의 관심을 끌지 못했고 또한 이해하지 못했던 수많은 것들이 머릿속에 떠오르면서 갑자기 모든 것들이 명확해지기 시작했습니다.

파리에서 온 편지는 이 기이한 은둔자에게 아들이 있다는 사실을 알려주었습니다. 그리고 그는 자신의 아들과 그 어머니를 뉴욕으로 비밀리에 불러들여서 아무도 모르게 만나려고 시도했던 것입니다. 하지만 여기에서 가장 두려운 것은 바로 다리우스의 존재였습니다. 다리우스는 엄청난 부를 축적한 이 남자의 유산 상속인이었습니다. 하지만 그에게 아들이 있다는 사실이 밝혀지면서, 유산 상속인의 자리를 위협받게 되었던 것입니다. 결국 다리우스는 이 소년에게 격렬한 적대감을 품게 되었습니다.

다리우스!

지금 이 새벽의 어둠 속에서 어딘가에 다리우스가 숨어 있을 것이라는 생각이 언뜻 나의 뇌리를 스치고 지나갔습니다.

'이제는 더 이상 지체할 시간이 없어!'

나는 두 사람에게 나의 존재를 알리고, 지금 처해 있는 위험한 상황에 대해 말해 주려고 했습니다.

바로 그 순간 가까이 다가오는 사람들의 발소리가 들렸습니다. 해가 막 떠오르기 시작했으며 공원의 푸른 풀밭에는 지난밤 내린 눈이 떠오르는 햇살을 받으면서 붉게 물들어 있었습니다. 그리고 세 사람의 모습이 보이기 시작했습니다.

오른쪽으로 나 있는 두 갈래 길에서 샤니 자작과 신부님이 나타났습니다. 그들은 기다란 망토와 넓은 챙이 달린 모자와 가면을 쓰고 있는 남자가 샤니 자작 부인과 이야기를 나누고 있는 모습을 보자 그 자리에 우뚝 멈추어 섰습니다.

"르 팬텀!"

샤니 자작이 들릴락 말락한 목소리로 나지막이 숭얼거리는 목소리가 들렸습니다. 그리고 왼쪽으로 나 있는 길에서 피에르가 달려오는 모습이 보였습니다. 피에르가 가까이 달려오는 순간, 바로 나의 등 뒤에서 나뭇가지가 뚝 부러지는 소리가 들렸습니다. 나는 재빨리 몸을 돌려서 주위를 둘러보았습니다.

두 그루의 나무 사이에 한 남자가 웅크리고 있는 모습이 보였습니다. 내가 있는 곳에서 채 10미터도 떨어지지 않은 장소였습니다. 그 남자는 머리끝부터 발끝까지 온통 검은색 옷차림을 하고 있었습니다. 그렇기 때문에 아직 새벽의 어둠이 가시지 않은 그곳에 숨어 있던 그의 모습은 잘 보이지 않았습니다.

하지만 나는 시체처럼 창백한 그의 얼굴을 보았습니다. 그는 손에 무엇인가 기다란 막대기 같은 것을 들고 있었습니다. 나는 숨을 깊이 들이마시면서 위험을 알리려고 소리치기 위해 입을 열었습니다. 그러나 나의 행동은 너무 늦었습니다. 순식간에 모든 일들이 연속적으로 벌어졌기 때문입니다.

"엄마! 이제 집에 가도 되나요?"

피에르가 큰 소리로 외치면서 샤니 자작 부인을 향해 다가왔습니다.

"그래, 아가야!"

자작 부인은 소년을 향해 두 팔을 벌렸습니다. 그녀는 만면에 새벽 햇살보다도 더욱 눈부신 미소를 지었습니다. 소년이 달려오기 시작했습니다. 바로 그 순간이었습니다. 어두운 숲속에 웅크리고 있던 남자가 벌떡 일어나더니 오른쪽 팔을 뻗었습니다. 그 남자는 손에 장총을 들고 있었던 것입니다. 그 남자는 달려오는 소년을 향해 총구를 겨누었습니다.

"안 돼!"

나는 정신없이 고함을 질렀습니다. 하지만 나의 고함소리는 갑자기 울린 더욱 큰 소리에 묻혀서 들리지 않았습니다.

소년이 어머니를 향해 뛰어갔습니다. 소년은 어머니의 품에 안겼습니다. 어머니는 얼른 소년을 품에 안고 빙글 몸을 돌렸습니다. 혹시라도 소년이 가속도를 이기지 못하고 넘어지지나 않을까 걱정이 되었던 것입니다.

나의 고함소리와 요란한 총성이 차가운 새벽 공기를 가르면서 울려 퍼졌습니다. 나는 자작 부인이 누군가에게 등을 세차게 얻어 맞은 것처럼 몸을 부르르 떠는 모습을 보았습니다. 자작 부인이 몸을 돌리는 순간, 소년을 겨냥했던 총알이 그녀의 등을 파고들었던 것입니다.

가면을 쓰고 있던 남자가 총알이 날아온 곳을 향해 휙 몸을 돌렸습니다. 그는 나무 사이에 몸을 숨기고 있던 암살자를 발견했습니다. 그는 재빨리 기다란 코트 밑에서 무엇인가를 꺼냈습니다. 그는 팔을 앞으로 내뻗으면서 권총을 쏘았습니다.

나는 권총에서 총알이 한 발 발사되는 소리를 들었습니다. 그 한 발의 총알은 복수를 하기에 충분했습니다. 암살자는 총알을 맞고 비틀거리면서 앞으로 나왔습니다. 암살자의 이마에서 흘러나온 피가 하얀 눈을 적셨습니다. 이윽고 암살자는 두 팔을 위로 쭉 치켜들면서 벌렁 넘어지고 말았습니다. 차가운 새벽 공기 속에 창백한 암살자의 얼굴이 고스란히 드러났습니다. 암살자의 이마 한가운데에 총알이 관통한 자국이 선명하게 보였습니다.

나는 다리가 후들거려서 그 자리에 가만히 서 있는 것도 힘든 지경이었습니다. 한 걸음도 내디딜 수가 없었습니다. 이제 더 이상 내가 할 수 있는 일이 아무것도 없다는 사실이 오히려 감사했습니다. 조금만 더 빨리 내가 모든 것들을 이해했다면 상황이 달라졌을까요? 만약 그랬다면 이런 비극적인 사건이 일어나지 않았을까요?

하지만 돌이키기에는 이미 때가 너무나 늦었습니다. 두 번째 총성이 울렸을 때, 어머니는 더 이상 소년을 품에 안고 있을 수가 없었습니다. 어머니는 소년을 안고 있던 두 손을 풀면서 그 자리에 털썩 쓰러지고 말았습니다. 벌써 어머니 등 뒤에는 붉은 핏자국이 번지고 있었습니다. 암살자가 쏘았던 총알이 어머니의 몸속에 깊이 박혔던 것입니다. 다행스럽게도 소년은 아무런 상처도 입지 않았습니다.

"크리스틴!"

샤니 자작이 날카로운 비명을 지르면서 그녀를 향해 달려갔습니다. 자작은 사랑하는 아내를 품에 끌어안았습니다. 그녀는 남편에게 몸을 기대면서 그의 얼굴을 올려다보았습니다. 그리고 부드러운 미소를 지었습니다.

킬포일 신부님도 재빨리 자작 부인 곁으로 다가가서 눈 위에 무릎을 꿇고 앉았습니다. 신부님은 허리에 감고 있던 넓은 허리띠를 풀었습니다. 그런 다음에 허리띠의 양쪽 끝에 입을 맞추고 나서 목 주위에 둘렀습니다. 신부님은 아주 빠르게 기도를 외우기 시작했습니다. 뜨거운 눈물이 신부님의 얼굴을 타고 빗물처럼 흘러내리고 있었습니다.

가면을 쓰고 있던 남자는 눈이 쌓여 있는 땅바닥에 권총을 툭 떨어뜨리더니 고개를 푹 숙였습니다. 그는 마치 비석이라도 된 것처럼 멍하니 그 자리에 서 있었습니다. 나는 그가 눈물을 흘리는 것을 보았습니다. 슬픔을 억누르면서 울고 있는 그 남자의 어깨가 심하게 들썩거렸습니다.

피에르는 처음에 무슨 일이 일어났는지 전혀 의식하지 못한 것 같았습니다. 겨우 조금 전에 어머니가 자신을 끌어안고 있었는데, 바로 다음 순간에 어머니가 죽어가고 있었으니까요.

"엄마!"

애처롭게 부르짖는 피에르의 목소리가 엄마의 대답을 기다리는 것 같았습니다. 또다시 엄마를 외치는 피에르의 목소리는 구슬픈 울음소리에 가까웠습니다. 하지만 자작 부인은 아무런 대답도 할 수가 없었습니다.

"아빠!"

피에르는 이번에 샤니 자작을 향해 시선을 돌리더니 마치 설명을 해달라는 듯이 소리쳤습니다.

그런데 크리스틴 드 샤니가 다시 눈을 떴습니다. 크리스틴의 시선은 잠시 동안 피에르를 찾아서 허공을 헤매었습니다.

마침내 피에르를 발견한 크리스틴 드 샤니 자작 부인은 천사 같은 목소리로 말했습니다.

"피에르, 이분은 사실 너의 친아버지가 아니란다. 하지만 너를 정말 친아들처럼 키워주셨지. 너의 친아버지는…… 저기에 서 계신 분이란다."

"엄마?"

"그래, 그렇단다. 그것이 사실이란다. 미안하구나, 아가야."

이것이 마담 샤니가 마지막으로 남긴 말이었습니다. 이제 더 이상 마담 샤니는 천상의 아름다운 목소리를 우리에게 들려줄 수 없게 되었습니다. 그 말을 마치고 그녀는 조용히 숨을 거두었습니다.

마담 샤니가 마지막 숨을 내쉬었습니다. 이윽고 그녀의 머리는 남편의 가슴으로 힘없이 툭 떨어졌습니다. 몇 초 동안 공원 안에는 깊고 어두운 정적만이 가득 감돌았습니다. 불과 몇 초에 불과했지만 그 시간은 마치 영원처럼 길게 느껴졌습니다.

"아빠?"

피에르는 샤니 자작과 가면을 쓰고 있던 남자를 번갈아가면서 쳐다보았습니다. 지난 며칠 동안 나는 프랑스 귀족이 친절하고 좋은 사람이기는 하지만 강인하고 역동적인 인상을 주는 신부님에 비해 어쩐지 무기력해 보인다고 생각했었습니다. 하지만 이제 그에게 변화가 일어났습니다.

샤니 자작은 이미 숨을 거둔 아내의 몸을 왼쪽 팔로 꼭 끌어안았습니다. 자작은 오른손으로 아내의 손에 끼여 있던 금반지를 빼기 시작했습니다. 나는 오페라의 마지막 장면을 떠올리지 않을 수 없었습니다. 흉측하게 일그러진 얼굴의 병사가 영원한 사랑을 약속하면서 그 징표로 주고받았던 반지를 사랑하는 여인에게 되돌려주는 장면 말입니다. 그들의 사랑은 결코 이루어질 수 없는 것일까요?

이윽고 자작은 아내의 손에서 빼낸 반지를 피에르의 손에 꼭 쥐어주었습니다. 킬포일 신부님은 1미터가량 떨어진 곳에서 여전히 무릎을 꿇고 있었습니다. 신부님은 마지막으로 임종 직전에 오페라의 여신의 죄를 사하여 주는 의식을 거행하고 있었습니다. 그 의식을 마치고 다시 자작 부인의 가엾은 영혼을 위해 기도했습니다.

샤니 자작은 두 팔로 아내를 안고 일어섰습니다. 그런 다음에 자작은 피에르를 바라보았습니다.

"모든 것이 사실이란다. 피에르. 엄마의 말이 진실이야. 나는 너를 위해 내가 할 수 있는 모든 일들을 다 했단다. 하지만 나는 너의 친아버지가 될 수는 없단다. 그 반지는 너의 친아버지인 저 분의 것이란다. 피에르, 그 반지를 저 분께 드려라. 저 분도 엄마를 사랑하셨어. 아니, 어쩌면 저 분은 나보다 더 깊이 네 엄마를 사랑했을지도 모른단다."

"아빠, 믿을 수가 없어요."

"믿기 어렵겠지만 모두가 사실이란다. 피에르, 나는 이제까지 오직 네 엄마만을 사랑했단다. 네 엄마는 프랑스를 몹시 사랑하셨지. 이제 엄마를 그 프랑스 땅에 묻어야만 할 것 같구나. 애야! 지금 이 순간부터 너는 소년이 아니란다. 이제부터는 어엿한 남자가 되어야만 한다. 그리고 너의 미래는 네가 직접 선택해야만 한다."

샤니 자작이 피에르를 바라보면서 중얼거렸습니다. 피에르는 몸을 돌리더니 가면을 쓰고 있는 남자를 뚫어지게 바라보았습니다. 바로 그 남자가 피에르의 친아버지였던 것입니다.

맨해튼의 유령은 머리를 떨군 채 홀로 서 있었습니다. 마치 인간

들이 그를 거부하면서 밀어낸 그 거리를 상징하듯 맨해튼의 유령
은 다른 사람들과 떨어진 곳에서 외롭게 서 있었던 것입니다.

고독한 은둔자! 영원한 이방인!

한때 유령은 자신도 다른 사람들처럼 평범한 기쁨을 누릴 수 있
을 것이라는 희망을 품었던 적이 있었습니다. 하지만 유령은 그 희
망을 처절하게 거부당하고 말았던 것입니다. 유령의 고독한 모습
은, 그가 한때 사랑했던 모든 것을 잃어버린 적이 있었으며 이제
다시 한 번 그것을 모두 잃어버리고 말 것이라는 사실을 암시하는
것 같았습니다.

잠시 동안 무거운 침묵이 흘렀습니다. 피에르는 여전히 가면을
쓰고 있는 남자를 바라보고 있었습니다. 지금 나의 눈앞에는 마치
영화의 한 장면처럼 여섯 사람의 모습이 고정되어 있습니다. 두 사
람은 이미 숨을 거두었으며, 나머지 네 사람은 깊은 고통에 잠겨
있었던 것입니다.

샤니 자작은 한쪽 무릎을 꿇더니 죽은 아내의 몸을 쓰다듬었습
니다. 자작 부인의 머리는 그의 가슴에 힘없이 기대어져 있었습니
다. 그는 한쪽 뺨을 그녀의 머리 위에 가만히 올려놓았습니다. 그
런 다음에 마치 자작 부인을 위로하기라도 하듯이 그녀의 검은 머
리카락에 뺨을 비비기 시작했습니다.

맨해튼의 유령은 아까 그 자리에 가만히 선 채 전혀 움직이지 않
았습니다. 그는 마치 패잔병처럼 머리를 푹 수그리고 꼼짝도 하지

않았습니다. 다리우스는 얼마 떨어지지 않은 곳에 넘어진 채, 눈을 크게 부릅뜨고 차가운 겨울 하늘을 올려다보고 있었습니다. 피에르는 샤니 자작 옆에 서 있었습니다. 피에르는 커다란 충격을 받은 것 같았습니다. 지금까지 굳게 믿고 있었던 모든 것들, 불변의 진리와 질서라고 믿었던 것들이 갑자기 피에르의 눈앞에서 산산조각 나고 말았던 것입니다.

신부님은 눈을 꼭 감고 얼굴은 하늘을 향하고 여전히 무릎을 꿇은 자세 그대로 그 자리에 있었습니다. 신부님은 크고 단단한 두 손으로 십자가를 꼭 부여잡고 열심히 기도를 올렸습니다.

나중에 나는 다시 신부님이 서주하고 있는 빈민가의 집을 방문했습니다. 아직도 내가 궁금하게 여기고 있던 것이 남아 있었기 때문입니다. 신부님은 친절한 태도로 나에게 설명을 해주셨습니다. 하지만 나는 여전히 이해하지 못한 것이 있습니다. 어쨌거나 그것을 여러분에게 들려주고자 합니다.

그 당시에 신부님은 무거운 정적 속에서 소리 없는 비명소리들을 들을 수 있었다고 말했습니다. 신부님은 1미터가량 떨어진 곳에 있었던 샤니 자작의 가슴이 슬픔을 억누르지 못하고 갈갈이 찢어지는 소리를 들었다고 합니다. 또한 7년 동안이나 자신이 가르쳤던 피에르의 혼란과 고통의 소리를 들을 수도 있었습니다.

하지만 그것들 외에도 신부님은 또 다른 어떤 소리를 들을 수 있었다고 했습니다. 그것은 모든 것을 잃어버린 영혼의 고통스러운

신음소리였습니다. 마치 콜리지(영국의 시인이며 비평가. 1772~1834
—역주)의 '절망의 바다' 위에서 오직 고통만이 떠돌고 있는 하늘
을 홀로 방황하는 알바트로스 같았다고 했습니다.

　신부님은 이 잃어버린 영혼이 다시 하나님의 사랑 안에서 안식
처를 찾을 수 있도록 해달라고 간절하게 기도했습니다. 신부님은
도저히 일어날 수 없는 기적을 위해 기도하고 있었던 것입니다. 나
는 브롱크스에서 태어난 거친 유대인이었습니다. 내가 잃어버린
영혼이나 구원이나 기적에 대해 무엇을 알고 있었겠습니까? 나는
그저 내가 보았던 것들을 여러분에게 말해 줄 수 있을 뿐입니다.

　피에르는 천천히 맨해튼의 유령을 향해 걸어갔습니다. 피에르는
손을 들어서 유령이 쓰고 있던 챙이 넓은 모자를 벗겼습니다. 나는
유령이 나지막한 신음소리를 내뱉는 것을 들었습니다. 유령의 머
리는 드문드문 나 있는 몇 가닥의 머리카락을 제외하고는 완전히
대머리였습니다. 그의 두피는 납빛의 검푸른 상처들로 가득 했습
니다. 마치 왁스 덩어리들이 뭉개져 있는 것 같았습니다.

　피에르는 아무 말도 하지 않고 다시 유령의 얼굴을 감싸고 있던
가면을 벗겼습니다.

　나는 벨레부 병원의 영안실에 안치되어 있는 시체들을 헤아릴
수 없을 정도로 많이 보았습니다. 며칠 동안이나 허드슨 강변에 버
려져 있어서 부패할 대로 부패한 시체들과 유럽의 전쟁터에서 죽
은 병사들의 처참한 시체도 볼 만큼 보았습니다. 하지만 가면 뒤에

숨겨져 있던 유령의 얼굴과 같은 것은 결코 본 적이 없었습니다. 한쪽 턱과 두 눈만을 제외하고는 인간의 얼굴이라고 말하기 어려울 정도로 몹시 기형적으로 일그러져 있었던 것입니다.

뜨거운 눈물이 흐르고 있는 유령의 얼굴을 보자, 마침내 나는 그가 왜 항상 가면을 쓰고 있었는지 깨달았습니다. 왜 그가 인간들과의 접촉을 피하고 어두운 구석에서 숨어 지내야만 했는지 알게 되었던 것입니다. 하지만 이제 그의 아들이 가면을 벗겼습니다. 유령은 우리의 눈앞에 흉측한 얼굴을 그대로 드러낸 채 가만히 서 있었습니다.

피에르는 전혀 놀라는 기색도 없이 오랫동안 유령의 흉측한 얼굴을 응시하고 있었습니다. 그런 다음 피에르는 오른손에 들고 있던 가면을 땅바닥에 떨어뜨렸습니다.

피에르는 아버지의 왼손을 잡더니 네 번째 손가락에 반지를 끼워주었습니다. 피에르는 슬프게 울고 있는 남자를 꼭 끌어안았습니다. 그리고 떨리는 목소리로 말했습니다.

"아버지, 저는 이곳에서 아버지와 함께 살겠어요."

여러분!

이것이 전부입니다. 그 사건이 벌어지고 난 다음, 불과 몇 시간 지나지 않아서 뉴욕 시 전체에 놀라운 암살 사건 뉴스가 알려졌습니다. 암살은 한 미치광이의 소행으로 보도되었습니다. 뉴욕 시장과 시 당국은 사건이 그렇게 일단락된 것에 대해 안도의 한숨을 내쉬었습니다.

오랜 기자 생활 동안 내가 기사로 쓰지 않았던 것은 오직 이 이야기뿐이었습니다. 만약 신문사에서 이 사실을 알았다면 나는 분명히 해고되고 말았을 것입니다. 하지만 아직까지도 나는 그것이 정말 올바른 판단이었다고 생각합니다. 그리고 이제 그 이야기를 쓰기에는 너무나 많은 시간이 흐르고 말았습니다.

마침내 크리스틴 드 샤니 자작 부인은 다시 안락한 고향으로 돌아갈 수 있었다. 그녀의 유해는 브리타니의 작은 마을에 인치되었다. 그녀의 아버지가 영면하고 있는 교회의 묘지에서 영영 깨어나지 않을 잠을 자게 된 것이다.

선량하고 친절한 샤니 자작은 사랑하는 아내를 잃어버린 후 노르망디의 영지로 돌아갔다. 그는 재혼도 하지 않고 혼자 지내면서 사랑했던 아내의 사진을 언제나 곁에 두고 살았다. 그는 제2차 세계대전이 발발하기 직전이었던 1940년에 사망했다.

조셉 킬포일 신부는 비극적인 사건이 일어난 후에도 뉴욕을 떠나지 않았다. 그는 뉴욕에 정착했던 것이다. 그는 뉴욕의 동쪽 지역, 가난하고 헐벗고 학대받는 어린아이들을 위해 보호소를 설립했다. 가톨릭교회는 그의 공적을 기리면서 승진의 기회를 제공했지만, 그는 그것을 모두 거절하고 여전히 불우한 어린아이들의 아버지로 남았다.

그가 운영하는 보호소는 많은 후원금을 받으면서 언제나 좋은 환경을 유지할 수 있었다. 하지만 그는 후원금의 출처를 끝내 밝히려고 하지 않았다. 그는 1950년에 노령으로 사망했다. 그는 생애의 마지막 3년 동안 롱아일랜드 해변가의 작은 마을에 있는 노년의 성직자를 위해 마련된 집에서 지냈다. 그를 간호했던 수녀들의 말에 의하면, 그는 바닷가를 향해 나 있는 발코니에 앉아서 담요로 몸을 감싼 채 바다 건너 동쪽을 지켜보면서 시간을 보냈다고 한다. 아마도 그는 고향인 멀린가의 농장을 꿈꾸면서 향수를 달랬을 것이다.

몇 년 후에 오스카 해머스타인 씨는 맨해튼 오페라 하우스의 문을 닫고 말았다. 메트로폴리탄 극장과의 치열한 경쟁에서 결국 살아남지 못했던 것이다. 그의 손주였던 오스카 3세는 1950년대에 리처드 로저스와 함께 뮤지컬을 작곡했다.

피에르 드 샤니는 뉴욕에서 학업을 마치고 아이비리그의 명문 대학을 졸업했다. 그는 대학을 졸업한 후 아버지와 함께 가업을 이어나갔다. 제1차 세계대전 동안 피에르와 에릭은 물하임이라는 성을 다른 것으로 바꾸었다. 그 가문은 지금도 여전히 미국에서 명문가로 널리 알려져 있으며, 수많은 사람들로부터 존경을 받고 있다.

그들이 운영하는 회사는 여러 방면에서 자선 사업을 베풀고 있는 것으로 유명하다. 그들은 인체의 기형을 치유하는 연구기관을 설립했으며, 그 외에도 수많은 자선 단체를 설립하기도 했다.

에릭은 1920년대 초반에 경영 일선에서 물러났다. 그는 코네티컷에 위치한 시골 저택에서 책과 그림과 음악을 즐기며 말년을 보냈다. 전쟁터에서 부상을 입고 심각할 정도로 기형이 되어버린 두 명의 전쟁 상이군인들이 에릭의 시중을 들었다. 에릭은 배터리 파크에서 비극적인 사건이 벌어진 후, 두 번 다시 가면을 쓰지 않았다.

피에르는 미국인이 달에 처음으로 착륙했던 그해에 노령으로 눈을 감았다. 그는 사랑하는 아내와 일생을 같이 했으며, 슬하에 네명의 자식들을 두었다. 그들은 여전히 미국에서 명문가의 이름을 이어가고 있다.

유령으로 떠도는 불완전한 사랑

이옥용 | 번역문학가

1

사랑은 언제나 우리 곁에 있다. 그 모습과 형태만 달리할 뿐, 우리는 사랑이 없으면 살아갈 수 없는 존재인 것이다. 하지만 언제나 우리 곁에 있는 사랑은 대부분 비극으로 끝나는 경우가 많다.

그래서 우리는 사랑을 시작하기 두려워하고 심지어 사랑 안에 있을 때조차도 그 비극적인 종말을 예상하면서 두려움에 떨기도 한다. 그렇다면 비극으로 끝나버리고 마는 사랑을 완벽하고 영원한 것으로 승화시킬 수는 없는 것일까?

프레드릭 포사이드는 『오페라의 유령 2』를 통해 우리에게 그 해답을 제시하고 있다. 프레드릭 포사이드는 할리우드의 스타 브루스 윌리스가 주연을 맡았던 영화 〈자칼〉의 원작자로 잘 알려져 있다. 이 작품을 제외하고도 〈오데사 파일〉이나 〈니고시에이터〉 등이 우리나라에 소개되어서 커다란 성과를 거두기도 했다.

프레드릭 포사이드는 1938년 영국의 애시포드에서 태어났다. 스무 살의 나이에 기자가 된 포사이드는 독일과 체코슬로바키아 등을 비롯한 세계 각국을 돌아다니면서 기사를 취재했다.

1965년 영국으로 돌아온 포사이드는 BBC 방송국에서 근무하게 된다. 그는 1967년 비아프라와 나이지리아 사이에서 벌어진 전쟁을 취재하면서 국제 정치와 용병에 대한 지식을 쌓게 되었으며, 그 지식은 훗날 저술 활동에 큰 도움이 된다.

1970년 숨가쁜 기자 생활에 종지부를 찍고 작가로서의 삶을 시작한 그는 탄탄한 구성과 발빠른 전개 그리고 독자들을 휘어잡는 흡인력을 통해 단숨에 베스트셀러 작가로 떠올랐다. 『자칼의 날』은 출간 즉시 엄청난 성공을 거두었으며, 그 후에도 그가 집필한 많은 저서들이 베스트셀러의 반열에 올랐다.

프레드릭 포사이드는 기자로 활동하면서 쌓았던 지식과 기법을 자유롭게 활용하면서 작품 세계를 더욱 풍요롭게 가꾸어나간다. 『오페라의 유령 2』는 프레드릭 포사이드의 서술적인 특성을 가장 잘 드러내고 있는 작품이라고 할 수 있다.

일반적인 서술 기법 대신에 그는 여러 명의 화자들을 번갈아 가면서 등장시키는 독특한 기법을 사용한다. 저자가 서술하는 이야기를 수동적으로 받아들이는 대신에 독자들은 다양한 시각에서 동일한 사건을 바라보는 여러 명의 화자들을 통해 이야기 구조에 능동적으로 참여하게 된다. 파편적인 정보들을 수집해서 사건을 추측하고 과연 진실이 무엇인지 재구성하게 되는 것이다.

결국 독자들은 시종일관 흥미진진하게 사건의 추이를 지켜보게 된다. 독자들은 지리 부인과 에릭 물하임, 프랑스의 변호사, 콜리 블룸, 다리우스, 칼럼니스트, 통신원, 놀이공원 지배인, 조셉 킬포일 신부 등을 비롯한 다양한 관점의 안내자를 통해 환상, 추억, 체험담, 신문 기사, 칼럼, 일기, 기도, 강연 등이 혼재되어 있는 이야기의 숲으로 들어가게 되는 것이다.

이러한 과정을 통해 우리는 '소설의 거리'를 보다 집약적으로 느낄 수 있다. 독자들과의(혹은 현실과의) 거리를 두기 위한 객관적인 서술적 장치들이 오히려 현실과 소설 사이의 거리를 더욱 가깝게 만들어가는 것이다. 이러한 과정은 독자들에게 현실과 소설의 공간을 자유롭게 넘나들 수 있는 특이한 경험을 선사한다.

다시 말하자면 '실재의 현실과 가상의 현실 사이의 경계 허물기'라는 다층적인 구조를 갖게 되는 것이다. 실재는 가상과 교류하고, 가상은 실재의 세계를 끊임없이 침범한다.

2

　프레드릭 포사이드의 구성 방식은 그 내용에 대해서도 직접적인 영향을 미친다. 작가가 서술하는 사랑의 방식은 기묘할 정도로 환상적이고 섬뜩할 정도로 현실적이다.

　이 책은 가스통 르루가 발표한 『오페라의 유령』의 후속편이라고 할 수 있다. 아니, 앤드류 로이드 웨버가 제작한 〈오페라의 유령〉의 후속편이라고 말하는 것이 올바른 표현일 것이다.

　어디론가 홀연히 사라진 오페라의 유령!

　오페라 하우스에서 아무런 흔적도 남기지 않고 사라져버렸던 유령은, 전작에서 비극적이고 쓸쓸한 죽음을 맞이했을 것으로 추정된다. 하지만 사실 유령은 사망하지 않고 프랑스를 떠나 미국으로 건너간 것이다. 이 부분에서 프레드릭 포사이드는 가스통 르루의 『오페라의 유령』을 대폭 수정하면서 원작에서 미진했던 부분을 보완한다. 오페라의 유령인 에릭이 파리 오페라 하우스에서 살게 되기까지의 과정을 다루는 대목을 통해 독자들이 의아하게 여겼던 점들을 대폭 수정하여 좀더 신빙성을 갖추고 일관성이 있는 것으로 바꾸어놓았던 것이다.

　서커스단에서 동물처럼 비참한 삶을 살아가던 에릭은 마담 지리의 도움으로 파리 오페라 하우스의 지하실에서 비밀스러운 삶을 살아가게 된다. 하지만 아름다운 여가수인 크리스틴을 사랑하게 됨으로써 에릭은 쫓기는 몸이 되고 결국 미국으로 이주할 수밖에 없는 운명이 된다.

천신만고 끝에 에릭은 거대한 부를 축적한 정체불명의 기업가로 변신하는 일에 성공한다. 에릭은 다리우스라는 이름의 사악한 동반자를 거느리게 된다. 인간에 대한 증오로 똘똘 뭉친 에릭은 황금과 탐욕의 종이 된다.

그러던 어느 날 파리에서 날아온 의문의 편지가 에릭의 인생을 송두리째 바꾸어버리고 만다. 에릭은 맨해튼에 새로운 오페라 극장을 설립하고, 아직도 사랑하고 있는 크리스틴을 미국으로 건너오도록 만든다. 그리고 에릭과 크리스틴과 라울 사이의 은밀한 비밀이 밝혀지면서 소설은 극적인 결말을 맞이하게 된다.

3

『오페라의 유령 2』를 관류하고 있는 핵심적인 주제는 바로 '사랑'이다. 이 소설에 등장하는 주인공들은 한결같이 사랑을 찾고 있고 또한 사랑의 부름에 응답하고 있으며 그래서 외롭고 허무하고 고립된 존재들이다.

그들은 호화로운 오페라 무대에서 신이 선물한 천상의 목소리로 노래를 부르지만, 그 모든 행위들은 결국 사랑의 상실에 대한 그리움을 삭이는 것들이다. 곰삭은 그리움이 더 이상 참을 수 없는 고통으로 부어오를 때, 그들은 노래를 부른다.

얼굴에 흉측한 상처를 입은 북군 병사가 부르는 아리아 〈이 반지를 다시 가져가시오〉는 곧 에릭의 자화상이라고 할 수 있다. 그에 대한 화답으로 크리스틴은 〈오, 잔인한 전쟁이여!〉를 부르면서 비극적인 현실에 이끌릴 수밖에 없는 운명을 노래한다.

전쟁은 마일즈 레이건과 유지니 들러루의 사랑을 갈라놓지만, 그와 동시에 에릭과 크리스틴의 사랑을 갈라놓기도 한다. 바로 그 순간 미국의 남북선생은 에릭과 이 세상과의 힘거운 전쟁으로 치환된다.

이 사회에서 버림받은 채 영원한 이방인으로 내몰리고 있는 에릭에게 있어서 가장 힘거운 고통은, 황금을 소유하기 위해 무자비하게 냉혹한 손길을 휘두르는 생존의 문제가 아니라 언제나 천형처럼 어깨에 짊어지고 다녀야만 하는 실연의 그림자였다. 무성한 고독과 버림받은 슬픔의 뿌리는 오직 크리스틴을 향한 사랑을 더욱 견고하게 만든다.

에릭의 영혼은 온통 '사랑의 부재'로 가득 차 있다. 에릭이 머물고 있는 곳은 사랑의 변방이다. 그곳으로 들어가는 것은 우리를 음울하게 만든다. 왜냐하면 사랑이 존재하지 않는 오지로 들어서는 순간 우리는 어두운 함정 속에 빠지기 때문이다. 일단 출구가 보이지 않는 함정에 빠지게 되면, 우리는 영원히 헤어날 수 없다. 그 비극의 상처를 안고 죽을 때까지 살아갈 수밖에 없는 것이다.

그러나 역설적으로 에릭은 더욱 간절하게 사랑을 부른다. 마치 초혼처럼……. 우리는 사랑이 사라진 자리에서 돋아나는 상처의 풍경들을 확인할 수 있다. 에릭은 절망과 고통과 좌절 속에서 또다시 사랑을 부여안고 있는 것이다.

절망은 사랑의 운명이다. 그 운명으로 인해 사랑은 다시 아무도 돌보지 않는 상처처럼 절망적이다. 전혀 의식하지 못하는 사이에 스멀스멀 피어오르는 안개처럼, 사랑은 눅눅하고 차갑고 고독하다. 우리는 사랑의 신열을 앓으면서 종점을 향해 치닫는다. 결국 사랑은 아무도 알지 못하는 곳으로 우리를 이끌어나간다.

4

추리 소설의 거장으로 널리 알려진 프레드릭 포사이드는 『오페라의 유령 2』를 통해 한 편의 매혹적인 연애 소설을 완성했다. 이 소설은 사랑의 세 가지 층위를 담고 있다. 제각기 다르면서도 촘촘한 그물로 서로 연결되어 있는 사랑을 다루고 있는 것이다. 프레드릭 포사이드는 사랑에 대해 다음과 같은 명제를 내린다.

첫째, 사랑은 비극적이다. 이 소설은 라울과 에릭 그리고 크리스틴 사이의 사랑을 다루고 있다. 서로 다른 성격의 세 사람이 사랑의 축을 형성하고 있는 것이다. 물론 그 황금 삼각형의 정점은 바로 크리스틴이다.

하지만 사랑의 정점이자 두 남자의 사랑의 대상이었던 크리스틴은 결국 현실 속에서 소멸되고 만다. 이것은 이 세상에서 사랑이 부재한다는 점과 우리에게 허락된 사랑은 언제나 비극적이라는 점을 시사하고 있다.

둘째, 사랑은 불완전하다. 작가는 이 소설을 통해 두 가지 유형의 사랑을 묘사하고 있다. 에릭과 크리스틴의 사랑, 크리스틴과 라울의 사랑이 바로 그것이다.

하지만 두 가지 사랑 모두 어느 한 측면이 결핍되어 있다. 에릭의 크리스틴에 대한 사랑은 그의 추악한 외모와 난폭한 성격으로 인해서 완강하게 거부당하고 만다. 에릭의 사랑은 현실 속에서 결코 허락되지 않는다. 그렇기 때문에 그들의 사랑은 정신적으로 결핍되어 있다. 그 반면에 크리스틴과 라울의 사랑은 현실적으로는 실현이 가능했지만 육체적으로 결핍되어 있다.

결국 사랑은 정신과 육체 가운데 어느 한 측면에서 불완전한 것으로 귀결된다. 우리에게 허락된 사랑이란 결코 완전할 수 없으며, 어느 한 요소가 부재할 수밖에 없다는 것이다. 충만한 사랑이란 존재하지 않는다. 오직 결핍된 사랑만이 우리의 주위를 마치 유령처럼 떠돌고 있는 것이다.

하지만 이 소설이 마지막으로 제시하고 있는 사랑의 세 번째 층위는 앞의 두 가지와 서로 대치된다. 프레드릭 포사이드는 사랑이란 부재와 소멸이라는 유령으로 인해 결핍되고 불완전하다고 시사한다.

그러나 그는 역설적으로 우리에게 허락된 사랑은 결핍과 소멸을 뛰어넘어 완전하고 아름답고 영원한 것으로 승화될 수도 있다는 사실을 보여준다. 사랑은 결핍되어 있으며 소멸할 수밖에 없는 운명이지만 그 사랑에는 증거가 남기 때문이다. 그 증거는 바로 피에르의 존재라고 할 수 있다.

피에르는 마치 어두운 밤바다에서 항해하는 외로운 선박을 이끌어주는 등대의 빛과 같다. 그 등대의 빛을 따라 인생의 길을 헤쳐가면서 우리는 결국 사랑이 '있다'고 믿게 된다. 피에르는 크리스틴과 에릭, 크리스틴과 라울의 비극적이고 불완전한 사랑을 충만하게 만들고 비극의 운명을 살아가는 주인공들에게 한 줄기 구원의 빛을 던진다.

결국 크리스틴의 죽음으로 인해 사랑은 소멸했지만 그 증거는 너무나 분명하게 남아 있는 것이다. 그래서 사랑의 결핍은 충만으로, 소멸은 불멸로 치환된다. 결국 우리는 비극적이고 불완전한 사랑을 넘어 완전하고 영원한 사랑을 이룰 수 있다는 희망을 가지게 되는 것이다.

사랑은 우리의 인생에 커다란 상처를 남긴다. 그 상처는 마치 지워지지 않는 화상처럼 우리의 영혼을 더욱 고통스럽게 만든다. 그렇다면 그 고통에서 벗어날 수 있는 방법은 없는 것일까?

바로 이 지점에서 프레드릭 포사이드는 고통을 정면으로 응시하라고 충고한다. 에릭의 선택처럼, 더 이상 고통을 회피하지 말고 직접 부닥치면서 절망의 운명을 희망의 운명으로 바꾸라고 제안하는 것이다. 우리가 인생을 살아가면서 어차피 치러야 할 대가가 바로 고통이라면, 결국 치유란 상처로부터 벗어나는 것이 아니라 그 상처를 더욱 열심히 끌어안는 것일지도 모른다.

다시 에릭을 만났다.
아주 오랜만에……

뮤지컬 '오페라의 유령'을 통해서 처음 에릭을 만난 나는 '오페라의 유령2'를 번역하며 그를 만났다. 그리고 그 후, 실로 오랜만에 에릭을 다시 만난 것이다.

가스통 르루의 원작에서 볼 수 있는 에릭은 지극히 단편적이다. 그 작품에서 독자는 에릭의 기행, 아니 만행을 본다. 그는 독자에게 공포와 두려움의 대상으로만 다가온다. 고문과 납치와 협박과 도둑질을 통해 인간들을 괴롭히며 거기에서 쾌락을 얻는 괴물. 사랑조차 완력과 위협을 통해 쟁취하려는 추악한 존재다. 페르시아인이라는 사람의 입을 통해 아주 잠깐 에릭의 과거를 엿볼 수 있지만 그것 역시 에릭의 내면을 다 보여주지 못 한다. 그것은 에릭의 한 단면에 불과한 것이다. 가스통 르루의 치명적인 실수는 바로 여기에 있다. 그는 에릭의 기이하고 섬뜩하고 잔인한 행동만을 묘사했을 뿐, 그 뒤에 숨어 있는 에릭의 불행하고 처참했던 과거, 그로

인한 고통과 상처와 증오로 점철된 그의 내면에 대해 아무 것도 설명해 주지 못한다. 그래서 독자들은 가스통 르루의 오페라의 유령을 읽으며 머리를 갸우뚱거리게 되고 여전히 풀리지 않는 의문들을 안은 채 책을 덮게 되게 되는 것이다. 프레드릭 포사이드가 〈오페라의 유령2〉를 위해 펜을 든 이유도 이 때문이리라. 그래서 이 책은 독자들의 모든 의문과 의구심을 해결해 준다.

사랑하고 사랑받고자 하는 인간의 기본적인 본능을 에릭은 태어나는 순간부터 거부당한다. 그것도 가장 사랑받아야 하는 부모로부터…… 그리고 그 후로도 이느 누구 한 사람 에릭에게 사랑을 주지 않는다. 아니 오히려 에릭은 멸시와 증오와 배척의 대상이 되어 인간성을 말살당한 채 살아가야 했다. 그러던 어느 날 아름다운 여가수, 크리스틴을 본 에릭은 사랑에 빠진다.

사랑이라는 감정은 늘 그렇게 불현듯 우리를 찾아오는가. 사랑은 예고 없이 우리 앞에 서 있다. 감정과 이성의 균형을 이루고 지극히 평범하게, 어찌 보면 속물적으로 살아가는 우리에게 사랑이라는 감정이 찾아왔을 때 우리는 이전과는 전혀 다른 존재가 된다. 그 순간이 기점이 되어 그때까지 우리를 지배하던 행동 규범과 상식과 이성과 지성은 속수무책으로 결박을 당하고 무력해진다. 감정과 이성의 균형은 기울어지고 더 이상 이성의 견제를 받기를 거부하는 감정이 압도적으로 우리를 지배한다. 그래서 우리는 자신의 내면에 들어 있다고 느끼지도 못 하던, 혹은 더 이상 남아 있지 않으리라고 여기던 신기하고 놀라운 감정의 지배 아래 놓이게 되고 도저히 상상조차 할 수 없는 행동들을 하게 된다. 그것이 크리스틴을 사랑하게 된 에릭이다. 정상적인 삶을 살아가는 우리에게 불현듯 찾아온 사랑은 이렇듯 가슴 떨리는 충격이며 그 충격의 급류는 우리를 미지의 세상으로 휩쓸고 간다. 우리에게도 그러하거늘 하물며 에릭에게 그 충격이란 어느 정도였을지는 상상을 초월한다. 또한 그 단 하나의 사랑을 거부당했을 때 에릭의 마음 속에 응어리지게 된 복수심과 질투와 증오 역시 우리의 상상을 초월한다. 그 때 에릭이 어떤 선택을 할 수 밖에 없었던가를 우리는 이 책을 통해 이해하게 된다.

'오페라의 유령 2' 가 번역, 출간되고 나서 어언 10년 가까이 세월이 흐르는 동안 출판사의 사정으로 그 책은 절판이 되고 독자들은 가스통 르루의 원작을 통해서만 에릭을 만날 수 있었다. 그것이 나에게는 늘 아쉬움으로 남아 있었다. 독자들이 진정한 에릭을 만날 수 있는 기회를 박탈당했기 때문이다. 독자들은 추악한 외형과 잔인한 행동 뒤에 감춰져 있는 에릭의 고뇌에 찬 내면을 더 이상 들여다볼 수 없게 되었기 때문이다. 이 책이 없이는 가스통 르루의 오페라의 유령은 미완으로 남을 수 밖에 없기 때문이다. 그런데 다

시 이 책을 출간하고 싶다는 출판사의 전화를 받고 나는 몹시 반가
웠다. 독자들이 또 다시 진정한 에릭을 만날 수 있게 되었다는 것
과 그의 영혼과 내면 깊숙한 곳을 들여다볼 수 있게 되었다는 사실
이…… 그리고 그를 진정으로 알게 되고, 이해하게 되고, 그럼으
로서 마침내 그를 연민하고 사랑해줄 사람들이 하나씩 늘어나게
될 지도 모른다는 사실이…….

2009년 여름, 이옥용

옮긴이 | 이옥용

서울에서 태어났으며, 이화여대 영어영문학과와 미국 아이오와 주립대학원을
졸업했다. 역서로는 『엠마』, 『맨스필드 파크』, 『그림자 무게』, 『드룬의 비밀』 시리즈,
『베리트로터』 시리즈 등 다수가 있으며, 현재 전문 번역가로 활발히 활동 중이다.

오페라의 유령 2

초판 인쇄 _ 2009년 9월 7일
초판 발행 _ 2009년 9월 11일

지은이 _ 프레드릭 포사이드
옮긴이 _ 이옥용
펴낸이 _ 김제구
펴낸곳 _ 리즈앤북

등록 _ 2002년 11월 15일
주소 _ 121-841 서울시 마포구 서교동 463-31 플러스빌딩 4층
전화 _ 02)332-4037(代)
팩스 _ 02)332-4031
이메일 _ riesnbook@paran.com

ISBN 978-89-90522-55-9 03840